보헤미아의 우편배달부

보헤미아의 우편배달부

Der einhändige Briefträger

구드룬
파우제방
소설

오공훈
옮김

Gudrun Pausewang

교유서가

차례 **Der einhändige Briefträger**

일러두기

· 본문에서 ●로 표시된 것은 책 말미의 지은이 '용어 설명'으로 정리되어 있다.

· 본문에서 *로 표시된 것은 모두 옮긴이 주이다.

1장

1944년 8월

그의 이름은 요한 포르트너였고 나이는 열일곱 살이었
다. 푸른 눈에 체격이 당당하고 잘 자란 젊은이였다. 그
의 숱 많고 어두운색의 머리카락이 바람에 흩날리거나
그가 생각에 잠긴 듯한 눈을 들어올릴 때면, 수많은 소녀
들이 안절부절못했다.

요한은 성령강림 대축일 밤에 히플리시하크의 자작나
무 숲 양치식물 사이에서 잉태됐고, 아홉 달 뒤 브뤼넬에
있는 합각머리*가 오래되고 뾰족한, 나무로 만든 집에서
태어났다. 이 집은 요한의 어머니 소유였고, 브뤼넬은 그
녀의 선조 때부터 살던 마을이었다. 요한은 운이 좋은 아

---

* 지붕 양단의 삼각형으로 된 부분.

이였다. 그에게는 볼펜탄*의 브뤼넬이라는 고향이 있었으니까.

요한이 다니는 회사에서는 이웃 지역인 베른스탈 출신 동료 두 명 외에는 아무도 이곳 볼펜탄을 알지 못했다.

요한은 그곳에 아직 늑대가 사느냐는 질문을 받은 적도 있다.

"늑대요? 안 살아요."

하지만 예전에는 늑대가 산 적이 있지 않은가?

요한은 어깨를 으쓱거렸다. 알 턱이 없었다. 아마도 예전에는 거대한 침엽수림에 진짜로 늑대가 살았을지도 모른다. 어쩌면 안 살았을 수도 있다. 일 년 전이었다면 요한은 이 질문에 '늑대가 산다'라고 대답했을 것이다. 브뤼넬의 한 학급짜리 초등학교에서 수업을 진행하던 교장 비르트가 종종 늑대 무리에 대해 설명했기 때문이다. 늑대 무리가 언젠가는 마을 주변 숲을 위험하게 만들 것이라고 했다. 늑대들은 목초지에서 갓 태어난 송아지를 습격할 것이라고 했다. 게다가 어린아이도 늑대 무리로부터 안전하지 않다고 했다!

---

* '늑대가 사는 전나무 숲'이라는 뜻이다.

당시 요한은 비르트 교장이 하는 이야기라면 전부 믿었다.

예를 들어, 위대한 소년들은 조국이 부르면 조국을 지켜야 한다고 했다. 당연히 그래야 할 책임이 있다고 했다. 소년들이 승리를 거두고 귀향하면, 조국은 감사의 뜻으로 그들의 가슴에 훈장을 장식해줄 것이라고 교장은 말했다.

입대하는 날이 오기를 요한은 얼마나 간절히 바랐던가! 열일곱번째 생일이 지나자마자 마침내 입대 시기가 올 것이었다. 요한은 얼마나 사자처럼 싸우고 싶었던가! 모두 깜짝 놀랄 것이다! 훗날 학생들은 읽기 교본을 통해 요한의 영웅적인 행위를 생생히 체험하게 될 것이다!

그러나 상황은 요한의 바람과 다르게 흘러갔다. 요한은 아직 어중간한 아이일 때 임시변통으로 훈련을 받은 뒤 전선에 투입됐다. 전선에 가고 바로 둘째 날에 유탄 파편이 경험 없고 미숙한 요한의 왼손을 갈기갈기 찢어놓았다. 삼 주 뒤 요한은 어른이 되어 고향으로 돌아왔다.

고향에 돌아온 요한은 비르트 교장을 만났다. 비르트 교장은 붙임성 있게 요한의 어깨를 두드리고는 건강 상태는 어떤지 물어보았다. 요한이 손을 잃은 왼쪽 팔을 보여주자, 비르트는 "용감하군……"이라고만 말했다.

볼펜탄에 늑대 무리가 산 적이 있는지 누가 알겠는가?

모기들이 춤을 추었다. 사방에 거미줄이 반짝거리고 있었다. 버섯 향기가 났다.

때는 1944년 8월 말이었다. 전쟁은 계속되고 있었다.

요한은 자신이 맡은 구역 중 4분의 3을 돌았다. 상당히 운이 좋은 날이었다. 검은색 편지가 한 통도 없었다.

창구에서 우편 업무를 분배하는 힐데 베란이라는 여성과 요한만이 검은색 편지가 무엇을 의미하는지 알고 있었다. 수취인란에 '명예로운 전사자'와 가까운 가족이라고 명시되어 있는 편지였다. 전사자의 배우자, 아버지, 아들 또는 형제가 받아야 하는 편지였다.

검은색 편지의 수는 매달 늘어났다. 요한이 우편배달부 일을 다시 시작한 5월만 해도 검은색 편지는 한 통뿐이었다. 8월이 되자 요한은 세 통을 배달했다. 오늘 우편 가방에는 검은색 편지가 한 통도 들어 있지 않았다. 가족이 전선에 나가 있어 근심하는 모든 사람들의 불안이 다음날까지 연기되었다.

요한은 날마다 돌아야 하는 마을 중 끝에서 두번째 마을인 모렌을 떠났다. 이제 가장 힘든 노정을 남겨놓고 있었다. 산 위로 올라가야 하기 때문에 지점과 지점 사이의 간격이 가장 넓은 노정이었다. 베른스탈을 벗어나 페터스키르헨으로 향하는 거리까지 4킬로미터를 가야 했고, 그런 다음에도 브뤼넬에 있는 첫번째 집에 도착하려면 0.5킬로미터를 더 걸어야 했다. 상당히 긴 구간이었다. 하지만 집으로 가는 길이었기 때문에 발걸음을 절로 재촉하게 됐다.

어깨끈으로 메는 우편가방은 두 개의 공간으로 이루어져 있었다. 앞쪽 칸엔 오로지 브뤼넬로 가는 우편물만 담겨 있었다. 우편엽서 두 장, 군사우편물* 세 통, 민간 소포 두 개였다. 이에 비해 가방 뒤쪽 칸은 마을에서 취합해 다음날 아침 페터스키르헨 우체국으로 가져갈 우편물로 가득차 팽팽했다. 그 밖에도 가방에 달린 작은 주머니에는 군부대로 보낼 소포가 담겨 있었다. 요한은 일반 소포는 신경쓸 필요가 없었다. 일반 소포는 창구에서 직접 발송되었기 때문이다.

요한은 오른쪽 손목에 찬 시계에 시선을 던졌다. 세시 십분이었다. 서두르면 네시 삼십분에는 집에 도착할 수 있을 듯했다.

요한은 옷깃을 느슨하게 풀고 제복 상의 단추를 끌러 가벼운 미풍을 음미했다. 힘찬 발걸음으로 교목림喬木林과 관목 숲을 거닐다가, 양치식물로 가득한 경사면과 이

끼로 덮인 목초지를 올라갔다. 라우리츠라고 불리는 폭이 좁은 시내가 꿀럭꿀럭 소리를 내며 바위 사이를 흐르고 있었다. 경사면 정상에서 절반쯤 되는 곳에 있는 폭포가 2미터 아래 바닥으로 떨어지면서 내는 쏴쏴 소리가 들렸다. 요한은 경사면에 다다를 때마다 숨이 차 헐떡거렸다. 이 경사를 오르며 행진곡 템포로 뛰는 심장 고동 소리를 피할 순 없었다.

시냇가에는 독미나리와 털부처꽃이 무성하게 자라 관목을 이루고 있었다. 요한은 두 눈을 꼭 감고도 후각의 도움으로 자신이 어디에 있는지 정확히 맞힐 수 있었다. 지금 그는 외떨어진 산림감시원 관사 아래쪽에 서 있었다. 그곳은 장과漿果 덩굴이 우거진 오솔길로 이어졌다. 여름이 되면 이곳에선 삼사 주 동안 경이로운 나무딸기 향기가 가득 풍겨나왔고, 요한은 이곳을 지날 때마다 키스를 꿈꾸었다. 요한이 열여섯 살 때 이곳에서 나무딸기를 따다가 처음으로 소녀와 키스를 했기 때문이다. 머리를 길게 땋고 주근깨가 난 소녀의 이름은 슈테피 그란트였다. 그녀는 요한보다 한 달 늦게 태어났다. 이후로는 이런 첫 키스 같은 달콤한 입맞춤을 경험한 적이 없었다.

슈테피는 요한의 첫사랑이자 단 하나의 사랑이었다. 당시 우체국 견습생이었던 요한은 앞으로 우편배달부가 될 예정이었고, 두 손은 아직 멀쩡했다. 그럼에도 불구하고 슈테피는 요한이 우편배달부가 되는 것을 원하지 않았다. 슈테피는 우체국장의 아내가 될 생각이 없었고, 자기 생각을 요한에게 알려주었다. 그뿐만 아니라 요한의 머리카락은 어두운색이었다. 슈테피는 전설에 등장하는 지크프리트 같은 그런 금발 남성을 좋아했다.

그때부터 요한은 더이상 여성과 교제하지 않았다. 석 달 후 슈테피는 하사관과 결혼해 뷔르츠부르크에 사는 시부모에게 갔다. 이후 들리는 소문에 의하면 슈테피는 과부가 되었다고 한다. 아이가 딸린 전쟁미망인이 된 것이다.

요한은 숨을 깊게 들이쉬었다. 이 산비탈 길에서는 평화를 맛보는 꿈을 꿀 수 있었다.

평화. 평화는 서서히 가까워지고 있는 걸까? 의심할 바 없이, 사방에서 가까이 다가오고 있는 것은 바로 전쟁이었다. 전선戰線은 날마다 가까워졌다. 서쪽과 남쪽에서 연합국* 군대가 계속 다가왔다. 로마를 잃었고, 제대로 싸우지도 못한 채 파리를 넘겨주었다. 러시아군은 폴란드에 다다른 상황이었다.

그러나 독일인에게는 히틀러 총통이 있었다. 어쨌든

언젠가는 무언가가…… 기적의 무기*가 등장할 것이다.
기다려보자.

　젊고 날씬한 여성이 요한과 마주쳤다. 이마 위 앞머리
는 파마를 해 꼬불꼬불했다. 두 아이의 엄마인 로테 크레
스였다. 직업은 미용사로, 이 집 저 집 방문해 머리카락
을 자르고 곱슬머리를 인두로 지져서 펴는 일을 했다. 이
렇게 미용 일을 해 이 집에서는 달걀 두어 개와 바꿀 수
있는 배급표를, 저 집에서는 설탕이나 밀가루 500그램
과 교환할 수 있는 배급표를 받으며 빠듯하게 살았다. 로
테는 언제든 집을 방문해 미용 일을 할 준비가 되어 있었
다. 그녀는 루르 지방 폭격 때 피해를 입고 이곳 안전한
산골 마을로 거처를 옮긴 사람들 중 한 명이었다.
　로테 크레스는 모렌 마을의 유일한 음식점 겸 여관인
'초록색 물의 요정'에 딸려 있는 집에서 살았다. 요한은
로테에게 일주일에 최소 두 번은 남편이 보낸 군사우편
을 전해주었고, 그녀가 남편에게 쓴 편지도 최소 매주 두
통씩 가져갔다.
　요한이 다가오자 로테는 꼼짝도 않고 서 있었다.
　"제게 온 편지는 없나요?" 그녀가 갈망하는 표정으로
물었다.

요한은 머리를 흔들었다. "없습니다. 아마도 내일은 오겠죠."

로테는 당황한 듯 그를 바라보았다. "롤프 소식을 듣지 못한 지 벌써 엿새나 됐어요. 적어도 엽서 한 장은 쓸 수 있을 것 아니에요!"

"원하는 대로 자주 편지를 쓸 수 있는 상황이 아니겠지요." 요한은 배려의 뜻을 담아 이렇게 말했다.

그들은 서로 고개를 끄덕이고는 가던 길을 다시 걷기 시작했다. 로테는 골짜기 쪽으로, 요한은 산 위쪽으로.

요한은 손목시계를 쳐다보았다. 네시 삼십분인데도 아직 집에 못 가고 있었다.

브뤼넬은 물론 이웃 마을인 페터스키르헨, 샤트나이, 외트, 베른그라벤, 디키히트, 모렌에서 젊은 독일 남성을 거의 한 사람도 만나지 못했다. 젊은 남자 대부분은 전선에서 싸우거나, 아니면 포로가 되었거나 실종되었거나 전사했다.

오로지 몇 사람만 고향에 머무르고 있었다. 페터스키르헨에서는 알베르트 만골트가 전쟁터에 나가지 않았는데, 그건 그가 나치스 지구 지도자*였기 때문이다.

샤트나이에서는 중증 당뇨를 앓는 환자가 참전을 면

했다.

외트에는 아주 건장한 남성이 남아 있긴 했는데, 그는 전쟁이 시작된 뒤 군인이 되는 것을 거부해 이미 다하우•에 있는 강제수용소에 5년 동안 갇혔다가 나왔다.

베른그라벤에도 한 명 있었는데, 그는 강도 살인으로 형무소에 수감됐다가 나왔다.

디키히트에는 지적장애인 두 명과 뇌전증 환자 한 명이 남아 있었다. 아, 그곳에는 전쟁터에 못 나가는 사람이 또 있었는데, '세 개의 샘으로'라는 여관의 주인으로 중증 심장병을 앓고 있었다. 그리고 브뤼넬의 성당 관리인이 있었는데, 그는 소아마비를 앓아 다리를 심하게 절었다.

하지만 젊고 건강한 남성들이 마을에 상당수 있기는 했다. 폴란드와 우크라이나에서 온 강제노동자들로, 독일인이 운영하는 농장에서 일꾼으로 일했다. 그들 중 대부분은 독일 남성이 평소에 입는 옷을 입고 있어서 잘 구별되지 않았다.

그들은 여자밖에 남지 않은 상황의 먼 산간벽지 마을로 농사일을 돕기 위해 끌려왔다. 그들도 고향에서 온 편지를 받았다. 강제노동자들은 요한이 오는 모습을 보자마자 기대에 가득찬 눈빛으로 바라보곤 했고, 요한이 손짓으로 편지가 없다는 뜻을 전하면 고개를 푹 수그렸다.

요한은 평평한 정상에 도달했고, 밤나무 세 그루 뒤편
에 있는 산림감시원 관사로 다가갔다. 여기서는 볼펜탄
남쪽 지맥과 그보다 더 멀리 떨어진 곳에 있는 구릉이 펼
쳐내는 놀라운 경치를 굽어볼 수 있었다. 요한은 이제 곧
자신에게 무슨 일이 일어날지 잘 알았다. 날마다 똑같은
일이었다. 심장이 마구 뛰었다. 관사에서 개 짖는 소리가
메아리쳐 들려왔다. 늙은 사냥개 텔이 짖는 소리였다. 그
리고 이때 고령인 산림감시원 과부 할머니의 쉰 목소리
도 함께 울려퍼졌다. "요한! 요한!"

요한은 정원 입구 쪽을 쳐다보았다. 등이 굽은 할머니
가 현관문을 활짝 연 뒤 종종걸음으로 요한을 향해 다가
왔다. 가운데 가르마를 타고 틀어 올린 할머니의 머리카
락은 백발이었다. 할머니는 19세기에 결혼한 뒤 줄곧 여
기서 고독하게 살았다. 그녀는 나이든 산림감시원과 아
주 행복한 결혼생활을 누렸다는 이야기가 있다. 산림감
시원의 사랑을 듬뿍 받았다고 한다. 그들 부부의 외아들
도 부친과 마찬가지로 산림감시원이었다. 하지만 아들은
더이상 살아 있지 않았다. 그와 젊은 아내는 교통사고를
당해 목숨을 잃었다. 아들 내외의 하나뿐인 자식은 할머

니가 맡아 키웠다. 손자의 이름은 오토였다.

오토가 브뤼넬 학교에 입학해 다닌 첫 사 년은, 비르트 교장이 평교사였던 시절이다. 나중에 요한이 학교에 입학했을 때, 오토는 이미 베른스탈러 김나지움에 다니고 있었다.

요한은 곰곰이 생각했다. 오토 키제베터가 스물세 살이었던가 아니면 스물네 살이었던가?

오토는 아버지와 할아버지처럼 산림감시원이 되어 볼펜탄 국유림을 관리했다. 이때 전쟁이 발발했다. 오토는 징집됐다. 어떨 때는 네덜란드에서, 어떨 때는 파리에서, 또 어떤 때는 폴란드에서 편지를 보냈다. 키제베터 부인은 룩스 부인에게 이런 사실을 이야기했고, 소식은 마을에 계속 퍼졌다. 물론 오토가 전쟁터에서 '무엇'을 했는지는 그 누구도 듣거나 알지 못했다.

오토는 처음부터 열렬한 국가사회주의자가 됐다. 이미 학창 시절에 그러한 면모를 보였다. 어떤 순진한 동급생이 오토에게 자기 아버지가 저녁 시간만 되면 적군의 방송을 듣는다고 털어놓은 적이 있었다. 오토는 그 사실을 고발했다. 동급생의 아버지는 체포되어 수용소로 끌려갔다. 그로부터 얼마 지나지 않아 동급생의 가족들은 아버지가 자살했다는 소식을 전해 받았다. 시신은 가족에게 인도되지 못했다.

그 동급생은 아직도 살아 있다. 비록 두 번이나 부상을 입기는 했지만 말이다. 하지만 오토는 이 세상 사람이 아니었다. 영국 공군이 카셀*을 공습하며 떨어뜨린 폭탄에 오토의 몸은 산산조각이 났다.

요한은 기억하고 있었다. 오토는 히틀러 유겐트● 지도자가 되어 모든 독일인을 찬양했고 유대인을 비방했다. 또한 눈싸움을 유난히 좋아해 즐겨 했고 기회가 있을 때마다 큰 소리로 외쳤다. "눈덩이를 딱딱하게 만들겠다고 맹세하라!" 원한다면 얼어붙은 눈덩이를 던져도 괜찮았다. 오토는 단단한 눈덩어리를 맞을까봐 두려워하는 소년들을 겁쟁이라 불렀고, 눈싸움을 하기 위해 모인 무리가 지켜보는 가운데 굴욕을 주었다.

소년들은 열네 살이 되면 누구나 의무적으로 히틀러 유겐트 단원이 되었다. 하지만 아무나 히틀러 유겐트 지도자가 되지는 못했다. 오토는 지도자가 되려고, 지도자가 된 뒤에는 진급하려고 무엇이든 했다. 그는 필수 연령

---

* 독일 헤센주 수도.

에 이르자마자 나치친위대* 대원이 됐다.

오토가 휴가를 받아 볼펜탄으로 오면, 주민 대부분은 그를 피했다. 요한도 그랬다. 오토는 국가사회주의의 시각에서 정상적이지 않은 행위를 발견하면 누구든 고발했다. 나치 경축일에 하켄크로이츠 깃발 거는 것을 깜박 잊는 것만으로도 고발당하기에 충분했다.

그러나 오토의 할머니는 누구보다도 손자를 사랑했다. 할머니는 자기를 찾아오는 사람 누구에게나 오토의 사진을 보여주었다. 사진 속의 오토는 나치친위대 제복을 입었고, 사진은 가느다란 실과 레이스로 장식돼 있었다. 할머니는 오토가 보낸 편지를 읽고 또 읽었다.

이제 할머니는 정원 울타리 앞에 서서 기대감으로 가득한 채, 닫혀 있는 작은 문 너머로 몸을 내밀었다. "요한, 내 손자한테서 온 편지는 없나요?"

요한은 자기 손을 할머니의 손에 얹었다. "아, 키제베터 부인, 손자는 세상을 떠났어요."

미소를 짓던 할머니의 얼굴이 일그러졌다. 깜짝 놀라 찡그린 얼굴이 됐다.

"죽었다고요?" 할머니는 말을 더듬었다. "내 손자 오토가요?" 할머니는 울음을 터뜨리더니 두 손으로 자신의 얼굴을 쳤다. "하지만 얼마 전에 휴가를 받아 여기 왔단 말이에요!"

"키제베터 부인, 분명히 기억하시잖아요." 요한은 절박한 심정으로 말했다. "날마다 말씀드리지만, 오토는 넉 달 전에 이미……"

"아니에요!" 할머니가 소리쳤다. "그럴 리 없어요!"

할머니는 고개를 수그린 채 종종걸음을 치며 현관문으로 돌아갔다. "아, 오토." 요한은 할머니가 나지막하게 흐느끼는 소리를 들었다. "내 손자……"

처음에 요한은 두 가지 방법 사이에서 선택을 망설였다. 하나는 이 노부인에게 거짓말을 하고, 다음날 손자 오토에게 온 편지가 있냐고 다시 물을 때까지 손자가 아직 살아 있다는 희망을 유예시키는 방법. 또하나는 손자의 생사 여부를 혼동하지 않을 때까지 날마다 잔혹한 소식을 새로이 접하게 해 결국 그 소식을 절대 잊지 못하게 하는 방법이었다. 요한은 두번째 방법을 택하기로 결정했다. 이삼 주 정도만 지나면 키제베터 부인이 손자의 죽음을 받아들일 것이라고 생각했기 때문이다.

하지만 요한은 서서히 의구심이 들었다. 과연 이런 행동을 계속해야 할까? 그렇지 않다면 손자가 왜 편지를 안 보내는지 할머니에게 어떻게 설명해야 할까?

2장
1944년 9월

9월. 우편가방을 멘 요한은 상쾌한 공기를 느끼며 집을 나섰다.

요한은 다시 한번 뒤를 돌아보았다. 요한이 살고 있는 조그마한 나무 집 문 위에 편자가 하나 걸려 있었다. 편자는 이 집에 사는 사람들에게 행운을 가져다준다고 했다. 집을 지었을 때부터 거기 걸려 있었다. 아마도 이백 년은 됐을 것이라고 했다.

정말로 편자는 요한에게 행운을 가져다주었다. 그는 전쟁터에서 돌아왔다. 이러한 행운이 없었다면 지금 요한은 아마도 레닌그라드*의 공동묘지에 묻혀 있으리라.

물론 귀향하기 위한 대가를 치르기는 했다. 레닌그라드 인근에서 손을 잃었으니까. 요한은 눈앞이 캄캄해지며 정신을 잃기 전, 잘려나간 자신의 손이 나무에 걸려 있는 광경을 보았다. 손은 자작나무 가지에 걸려 있었다. 아마도 손은 여전히 그곳에 걸려 있지 않을까?

이때가 4월 초였다. 요한은 조국에 대한 의무를 모범적으로 완수한 군인이 되어 군대를 떠났다. 그리고 요한은 징집되기 전 우편배달부 일을 했기 때문에, 손이 잘린 부위가 어느 정도 아문 뒤 다시 우편배달부로 고용됐다. 우편배달 업무를 다시 하게 되어 기뻤다. 이제 모든 게 예전과 똑같을 것이다. 학교를 졸업한 직후의 삶과 똑같을 것이다.

요한은 젊고, 힘세고, 참을성이 많았다. 날마다 13~18킬로그램의 우편물을 짊어지고 대략 20킬로미터를 걸어 일일이 배달해야 했다. 우편물 중에는 도르트문트 출신 교수에게 삼사일에 한 번꼴로 가져다주어야 하는 책도 여러 권 있었는데, 책은 아무리 가벼워도 최소 1킬로그램은 나갔다. 그는 배달 일이 나날이 번창하고 있다는 느낌이 들었다.

요한은 한쪽 손이 없다는 사실에 서서히 익숙해져갔

다. 아직도 편지를 집으려다가 느닷없이 왼쪽 팔을 앞으로 내미는 경우가 있었다. 그러면 편지는 미끄러지거나 아래로 떨어졌다. 왼손은 더이상 없었고 잘린 부위는 잘 아물기는 했지만 예민한 곳이 됐다. 요한은 이런 사실을 빠르게 숙지했다.

그는 왼손만 없다는 점에 거듭 고마움을 느꼈다. 어차피 신이 그에게 팔다리를 잃을 운명을 부여했다면, 요한 포르트너는 신이 팔이나 다리 전체를 요구하지 않은 데 대해 감사를 드려야 했다.

때때로 왼손 대신 입술이나 치아를 활용했다. 그렇게 하면 편지 몇 통의 모서리가 축축해지곤 했다. 하지만 그건 그냥 사소한 흠에 불과했다. 어쨌든 우편배달 업무와 사랑의 경우, 두 손이 있어야 한다는 것이 필수 조건은 아니었다.

요한은 남은 생을 책상 앞에 앉아 보내는 상황을 상상조차 할 수 없었다. 그는 운동이 필요했고, 바람이 필요했다. 주변 환경을 음미하고 사람들을 만나며 돌아다니기를 원했다. 날마다 일곱 마을을 돌며 무거웠던 우편가방이 시간이 지날수록 가벼워지고, 배달해야 할 우편물이 든 칸이 점점 비어갈 때의 느낌, 아울러 우체국으로 가져갈 우편물이 든 칸이 점점 채워져갈 때의 느낌은 정말로 상쾌했다.

저녁이 되면 요한은 의무를 완수했다는 생각에 마음이 홀가분했다. 한마디로, 그는 자신의 직업을 사랑했다.

정말로 요한은 운이 좋았다. 전쟁에서 살아남았고, 모든 감각을 발휘하며 살아 있다, 살아 있다, 살아 있다!

집에 걸린 편자는 뒤스부르크에서 온 레크펠트 부부에게도 행운을 가져다주었을까? 이 부부는 몇 달 전부터 요한의 집에서 함께 살고 있었다. 레크펠트 씨는 재무관리로 일하다가 퇴직해 연금을 받고 있었고, 레크펠트 부인은 그의 아내였다. 요한은 그들이 행운을 누리기를 바랐다. 레크펠트 부부는 최선을 다해 요한을 도왔다. 레크펠트 부인은 조그마한 정원을 늘 잘 관리해두었고, 때때로 저녁식사를 함께하자며 요한을 초대했다. 레크펠트 씨는 토요일이 되면 안마당에 규칙적으로 쥐덫을 놓았고, 날마다 염소젖을 챙겨 먹었는데 요한에게도 매일 1리터씩 가져다주었다. 염소젖은 산비탈 위쪽으로 두 집 건너에 살고 있는 에르나 가블러에게서 가져왔다. 에르나 가블러는 외양간에 염소 다섯 마리를 키우고 있었다. 레크펠트 부부는 이 집에서 사는 것이 만족스러워 보였다. 이 집은 예전에 레크펠트 씨의 외할머니가 살던 곳이

기도 했다. 거실 하나와 침실 하나가 있는 구조였는데, 특히 침실은 침대 두 개가 나란히 들어갈 정도로 컸다.

요한은 신선한 공기를 깊이 들이마신 다음 코로 내쉬었다. 기분좋은 아침이었다! 농장 정원에는 달리아와 철 늦은 장미가 빛을 발했고, 우거진 나뭇잎 사이로 사과와 배가 희미하게 모습을 드러냈다. 요한의 집 맞은편에 있는 바네르트의 농장에서는 폴란드인이 벌써 일을 하고 있었다. 두엄에서는 모락모락 김이 났다. 요한은 열려 있는 외양간 문을 통해 여자 농부가 소젖을 짜는 모습을 보았다.

요한은 도로가 아닌 지름길을 택했다. 그래서 집을 나선 지 십오 분 만에 페터스키르헨 우체국에 도착했다. 산 아래쪽으로 나 있는 오솔길을 걷다보면, 항상 오래된 헛간을 지나쳤다. 그곳엔 현수막들이 걸려 있었는데, 일부는 갈기갈기 찢어졌고 일부는 아직 상당히 새것 같은 상태였다. 그중 하나에는 석탄 도둑•의 캐리커처가 그려져 있었다. 연료를 절약하자는 취지였다.

요한은 숲 그림자에 몸 전체가 잠기기 전, 몸을 돌려 마을로 시선을 던졌다. 마을은 햇빛을 가득 받고 있었고, 해는 동쪽 산악 지대 바로 위에 떠 있었다. 마을을 이루는 집들은 군데군데 흩어진 채 산비탈까지 퍼져 있었다.

염소마을로 불리는 브뤼넬은 주변의 모든 염소를 보호하는 숫염소들로 유명했다. 브뤼넬의 어린이들은 염소젖을 먹고 자랐다. 그래서 통통하고 아주 건강했으며, 면역력이 강하고, 치아가 고르고 튼튼했다.

브뤼넬의 주민 수는 전선에 나간 사람을 합쳐도 삼백 명이 될까 말까였다. 전쟁 초기에는 이백칠십 명이었다. 그런데 최근 이 년 동안 폭격으로 터전을 잃은 루르 지방 사람들이 이곳으로 피난을 왔다. 피난민은 주로 아이가 딸린 여성들 그리고 몇몇 노인들이었다.

학급이 하나뿐이었던 마을 학교는 이제 두 학급으로 늘어났지만, 교사는 오직 비르트 교장뿐이었다. 평상시 같으면 오래전에 은퇴해 연금생활자가 되었겠지만, 현재 오전엔 저학년 수업, 오후엔 고학년 수업을 진행하고 있었다. 한마디로 궁핍과 궁지에 몰린 수업이었다.

이제 확실히 아침해는 전보다 늦게 떴다. 여름과 작별하기에 최적의 시기였다.

공기 중에 연기가 떠돌았다. 전날 불에 태운 감자 냄새로 가득했다. 감자는 볼펜탄과 결코 떼놓을 수 없는 관계였다. 가을이 되면 마을 전체에 감자 잎을 태운 재가 날아다녔다. 볼펜탄에서 어린 시절을 보냈다면 누구든 이

냄새가 추억 속에 절로 떠오를 것이다.

요한은 가문비나무 숲 한가운데에서 오솔길로 접어들었다. 오솔길은 산 아래쪽으로 가파르게 이어져 있었고, 우체국 바로 옆에서 끝났다. 요한은 서둘러 산 아래로 발걸음을 옮기면서 오늘 배달할 우편물을 생각했다. 여느 아침과 마찬가지로 배 속 위장 부위에서 불쾌한 느낌이 들었다. 오늘은 검은색 편지가 있을까? 이 빛나는 날, 누군가에게 전사통지서를 배달하게 될까?

요한은 무의식적으로 노부인 키제베터를 생각했다. 키제베터 부인의 외침 소리는 요한이 날마다 도는 마을 행로의 일부분을 이루고 있었다. 그 외침은 달콤하면서 동시에 끝없이 슬펐다. 요한의 밝은 기억에 오후만 되면 잠깐 동안 흐릿하게 드리우는 그늘과도 같았다.

"요한! 요한! 내 손자한테서 온 편지는 없나요?"

3장
1944년 9월

요한은 여느 때처럼 빈 우편가방을 들고 우체국에 출근해 새 우편물을 채웠다. 이제 그는 페터스키르헨과 샤트나이 사이에 놓인 자갈길로 걸었다. 마가목이 가로수로 심어져 있는 길이었다. 빨간 딸기가 따스한 햇살 아래 희미하게 빛났다. 요한은 덧옷과 재킷의 단추를 끌렀다. 당장 어깨에 멘 가방을 집어던지고 풀밭에 몸을 던질 수도 있었다! 하지만 이런 열망에는 근무중이 아닐 때만 굴복해야 했다.

숲속 저편 어디선가 탕 하는 소리가 들려왔다. 요한은 걸음을 멈칫했다. 갑자기 정신이 번쩍 들었다. 고독한 방랑자인 자신이 먼 거리에서도 잘 보일 수 있다는 깨달음이 왔다. 그리고 소총수가 어디에 위치해 있느냐에 따라 자신이 어깨뼈를 직방으로 맞을 수도 있다는 생각이 들었다. 요한은 몸을 내던져 엄호물 아래에 몸을 숨기고 포복하고 싶은 충동을 느꼈다. 예전에 전쟁터에서 배웠던 것처럼.

하지만 요한! 그는 머리를 절레절레 흔들었다. 그저 해를 끼칠 의도가 전혀 없는 사냥꾼이 총을 쏜 것일 뿐이다. 어떻게 요한의 내면에 아직도 군인의 본능이 살아 있을까! 어떻게 자신을 여전히 사냥감으로, 표적으로 여긴단 말인가!

삶의 행로는 똑바로 뻗어 있지 않고 나선형으로 나 있다. 요한 포르트너는 지난 몇 달 동안 이러한 통찰에 이르렀다. 어느 해였던가, 9월 1일에 전쟁이 시작됐다.* 세월은 돌고 돌아 다섯번째 9월이 돌아왔으며, 이제 전쟁이 일어난 지 육 년째가 되었다. 전쟁이라는 살육 행위가 얼마나 지속될지 아무도 몰랐다. 히틀러는 7월 20일에 일어난 암살 시도*에서 살아남았다. 암살 기도가 실패로 돌아가자 많은 이들이 섭리를, 그러니까 신이 몸소 히틀

---

* 1939년 9월 1일, 독일의 폴란드 침공으로 제2차세계대전이 시작됐다.

러를 보호해준다고 믿었다.

요한은 많은 노력을 기울인 끝에야 평화로운 삶을 상상할 수 있었다. 오 년간의 전쟁은 요한뿐만 아니라 그가 우편을 배달하는 일곱 마을에도 흔적을 남겼다. 전사자 서른여덟 명과 실종자 열한 명. 그 밖에 건강이 지속적으로 악화되는, 신체 부위가 절단된 부상자들도 있었다. 요한은 날마다 또다른 전쟁의 상흔이 새겨진 사람들을 만났다. 브뤼넬 출신의 안톤 노이베르트라는 사람은 눈이 먼 채 고향으로 돌아왔다. 바로 그의 코앞에서 수류탄이 터졌다. 이제 그는 의안을 착용했다.

베른그라벤의 두 학급짜리 학교에서 근무하는 포시만이라는 교사는 예비역 소위인데, 과거 목에 입은 부상으로 지난 몇 년간 쉰 목소리만 낼 수 있었다. 그의 말이 무슨 뜻인지 이해하려면 두 번 귀를 기울여야 했다.

샤트나이에 사는 프란츠 로렌첸이라는 남자는 전쟁이 일어나기 전 여성들에게 인기가 높았다. 그런데 전쟁이 일어나고 두번째 해에 석류석 파편이 그의 고환을 찢어발겼다. 고향으로 돌아오게 된 프란츠는 자신의 부상이 다른 사람에게 알려지지 않도록 수단과 방법을 가리지 않았다. 하지만 그의 모친이 이웃에 사는 여성에게 눈물을 흘리며 사연을 고백했고, 이렇게 털어놓은 비밀은 널리 퍼졌다. 프란츠는 여성들로부터 처지를 다 안다는 눈길과 동정을 받게 됐고—결코 그 누구도 이를 두고 킥킥거리지는 않았다!—결국 그는 사냥총으로 스스로 목숨을 끊었다.

모렌 출신 젊은이인 에리히 마이크스너는 유난히 비극적인 일을 겪었다. 그는 올뮈츠에 있는 군병원에서 집으로 편지를 보냈다. 에리히의 여자친구인 그레테 피비히는 당장 그를 만나러 길을 나섰다. 하지만 그녀는 에리히의 모습을 받아들일 준비가 전혀 안 된 상태에서 그를 만났다. 에리히의 코는 더이상 남아 있지 않았고 뺨에는 커다란 구멍이 나 있었다. 그래서 그가 입술을 아무리 굳게 다물고 있어도 입안이 다 들여다보이고 혀와 치아까지 보였다.

그레테는 비명을 지르다가 곧장 집으로 돌아갔다. 그녀는 더이상 에리히를 볼 엄두가 나지 않았다. 의사들이 에리히의 뺨에 난 구멍을 꿰매고, 입과 이마 사이에 둥글고 뭉뚝한 코를 새롭게 만들어놓은 뒤에도 그레테는 그를 만날 생각이 들지 않았다. 그레테는 현재 폴란드에서 온 강제노동자와 은밀하게 만나면서 히틀러가 실각한 이후의 세상을 기다린다는 소문이 돌았다. 그리고 사람들은 에리히 마이크스너의 새로운 코는 엉덩이 살을 떼어

만든 거라고 수군거렸다.

아울러 전쟁의 또다른 흔적으로 인해 볼펜탄의 질서
가 뒤바뀌었다. 예를 들어 폴란드, 우크라이나, 프랑스의
전쟁 포로들이 이곳에서 강제노동을 해야 했다. 그리고
루르 지방 폭격 때 피해를 입은 사람들도 있었는데, 그
들은 이곳으로 피난을 와서 자유롭게 거주지를 정해 묵
었다.

루르에서 피난 온 사람들의 이름은 이곳에서 아이들에
게 일반적으로 지어주는 로테, 로레, 레나테, 이레네, 에
파, 안네마리 같은 이름들과는 달랐다. 그리고 루르 피난
민들은 새로 태어난 아기에게 하르트무트, 게르노트, 기
젤헤어, 로트라우트, 크림힐트, 에다라는 이름을 지어주
었다.

그들은 주로 채소와 푸딩을 먹었다. 그들 중 상당수는
개신교 신자였다. 목소리가 컸고, 이곳 사람들과는 생활
방식이 달랐다. 하지만 그들은 이곳에 적응했다. 거의 모
두가 이곳의 비좁고 제한된 공간, 구식 부엌 아궁이에 익
숙해져야 했고, 장작을 패고 토끼와 닭을 길러야 했다.
어떻게든 최선을 다해야 했다. 오로지 한 가지 목표, 즉
전쟁에서 살아남는 것이 가장 중요했기 때문이다.

특히 도르트문트에서 온 아이들이 모인 두 개 학급이 우편배달부 요한을 날마다 애타게 기다렸다. 이 학급 학생들은 두 여교사와 함께 페터스키르헨과 샤트나이 사이에 지은, 예전에 노동봉사단*이 이용했던 가건물에 묵고 있었다. 요한이 가건물 방향으로 향하는 거리를 지나치면 곧바로 여덟 살에서 열 살 사이의 아이들이 그를 향해 뛰어왔다. 아이들 중 상당수가 눈이 빨갛게 되도록 울었다. 향수병 때문이었다.

두 여교사 중 한 명은 요한과 동년배로 아주 젊었다. 그녀는 단기교육을 받은 뒤에 이 시설의 관리 임무를 위임받았다고 요한에게 설명했다. 그녀의 동료 여교사는 전혀 도움이 되지 않는다고 했다. 동료 여교사는 요한보다 세 배나 나이가 많았지만, 신경질적이고 불안해하는 인상을 잔뜩 풍겼다.

젊은 여교사는 귀족 출신이었다. 그녀의 이름은 우테 폰 콘라디였다. 자부심을 가질 만한, 듣기만 해도 성, 승마용 말, 위대한 사랑이 절로 떠오르는 이름이었다. 하지만 전쟁은 귀족이든 아니든 누구에게나 닥쳐왔다. 이 처녀의 눈이 빨개지고 심하게 부어오른 날이 드물지 않았다. 남자친구가 있는 걸까? 우테는 어느 소령과 소위가 보낸 군사우편을 종종 받았다. 편지를 보낸 사람의 성은 우테와 똑같은 폰 콘라디였다. 아버지와 오빠일까? 아마도 그럴 것이다.

요한은 가건물 바깥에서 창문 안쪽을 들여다보는 걸 좋아했다. 때때로 가건물 안에 있는 아이들이 편지를 쓰는 모습이 보였기 때문이다. 고향으로 보내는 편지였다. 주소는 분명하게 썼고 편지를 보내는 사람의 이름이 빠진 적도 없었다.

어린 시절 요한은 편지를 쓰는 일이 드물었다. 도대체 누구에게 편지를 쓴단 말인가? 전쟁이 터지고서야 편지 쓰는 법을 배웠다.

어린 시절 요한은 책 읽기에 더 많은 매력을 느꼈다. 그는 새 학년이 시작되자마자 동갑내기들 중에서 가장 빨리 읽기 교본을 읽어치웠다.

요한은 읽을거리를 찾아다녔고, 페터스키르헨 교구 도서관에서 책을 빌렸다. 도서관을 담당하는 교구 여성 요리사는 매우 현명해서, 요한이 성인용 도서를 대여하는 것을 막지 않았다. 덕분에 요한은 도서관에 소장된 281권의 책을 독파했다. 특히 전쟁이 터진 뒤 2년 동안, 그는 마지막 남은 소설까지 다 읽어치웠다.

이때가 1941년 여름이었다. 하지만 오래된 교구 도서관은 정치에 선동됐고, 다른 방면에 비중을 두기 시작했다. 즉 유대인과 공산주의자를 몰아내고 아리안과 게르만 민족을 불러들이자는 것이었다. 수많은 책 꾸러미가 도착해 정리·분류됐다. 이때 요한은 도서관에 새로 들어온 책을 읽어야 했다. 새책을 읽으며 요한은 곰곰이 많은 것을 생각하는 계기를 마련했다.

요한은 어머니에게 이런 질문을 한 적이 있다. "유대인이 돈 버는 데만 관심 있다는 게 사실인가요?"

"도대체 어디서 그런 허튼소리를 들었니?" 요한의 질문에 놀란 어머니가 대꾸했다.

"도서관에 새로 들어온 책에서요, 어머니."

"생각이 있는 거냐, 없는 거냐? 일이나 해라!"

전쟁이 일어나면 전보다 편지를 훨씬 많이 쓰게 된다. 하지만 전쟁은—요한은 전선에서 얻은 이러한 통찰을 집까지 데리고 왔다—우편이라는 존재와 사이가 무척 나빴다. 전쟁은 개별 국가 간의 우편 업무와 교통편을 방해했고, 우편 발송물을 파기했고, 관공서·운송 수단·우체통을 파괴했고, 우체국 직원을 죽음으로 몰아넣었다.

그리고 전쟁은 얼마나 많은 사랑에 훼방을 놓았는가! 사실 전시에 엄청나게 번성하는 것은 다름 아닌 불안이다. 날마다 검은색 편지가 도착할 수도 있다. 검은색 편지는 마른하늘에 날벼락과도 같은 존재다. 전쟁은 모든 익숙한 것을 파괴했고, 안전을 잠식했고, 희망을 으스러뜨렸고, 육신을 괴롭혔고, 영혼을 일그러뜨렸다. 그리고 전쟁은 기억하려는 의지도 앗아간 것 같았다. 페터스키르헨에 살던 유대인 수의사인 지그문트 바이첸펠트 박사는 1942년 어느 날 밤 가족과 함께 사라져버렸는데, 누구도 이에 대해 떠올리려 하지 않았다. 누군가가 지그문트 바이첸펠트 박사에 대해 묻는다면, 상대방은 어깨를 으쓱거리며 이렇게 대답할 것이다. 그분은 행방불명됐어요.

마가목은 얼마나 반짝거리는지! 마가목은 마치 첫 결빙이 자신에게 곧, 아마도 내일이면 들이닥치리라는 것을 잘 알고 있는 듯했다.

요한은 이제 샤트나이에 이르렀다. 날마다 우편물을 배달하기 위해 도는 곳 중 두번째 마을이었다. 마을은 경사가 완만한 남쪽 산비탈을 따라 형성되어 있었다. 밝고 쾌활한 분위기의 마을이었다. 일곱 마을 중 아네모네와 봄은방울수선화가 가장 일찍 피는 곳이었다. 샤트나이의 농장에 청명한 겨울날 정오의 온기가 깃들면, 외양간을 청소하는 여성들은 뜨개질해 만든 겉옷을 벗었고, 실내화를 신은 노인들은 점심식사가 끝난 뒤 잠깐 동안 집 외벽 앞에 놓인 벤치에 앉아 햇볕을 쬐었다. 샤트나이를 생각하노라면, 요한은 항상 양지바른 곳에 위치한 마을 풍경이 떠올랐다.

이곳은 아직 초록빛 세상이었고, 살아 있는 모든 것이 여전히 햇빛을 가득 받으며 기지개를 켰다. 오후에는 추수를 끝낸 밭 위로 알록달록한 색깔의 연이 솟아올랐다. 밭을 갈던 노인이 채찍을 흔들며 요한에게 인사했다.

예전에 마을은 차가운 개울이 흐르는 비좁은 골짜기에 위치해 있었고, 낮시간에는 대부분 그늘에 잠겨 있었다고 한다. 그래서 주민들은 이 마을을 '그림자가 드리운 곳'이라는 뜻의 샤트나이라고 불렀다. 그런데 약 이백 년전 어느 여름날 밤, 이곳 전체가 불타버렸다. 마을 사람들은 밭 사이에 위치한 산비탈에 새로운 농장을 짓기로 결정했다. 단 하나뿐인 농장을 운영하던 사람들만 골짜기에 남았다. 그들은 널빤지로 만든 물레방아를 운영했기 때문이다. 어쨌든 물레방아를 돌리기 위해서는 개울이 있어야 했던 것이다.

얼굴에 주근깨가 난 마리엘라가 요한을 향해 뛰어왔다. 마리엘라는 샤트나이에서 근무하는 여교사의 딸이었다. "이미 알고 있어요. 그 사람에게서 온 편지가 없다는 걸……"

하지만 오늘은 마리엘라에게 온 편지가 한 통 있었다. 군사우편이었다. 마리엘라는 우편물을 들고 환호성을 지르며 뛰어갔다.

너무나 어린 그녀는 히틀러를 굳게 믿고 있었다. 마리엘라는 열한 살 때 총통과 악수할 기회가 있었다. 당시 히틀러는 베른스탈에서 새롭게 발견된 종유석 동굴을 시찰하러 왔다. 그때는 전쟁이 터지기 몇 달 전으로, 아직 평화로운 시기였다. 이후 마리엘라는 자신의 오른손을 마치 성역처럼 여겼다. 하지만 오늘은 그녀가 꿈꾸는 세상을 다스리는 신인 히틀러조차 빛이 바랬다. 가장 사랑하는 사람으로부터 편지가 한 통 왔기 때문이다. 그는 히믈리시하크 출신의 히틀러 유겐트 지도자였다. 오늘 마리엘라는 오로지 사랑만 생각했다.

요한은 마을을 한 바퀴 돌았다. 창문과 출입문에서 얼굴들이 불쑥 나타났고, 기대로 가득찬 눈길이 요한의 가방에, 그의 손에 달라붙었다. 요한은 어디를 가든 인사를 받았다. 요한은 학교 창가에서 자신을 바라보고 있는 여교사에게 손인사를 했다. 요한이 편지 한 통을 들고 자신의 집으로 다가오면, 마을 사람들은 그동안 불안했던 마음에서 벗어나 안도의 한숨을 쉴 수 있었다. "절대 나쁜 소식이 아닙니다! 아드님이 보낸 우편물이에요!"

그러면 아내나 딸, 어머니나 아버지는 환한 표정을 짓기 시작했다. 편지를 보냈다는 것은 곧 살아 있다는 뜻이었다. 그리고 요한은 창문을 통해 사과 주스 한 잔을 건네받았다.

요한은 조그마한 성당에서 방향을 바꾸었다. 우편가방이 굉장히 가벼워져서 기뻤다. 자갈이 깔린 도로는 외트쪽으로 나 있었다. 햇볕은 아까보다 훨씬 따스했다.

길을 걸으며 요한은 지난밤을 생각했다. 또 악몽에 시달렸다. 그는 땀으로 뒤범벅이 된 채 잠자리에서 벌떡 일어나 어둠 속을 응시했다.

레크펠트 부인은 요한의 침실 쪽에서 들려오는 비명 소리에 여러 번 귀를 기울이려고 했다. 남편이 그녀의 행동을 말렸다. 저 남자는 공포 때문에 소리를 지르는 것이 아니라고 했다. 그런데 요한은 자신이 소리를 지르는 게 너무나 당연하다고, 그럴 만하다고 여겼다. 그는 팽팽하게 부풀어오른 우편가방을 도무지 찾지 못하는 꿈을 꾸었다. 요한은 믿기지 않는 장소에서 연달아 가방을 찾았다. 샤트나이 묘지에서, 바네르트 농장의 자욱한 안개 속에서, 모렌의 연못에서. 여기저기 뒤지고 다니던 요한은 심지어 러시아 자작나무 가지 속에서도 찾았다.

우편가방은 찾았지만 가방 안은 텅 비어 있었다. 직분에 충실한 우편배달부 요한은 이런 상황을 보고 비명을 지를 만했다! 가장 중요한 통지서도 사라지고 없었다. 징집명령서, 사랑 고백 편지, 고해 편지, 부고장!

때때로 요한은 손과 관련된 악몽을 꾸기도 했다. 한번은 자작나무에 걸린 요한의 손이 나무 아래에 있는 그를 향해 손짓하는 꿈을 꾸었다. 또 한번은 손이 커피를 아주 천천히 휘젓는 광경을 목격하는 꿈을 꾸었다. 그의 손만 나타났다. 그것 말고는 아무것도 없었다. 한번은 눈에 보이지 않는 실에 매달린 손이 마치 거미처럼 침실 이불에서 내려오는 꿈을 꾸었다. 심지어 손은 그의 머리 위를 스쳐지나가기도 했다. 그리고 지난 5월 요한은 손이 교수대에서 바쁘게 일하는 꿈을 꾸기도 했다. 자신의 손이 빨치산*의 등뒤로 다가가 올가미를 목에 거는 광경을 지켜보아야 했다. 이때 요한은 소리를 질렀고 자신의 비명 소리에 놀라 잠에서 깨어났다.

4장
1944년 10월

월요일. 10월의 안개가 자욱했다. 배 속에서 아침식사 때 마신 따뜻한 우유가 느껴지기는 했지만, 요한은 한기를 느꼈다.

러시아군은 동프로이센을 침입하며 독일 땅에 발을 들여놓았다. 하지만 러시아군은 다시 밖으로 밀려 나갔다. 그럼에도 사람들은 러시아군이 아직 독일 땅에 남아 있거나 다시 쳐들어오리라는 예감을 품었고, 불안이 팽배했으며 사방에 공포가 만연했다.

요한은 걸음 속도를 높였다. 그와 함께 전선에 투입됐던 전우들은 어떻게 지낼까? 병영에서 받은 훈련은 육 주가 걸렸다. 하지만 요한의 기억 속에서 이 육 주의 훈련 기간은 전투를 체험한 일 년 전체보다 훨씬 힘들었다.

요한은 군병원에서 퇴원해 고향으로 돌아온 뒤, 전우들로부터 두어 통의 편지를 받았다. 편지 내용은 몇 줄 안 되었고, 요한이 귀향한 이후 누가 부상을 입고 누가 전사했는지 알려주는 소식이었다. 전선에서 온 편지에는 무엇보다 '우리는 아직 살아 있다'는 소식이 포함됐다.

훈련 기간 동안 요한과 친했던 전우는 요제프 차흐와 호르스트 뮐러였다. 요제프는 단 음식이라면 무엇이든 탐닉했고, 호르스트는 신맛을 선호했다. 요제프는 활기차고 화를 잘 냈으며, 호르스트는 폐쇄적인 성격이었다. 요제프는 불규칙한 간격으로 혀 차는 소리를 냈다. 호르스트는 윗입술을 깨무는 버릇이 있었다.

이후 요제프 차흐가 러시아군 포로수용소에 갇히는 바람에 이제는 호르스트만 편지를 보냈다. 호르스트는 어떤 식으로든 영리하고 유연하게 생명의 위험으로부터 벗어났다. 그가 지금까지 입은 신체 손상은 포탄 터지는 소리 때문에 청각의 절반을 상실하고, 동상으로 왼쪽 새끼발가락을 잃은 것뿐이다. 호르스트는 자신에게 주어진 가능성의 범위 안에서 신중하게 행동하는 책략가였다. 그들은 어떻게 지내고 있을까? 아직 살아 있기는 할까?

페터스키르헨의 거리 네 곳을 서둘러 돌았다. 북서쪽 거리, 동쪽 거리, 남쪽 거리, 서-남서쪽 거리. 이 네 곳의 거리에서는 승합버스가 운행됐는데, 마을 주민들은 이 버스로 나머지 세상과 관계를 맺었다. 평화로웠던 시절에 버스는 하루 두 번 마을을 출발했다. 지금은 하루에 단 한 번만 나타났다.

페터스키르헨은 일곱 마을 중 규모가 가장 컸다. 전쟁이 시작된 시점에는 주민 팔백 명이 살고 있었다. 마을에는 지방 경찰서 건물에 위치한 지방 관청, 교구 사제관, 양파 모양의 지붕이 달린 성당, 세 학급으로 이루어진 학교는 물론 유치원, 주유소, 수공업 공장 여러 곳, 술집 겸 여관 두 곳, 우체국과 심지어 낙농업장도 있었다. 그 밖에도 의사 한 명, 교구 간호사 한 명, 수의사 한 명이 있었다. 페터스키르헨 주민들은 정기적으로 시장을 여는데, 이에 대한 자부심이 대단했다. 더욱이 그들은 언젠가는 도시 주민이라는 자격과 권리를 소유하게 될 것이었다.

우체국은 요한이 하는 일의 중심점을 이루었다. 우체국에선 힐데 베란이라는 여성이 결정권을 갖고 업무에 영향을 미쳤다. 그녀는 군림하지 않고 마치 동료처럼 친밀한 태도를 취했다. 요한은 자기가 해야 할 책상 업무를 힐데가 전부 빼주어서 기뻤다. 아울러 피치 못할 창구 업무까지 빼준 것도.

요한이 사무실 뒷문을 통해 들어섰을 때 힐데는 그곳에 있었다. 그가 들어올 때마다 그녀는 항상 그곳에 있었다. 현재 오십대인 힐데는 일찍 과부가 되었다. 그녀는이곳 우체국에서 삼십 년 동안 창구 업무를 맡았고, 우편규정과 우편요금을 모조리 머릿속에 저장해두고 있었다. 힐데의 머리카락은 회색이었고 듬성듬성했다.

그녀는 오로지 자기가 직접 만든 옷만 입었는데, 대개는 디른들*이었다. 힐데는 토요일 오후와 일요일에 옷을만들었다. 그녀는 요한과 바느질에 대한 이야기를 많이나누지 못해 슬펐다. 힐데에게는 바느질 친구가 많았고, 친구 중에는 때때로 우체국 창구에서 최신 유행 옷의 정보가 담긴 소책자를 서로 교환하며 연사,** 바느질로 이은리본, 예쁜 단추를 어디서 구할 수 있는지 알려주는 사람도 있었다.

요한은 힐데의 아들과 동년배였기 때문에 요한에 대한 힐데의 모성애는 점점 더 깊어졌다. 아침이면 맥아를

---

* 오스트리아 · 바이에른 등 알프스 산간 지방 여성이 입는 민속 의상. 허리나 상의는 꽉 조이고 치마폭은 아주 넓은 치마나 원피스다.
** 撚絲, 몇 가닥의 실을 꼬아서 만든 실.

넣은 커피가 김을 모락모락 내며 요한을 기다렸다. 그가 커피를 한 모금 마시는 동안 힐데는 최신 소식을 전해주었다.

"모렌에 사는 교사의 어머님이 어젯밤 돌아가셨어." 힐데는 흐릿한 시선으로 이렇게 말했다. "심장마비 때문이라는데."

요한은 그 노부인을 직접 본 적이 있었다. 대단히 위풍당당했고, 항상 어깨를 내려뜨리지 않기 위해 감동적일 정도로 노력을 기울인 분이었다. 불과 며칠 전 요한은 노부인의 아들이 보낸 군사우편물을 건네드렸다. 노부인은 아들이 또 한번 휴가를 받아 집으로 돌아오리라고 굳게 믿었다. 아마도 크리스마스 때 올까?

이제 대개의 경우와는 정반대로, 고향에서 보낸 검은색 편지가 전선으로 가게 될 것이다. 그리고 단기 휴가를 받은 아들은 '세상을 떠난' 어머니와 재회하게 되리라.

요한도 이와 똑같은 일을 겪었다. 징집된 지 삼 주가 막 지났을 때 어머니가 돌아가셨다는 소식을 들었다. 그는 사흘 동안 병영을 떠나도 좋다는 허락을 받았다. 열차를 타고 한 시간 남짓 간 다음, 버스로 갈아타고 족히 삼십 분을 더 갔다. 당시 요한의 왼손은 아직 멀쩡한 상태였다.

요한의 어머니이자 산파였던 요제파 포르트너는 관 속에 누워 있었는데, 마치 낯선 사람처럼 보였다. 어머니는 요한과 아주 멀리 떨어진 곳에 있었다. 요한은 이제 더이상 어머니의 이마에 입맞출 수 없었다. 하지만 밤이 되자 요한은 어머니가 자기를 부르는 소리를 들었다. "하네스,* 창문을 닫으렴. 비가 내리잖니……"

요한은 날마다 마을을 돌며, 자신과 어머니 사이에 들이닥친 시간과 마주쳤다. 이보다 더 뚜렷할 수 없을 만큼 눈에 들어왔다. 이제는 일곱 마을에서 태어난 생후 육 개월 미만인 아이들 모두, 요한의 어머니가 아닌 다른 산파의 손에 의해 이 세상으로 나왔기 때문이다.

"그리고 샤트나이에서 물레방앗간을 운영하는 젊은 과부가 임신했다는 소식이 있네. 그 과부의 남편이 죽은 지 일 년도 넘었는데 말이야." 힐데가 말했다.

"믿기지 않는데요." 요한이 대꾸했다. "그 여자는 자기집 현관문을 벗어난 적이 없는 것 같던데요. 그렇다면 아이의 아빠는 누구일까요?"

---

* 요한의 본명인 요하네스의 애칭.

"프랑스인 전쟁 포로를 잊었나보구나." 힐데는 의미심장한 눈길로 속삭였다. "물레방앗간에서 일하는 포로가 한 명 있어. 고향이 파리라고 하지. 파리에서 행실이 바른 사람을 찾기란 힘들지. 그곳엔 우리가 알고 있는 모든 죄악이 판친다고……"

요한은 불쾌한 기분이 들어 말씀을 삼가라는 손짓을 했다.

"세간에 떠도는 이야기만 말하는 거라고." 힐데가 열의에 차서 말했다. "하지만 아기 아빠가 정말로 프랑스인이라면, 그 여자는 곤경을 겪게 될 거야."

"그럼 누가 아기 아버지를 밝혀내려고 할까요?" 요한은 마지막 남은 커피를 다 마셔버리고는 우편물이 종류별로 분류된 커다란 책상 위로 몸을 숙였다.

요한은 힐데가 이미 자기를 위해 분류해놓은 우편물로 시선을 옮겼다. 우편물은 이른 아침마다 히믈리시하크의 기차역에 도착해, 이 일대에 유일하게 남아 있는 우편 차량으로 옮겨진 뒤 우체국으로 전달됐다. 힐데는 두 손을 활용해 요한보다 두 배 빠르게 분류 작업을 할 수 있었고, 아울러 일곱 마을에 사는 주민 모두의 이름을 잘 알고 있었다. 또한 루르 지방에서 새로 이주해온 사람들,

심지어 농장에서 일하는 폴란드와 우크라이나 출신의 일꾼과 하녀들도 훤히 꿰고 있었다.

그리고 책더미 속에서 사는 베른그라벤의 독어독문학 교수에게 전달할 책들이 또 있었다!

"오늘 검은색 편지는 없나요?" 요한이 물었다.

힐데는 미심쩍은 편지를 그냥 보아 넘기는 경우가 드물고, 발송인과 소인을 철저하게 조사한다는 사실을 요한은 잘 알고 있었다. 그녀는 호기심이 강했다. 편지가 단위 부대 소속 사무실에서 왔다면, 재앙과 화로 가득찬 편지일 확률이 높았다. 하지만 군종신부라든지 예전에 고향에 살았던 전우가 쓴 편지가 단위 부대를 통해 공식 통지서 형태로 도착하는 일도 종종 있었다. 그런 경우에는 전사통지서가 든 편지인지 아닌지 파악하기가 불가능했다.

"한번 봐봐." 힐데가 말했다.

너무나도 분명한 검은색 편지가 한 통 있었다. 수신인은 베른그라벤에 사는 엘자 파일링거였다. 술집 '들소'에서 근무하던 웨이터의 아내다.

"아이가 다섯이야!" 힐데는 한숨을 쉬었다. "막내가 생후 이삼 개월밖에 안 됐을 거야. 지난번에 남편이 휴가 왔을 때 생긴 아이지. 전쟁이 일어나기 전에는 남편이 두

세 달에 두 번꼴로 집에 왔어. 하지만 엘자는 남편과 사이가 좋지. 게다가 아이들도 잘 키우고 있어. 아이들 영양 상태도 좋고 청결하다고."

"엘자는 말수가 적은 편이죠." 요한이 말했다. "일요일마다 남편 알로이스에게 보내는 편지를 써요. 월요일에 제게 편지를 쥐여 주거든요. 규칙적으로요."

"쿠네르트 집안사람들의 타고난 기질이지." 힐데가 말했다. "엘자는 과부 쿠네르트의 장녀야. 엘자가 너무 안됐어. 엘자는 꽃다운 청춘도 못 누렸어. 게다가 엘자의 동생인 로젤이 자살한 것도 너무 안됐지 뭐야……"

요한은 침울해졌다. 엘자는 이 소식을 어떻게 받아들일까? 대다수 부인들의 경우 편지를 받고 어떤 반응을 보일지 꽤 정확하게 예측할 수 있었다. 하지만 엘자의 속마음을 들여다보기란 불가능했다.

페터스키르헨, 샤트나이, 외트, 베른그라벤, 디키히트, 모렌, 브뤼넬. 요한은 한숨을 깊게 내쉬었다. 오늘 요한은 베른그라벤에 도착할 때까지 내내 우울했다. 베른그라벤에서 겪을 일을 생각하니 두려웠다. 그는 잊지 않고 재킷 위에 가운을 걸쳤다. 무슨 일을 겪을지 절대 알 수 없기 때문에……

요한은 도착하는 마을 순서대로 편지 꾸러미를 가방 속에 밀어넣으며, 방문할 마을 수를 확인했다. 거의 늘 그렇듯이 일곱 곳이었다. 브뤼넬이나 디키히트, 모렌에 전혀 들르지 않는 경우는 일 년에 네다섯 번 정도뿐이었다. 하지만 외트로 가는 우편물이 없을 때는 종종 있었다.

요한은 재킷 안쪽 가슴 부위에 달린 속주머니에 검은 색 편지를 찔러넣었다.

안개가 끼는 건가? 비가 내리는 게 틀림없군! 오늘은 어차피 망친 날이다.

보슬비가 내렸다. 요한이 외트에서의 업무를 끝내자, 비는 주전자로 퍼붓는 듯했다.

오늘 베른그라벤은 여느 때보다 훨씬 우중충했다. 모든 지붕에서 비가 뚝뚝 떨어졌다. 엘자는 다리 바로 옆에 살고 있었다. 차가운 샤트나이 시냇물이 뢰네강으로 흘러드는 곳이었고, 샤트나이와 디키히트로 향하는 거리와 큰 거리가 서로 갈라지는 지점이었다.

저멀리 열려 있는 현관문 앞에 서서 엘자가 요한을 향해 손인사를 하고 있었다. 일요일인 어제 남편에게 쓴 편지를 손에 들고 있었다. 요한은 심호흡을 하고 일을 재빨리 해치우기로 결심했다. 이를 악물고 해내기로 말이다.

"날씨가 참 안 좋네." 요한에게 가까이 다가온 엘자는 이렇게 말하며 머리를 흔들었다.

요한은 물이 뚝뚝 떨어지는 망토를 젖히고 군사우편물을 꺼냈다. 네 명의 아이가 현관 복도에 서서 그 모습을 바라보고 있었다. 네 아이 모두 엘자를 빼닮아 땅딸막하고 머리카락은 곱슬곱슬했다.

요한의 시선은 엘자가 들고 있는 편지의 수신인으로 향했다. 알로이스 파일링거. 당연하다. 또 누가 있겠는가.

"얼굴이 창백해 보이는데." 엘자가 말했다.

"제가요?" 깜짝 놀란 요한이 대답했다. "정말로 그렇게 생각하시는 건가요?"

"그럼. 난 괜한 말 안 해." 그녀가 말했다. "안으로 들어와. 들어오라니까. 차 한 잔 마시고 가."

엘자는 요한이 어깨에 걸친 망토를 벗겨 현관 복도에 박힌 못에 걸었다. 이제 재킷 차림의 요한은 우편가방을 곁에 둔 채 김이 모락모락 나는 차 앞에 앉아 있었다. 차는 아직 너무 뜨거웠다. 아이들은 공손한 몸가짐으로 멀찌감치 서서 요한을 예의주시했다.

"쟤네들은 오늘 학교에 안 갔나요?" 요한이 물었다.

"감자 수확 시기라서 학교가 휴교중이야. 애들도 일을 도와야 하니까." 엘자가 대답했다.

아, 그렇구나. 그 때문인지 요한은 오늘 거리에서 아이들을 많이 보았다.

요한은 한숨을 쉬었다. 이제 때가 됐다. 그는 맞은편에 앉은 엘자에게 검은색 편지를 건네주고 가만히 기다렸다. 그녀가 편지를 읽는 동안 홀로 내버려두어서는 안 되었다. 엘자는 발송인을 보고 의아해하는 것 같았다. 그리고 천천히, 아주 천천히 편지 봉투를 열었다.

요한은 탁자 곁의 작은 침대에 잠들어 있는 막내를 보았다. "아이가 예쁘네요." 그는 고통스러운 정적을 쫓아내려고 이렇게 말했다.

엘자는 편지를 읽었다. 요한은 눈을 내리깔았다. 엘자가 이 전사통지서를 수령하는 동안 그녀의 얼굴을 주시하는 것은 무례한 행동인 것 같았다. 요한은 엘자 손에 들린, 상등병 알로이스 파일링거에게 보내는 편지를 응시했다.

방에는 정적이 흘렀다. 그는 고개를 들어 아이들이 자기가 아닌 엄마를 주시하는 광경을 보았다.

"로이즐." 엘자가 나지막이 말했다. "요한 아저씨가 나가실 수 있게 도와드려라."

요한은 엘자 곁에 있을 필요가 없었다. 그녀는 아주 강했으니까.

"삼가 조의를 표합니다." 요한은 이렇게 중얼거리고 자리에서 일어나 방을 나왔다.

큰아들 로이즐이 그를 따라왔다. 로이즐은 엄마가 쓴 편지를 요한에게 내밀었다. "하마터면 이 편지를 깜빡 잊을 뻔하셨네요, 요한."

"망토를 내 어깨에 걸쳐줄래?" 요한이 말했다. "한 손으로는 어렵구나."

로이즐은 편지 귀퉁이를 입술로 꽉 문 채 도움을 베풀었다. 망토를 요한의 어깨에 제대로 걸쳐주자마자, 로이즐은 다시 한번 아빠에게 보내는 편지를 건네주려고 했다.

"아니야." 요한은 이렇게 말하고는 로이즐의 머리를 쓰다듬었다. "아빠는 더이상 편지를 받으실 수 없어. 아빠는 돌아가셨다."

소년은 휘둥그레진 눈으로 요한을 응시했다.

"엄마에게 가보렴." 요한은 낮은 목소리로 말했다. "그리고 엄마를 잘 돌봐드려. 큰 소리로 울어선 안 되고, 칭얼거려서도 안 돼. 울거나 떼를 쓰면 엄마가 그만큼 더 힘들어진단다. 엄마는 지금 너희밖에 없어. 알겠지?"

소년은 고개를 끄덕이고는, 편지를 똘똘 말았다. 그리고 현관문을 열어젖히더니 비가 내리는 바깥으로 달려

나갔다. 로이즐은 몇 걸음 지나지 않아 다리에 도착했고, 편지를 뢰네강으로 던져버렸다. 요한이 다리 위로 가보니, 소년은 하얀 편지가 하류 쪽으로 흐르는 물결을 타고 이리저리 흔들리는 광경을 바라보고 있었다.

디키히트로 올라가는 길을 걷는 내내, 요한의 머릿속에는 이 말수 적은 부인에 대한 생각이 맴돌았다. 큰아들이 엘자를 잘 위로해줄 수 있을까? 과연 엘자는 위로가 필요하긴 할까? 요한은 내일 엘자의 집에 잠깐 들러보기로 마음먹었다.

요한이 위로 계속 올라가 산림감시원 관사 근처에 이르면, 곧 정원 입구에서 누군가를 만나게 될 것이다. 불쌍한 할머니.

5장
1944년 10월

며칠 전 라디오에서 보충병 부대 창설 소식이 보도됐다. 부대 명칭은 '국민돌격대'•라고 했다. 병역을 치를 수 있지만 지금까지 징병되지 않은 열여섯 살부터 예순 살까지의 모든 남성이 이 부대에 속했다.

일곱 마을 모두 국민돌격대를 두고 뜨거운 토론을 벌였다. 학생과 노년층 남성들은 고향을 방어하는 데 동원됐다. 한쪽은 아직 경험이 없는 아이들이고, 다른 한쪽은 이미 몸이 뻣뻣하고 우물쭈물하는 노인들이었다. 전시에 개죽음을 당할 병사들이었다. 슬픈 폭소를 터뜨릴 원인이 되기에 충분했다.

5월부터 10월인 지금까지 다시 고향에서 우체국 근무

를 하며 요한은 쓰라린 깨달음을 받아들이지 않을 수 없었다. 전시에는 우편배달부 업무가 결코 만만하지 않다는 깨달음이었다. 신체적으로도 그렇고 정신적으로도 그랬다. 수습 시절에는 검은색 편지를 배달하라는 임무가 주어진 적이 없었다. 당시 우체국은 그가 너무 어려서 전사자 유족에게 슬픔을 일으키는 편지 배달을 떠맡기려 하지 않았다. 그런 편지는 힐데 베란이 눈에 띄지 않지만 능숙한 솜씨를 발휘해, 주임 신부나 시장에게 전달하여 유족에게 넘겨주도록 조치했다. 그런데 딱 한 번, 요한은 아무것도 모르는 상태에서 편지 '한 통'을 배달한 적이 있었다.

그 편지는 외지에서 온 것으로, 발송인 정보가 전혀 없었다.

저멀리 벤첼의 아버지가 농장 안마당에서 나무를 쪼개는 모습이 보였다. 그래서 요한은 벤첼 아버지에게 즉시 편지를 넘겨줄 수 있었다. 성당 관리인이자 묘지 인부인 벤첼 아버지는 두 손으로 편지를 받으려고 도끼를 도마에 꽂았다. 그는 편지를 펼치고는 읽기 시작했다. 그리고 갑자기 숨을 헐떡거리기 시작하더니 편지를 내던져버리려고 했다. 하지만 그의 손에는 나무토막에서 흘러나온 수지가 잔뜩 묻은 탓에 편지가 왼쪽 손가락에 달라붙어 떨어지지 않았다. 벤첼의 아버지는 오른손으로 도마에서 도끼를 잡아 뽑더니 손가락에 붙은 편지를 내리쳤다. 요한이 입은 제복 재킷에 피가 튀었다.

편지에는 군종신부가 벤첼의 아버지에게 자필로 쓴 보고 내용이 담겨 있었다. 그의 아들이 전선으로 이동하기 전 탈영*해 도주하다가 사살됐다는 내용이었다. 편지에는 "죽은 병사의 영혼에 평화와 안식이 깃들기를!"이라는 애도와 함께, 공식 사망증명서는 추후 보낼 것이라는 내용도 적혀 있었다.

요한은 이런 편지를 넘겨주어야 했다.

요한의 어머니—요한은 아직도 그 모습이 똑똑히 기억났다—는 담즙으로 만든 비누, 우유, 얼룩 빼는 소금을 이용해 요한의 제복에 묻은 핏방울을 지우려고 애썼다. 그러나 노력은 헛되었다.

"게오르크 슈톨에게 제복 재킷 여벌을 빌려줄 수 있는지 물어봐라." 어머니가 요한에게 말했다. "네 재킷이 마를 때까지만이라도 말이야."

"히플리시하크에서 근무하는 우편배달부 말씀인가요?" 깜짝 놀란 요한이 물었다. "하필이면 왜 그 사람이죠? 나이가 많이 드신 분 아닌가요……"

"얼마 전에 쉰여덟 살이 됐지. 체격이 너와 똑같을걸."

어머니의 조언은 탁월했다. 게오르크 슈톨은 위풍당당한 남자로, 눈이 푸르고 갈색 머리카락은 숱이 많았다. 단지 귀 옆머리만 희끗희끗했을 뿐이다. 요한이 브뤼넬에 사는 산파의 아들이라고 자신을 소개하자, 게오르크는 요한의 몸을 신중하게 쟀다. 그러더니 주저하지 않고 요한에게 제복 재킷을 빌려주었다. 게오르크의 행동으로 미루어, 요한은 어머니가 일곱 마을뿐만 아니라 멀리 떨어진 지역에서도 널리 알려지고 존경받는 분이라는 사실을 짐작할 수 있었다.

근무복 재킷에 희미한 얼룩이 생겼기 때문에 요한은 상사의 질책을 감수해야 했다. 직업 수행을 위해 제공된 국가 제복을 입고 책임감 없이 돌아다녔다는 질책이었다. 비난을 잔뜩 받은 요한은 기가 꺾인 목소리로 이 얼룩이 왜 생겼는지 넌지시 말을 꺼냈지만, 상사는 아까보다 더 화를 냈다. 우편배달부에게는 소식을 송달하는 임무만 있을 뿐, 어떠한 경우라도 전해준 소식으로 인한 결과를 기다릴 의무는 없었다. 다만 불가피하거나 원하는 경우에는, 나쁜 소식을 받은 수취인을 신체적으로나 정신적으로 도울 수는 있다고 했다.

아무렴, 국가는 그렇게 생각하겠지. 그게 옳은 일이라 여길 테고. 상사는 어린 요한이 홀로 감당해야 할 문제를 남겨두었다. 우편물을 송달할 때 어떻게 심장을 꺼둘 것인가?

요한은 깊은 불안감과 당혹감을 안고 상사의 사무실을 나왔다. 그는 며칠 동안 변함없이 친절한 행동을 보이기는 했지만, 냉혹한 표정을 지으며 감정을 일절 드러내지 않은 채 우편물을 배달하려고 애썼다.

하지만 이런 태도를 계속 유지하지는 못했다.

궁지에 몰린 요한은 히플리시하크에서 일하는 동료와 의논했다. 요한에게 제복을 빌려준 바로 그 사람이었다. 우편배달을 오랜 세월 한 남자이니, 이 직업에 따른 고충이라면 무엇이든 노련하게 해결할 것이 분명했다.

"그건 아니다, 하네스." 게오르크는 나이 어린 동료에게 이렇게 말하면서, 요한의 어깨에 손을 얹었다. "사람들 곁에 머물고 싶다면 심장을 꼭 꺼두지 않아도 돼. 다만 제복 재킷 위에 가운을 걸치렴. 아주 저렴하고, 쉽게 빨고 말리고 다림질할 수 있는 가운 말이야. 그렇게 하면 수취인이 네 곁에서 눈물을 흘려도 상관없고 불가피한 경우 피가 튀어도 괜찮지……"

"그런 걸 입으면 사람들이 저를 우편배달부로 보지 않

을 텐데요." 깜짝 놀란 요한은 이렇게 대꾸했다.

"어째서 우편배달부처럼 보여야 하는 거지?" 게오르크가 물었다. "우편배달부라는 걸 '알도록' 해야지. 브뤼넬, 페터스키르헨, 샤르나이, 외트, 베른그라벤, 디키히트, 모렌에 사는 주민 모두가 알아야지. 그리고 머리끝부터 발끝까지 진정한 우편행정 대표자의 모습을 보여줘야 하는 상황이 온다면, 그냥 가운을 벗으면 돼."

그래서 요한은 히플리시하크에 있는 상점에서 업무용으로 걸칠 푸른색 가운을 구입했다. 페터스키르헨의 철물공 장인이 걸친 것과 똑같은 가운이었다. 물론 요한은 현금 대신 옷 배급표* 몇 장을 지불했다.

가운은 눈물과 피는 물론 다른 얼룩도 감수해냈다. 한번은 우편가방을 메고 트랙터 곁을 지나다가 바퀴덮개를 스치면서 기름방울이 묻은 적도 있었다. 외트에서 열린 사육제에서 도넛에 계핏가루 뿌린 자두 잼을 발라 파는데 그 잼이 묻은 적도 있었다.

언젠가 요한은 모렌에 사는 젊은 여자 농부가 등기우편물을 수취했다는 서명을 하는 동안 손발을 버둥거리는 젖먹이를 대신 업은 적이 있었다. 그런데 농부가 쓰던 연필이 부러졌고 그녀는 연필깎이가 어디에 있는지 찾아야 했다. 그러는 동안 조그마한 딸아이는 우편배달부의 등에 오줌을 쌌다.

어머니가 아직 살아 있었을 때, 요한은 토요일 늦은 오후 우편배달을 마치고 집으로 돌아오자마자 항상 비누로 가운을 세탁했다. 어머니는 대개 맨눈으로 까치 똥과 피리새 똥을 구분할 수 있었다. 그녀는 직물에 묻은 모든 새의 오물 중에서 개똥지빠귀 똥 얼룩이 가장 지우기 어렵다는 걸 잘 알고 있었다. 월요일 이른 아침이 되면, 깨끗하게 잘 마른 가운이 벽에 걸린 채 요한을 맞이했다.

어린 시절 요한은 어머니를 많이 닮은 외모였다. 훗날 쑥쑥 자라 체격이 상당히 건장해져 소녀들의 시선을 모으기 시작한 뒤부터는, 요한은 어머니와 조금도 닮아 보이지 않게 됐다. 요한의 어머니는 체구가 땅딸막하고 눈은 갈색이었으며 머리카락은 금발이었기 때문이다.

요한의 어머니는 아버지와 어머니 노릇을 동시에 할 수 있는 재능이 있었다. 요한이 나쁜 점수를 받아오면, 어머니는 아무 말 없이 성적표에 서명했다. 그녀는 요한이 학교에서 자신이 할 수 있는 한 최선을 다했다는 사실을 잘 알고 있었다. 어머니가 요한에게 무엇이 되고 싶으냐고 물었을 때, 그는 주저하지 않고 대답했다. "우편배달부요!"

　요한의 말을 들은 어머니는 처음에는 놀라서 멈칫했지만, 이윽고 별나다 싶을 정도로 웃음을 터뜨렸다. 그러더니 원래는 요한을 김나지움에 보낼 계획이었지만 우편배달부도 괜찮다고 말했다. 어머니는 우편배달부가 되면 사람뿐만 아니라 개들과도 잘 알고 지낼 것이라고 했다. 그리고 정기적으로 월급을 받을 텐데, 이는 고정 수입이 생긴다는 뜻이니 언젠가 가정을 꾸리게 되더라도 생계 때문에 골머리를 앓을 필요가 없다고 했다.

　그리하여 요한은 우편배달부가 됐고, 이 결정을 후회한 적은 단 한 번도 없었다.

6장
1944년 11월

창백하지만 맑은 하늘에 11월 폭풍이 들이닥쳤다. 아
침노을이 하늘을 물들였다. 처음 며칠 동안 11월은 나이
가 들어 보였다. 메마른 나뭇잎들이 마을 곳곳에 떠다녔
다. 황갈색 오리나뭇잎은 처음에는 칼텐바흐 시냇물의
물결에, 그다음에는 뢰네강의 물결에 흔들렸다. 폭풍에
휩쓸린 단풍잎이, 디키히트에 사는 농부 슈모크가 키우
는 늙은 암말의 엉덩이에 찰싹 부딪혔다.

열네 살짜리 졸업반 소녀가 요한을 향해 다가왔다. 학
교 가방을 멘 소녀의 가르마에는 갈색 보리수 나뭇잎이
붙어 있었다. 그녀는 아직 땋은 머리를 하고 있었다. 얼
굴에 흘러내린 머리카락이 폭풍 때문에 입과 코 위에서

나부꼈다. "안녕하세요, 요한. 편지 온 게 있나요?"

요한은 고개를 젓고는 소녀의 손목시계를 바라보았다. "이렇게 이른 시간에 학교에 가는 거니?"

"교실 난로에 불을 피워야 해서요." 소녀가 말했다. "하지만 선생님의 사모님께서 도와주세요."

소녀는 고개를 들어 우편배달부의 뒤편을 가리켰다. 요한이 뒤를 돌아보았지만 아무것도 보이지 않았다.

"위를 보세요!" 소녀가 소리쳤다.

나뭇잎 소용돌이가 하늘에서 빙빙 돌고 있었다. 소녀는 깜짝 놀라 입이 딱 벌어졌다. 요한도 덩달아 놀랐다.

"폭풍이 '우리'를 휩쓸어 날아가버리겠어요!"

"나보다 네가 더 높이 날아갈 거야." 요한이 말했다. "나는 우편가방을 멨잖아."

"가방은 벗어던지세요!" 소녀가 웃음을 터뜨리며 외쳤다. "그러면 하늘까지 날아오를 거예요!"

"차라리 땅 아래에 머무는 게 낫겠네." 요한은 이렇게 말했다. "우편물을 배달해야 하거든. 발을 지구에 단단히 붙인 인간은 자신이 무엇을 가졌는지, 무엇을 해야 하는지 잘 알아야 하지."

"발이 지구에 단단히 붙었다고요?" 깜짝 놀란 소녀가 물었다.

"너도 그렇지 않니?" 웃음을 터뜨린 요한은 앞으로 나아가며 소리쳤다. "너도 이미 학교에서 배웠잖아. 우리가 사는 땅인 지구는 중력의……"

"아, '그런' 뜻이었군요." 소녀가 말했다. 그러고는 학교 방향으로 뛰어가기 시작했다. 그녀의 땋은 머리가 바람에 날렸다.

"네가 하늘로 날아올라 소용돌이치게 된다면," 요한은 소녀의 뒷모습을 향해 외쳤다. "다시 땅으로 내려오는 걸 잊으면 안 돼. 하늘에 올라가 있기에는 넌 아직 너무 어리잖니!"

소녀의 밝은 웃음소리가 터져나왔고, 폭풍 속에서 서서히 사라졌다.

가방은 무거웠다. 거의 매일 아침 그랬다. 무게가 최소한 13킬로그램은 되고, 아마도 몇 킬로그램은 더 나갈 것이다. 그래도 위안이 되는 것은, 요한이 페터스키르헨에서 우편물의 상당 부분을 내려놓으면 당분간 아무것도 추가되지 않는다는 점이었다. 페터스키르헨 사람들은 직접 우체국에 가서 우편물을 부쳤기 때문이다.

요한은 나뭇잎 소용돌이가 춤을 추는 광장 주변을 걸

어 다녔다.

주임 신부에게 배달할 편지가 두 통, 의사에게 줄 편지가 한 통, 경찰서에 배달할 게 세 통, 지부장에게 전달할 게 네 통, 학교에 건넬 편지가 한 통 있었다.

"안녕하세요, 요한!" 아이들이 그에게 소리쳤다. 오래된 학교 건물에 있던 아이들이 사방에서 달려왔다. 그들은 환한 표정으로 손인사를 했다. 아이들이 입은 외투와 상의는 폭풍 때문에 불룩해졌다.

"안녕 디터, 헬무트, 아돌프." 요한이 대꾸했다. "안녕 헬가, 이름트라우트, 하이디!"

요한도 편지로 가득찬 손을 들어올려 인사했다. 그는 아이들 모두를 알고 있었다. 그들은 거의 모두 요한 어머니의 노련한 양손에 안겨 생애 최초로 세상의 빛에 두 눈을 깜빡인 아이들이었다.

이제 편지 여섯 통은 지방행정부에, 두 통은 주유소에, 한 통은 광장에 위치한 여관 겸 음식점 '황금 백조'에 배달하면 끝이었다. 황금 백조의 주인인 크리스타 피들러는 열려 있는 이층 창문의 펄럭이는 커튼을 배경으로 서 있었다. 그녀는 강렬한 돌풍을 맞아가며 깃털 이불을 머리 위로 들어올렸다. 창문틀 때문에 그 모습이 마치 액자

속 그림 같았다.

"편지 왔습니다!" 우편배달부는 위쪽을 향해 소리치며 편지를 흔들었다.

"누구한테 온 거냐, 요한?" 크리스타가 아래쪽을 향해 소리쳤다. 폭풍이 워낙 거센 탓에 그녀는 고함을 쳐야 했다.

크리스타는 아주 유능한 여성으로, 남편이 전선에 나가 있는 동안 혼자 여관을 운영했다. 그녀는 이 지역의 중요한 인물들은 물론 주변 사람들과도 전부 좋은 관계를 맺고 있었고, 어떠한 상황에서도 일을 했으며, 다른 사람을 도울 수 있는 방법도 잘 알고 있었다. 크리스타에게는 쌍둥이 딸이 있었는데, 그들은 노동봉사단에 동원되어 메클렌부르크 지방에 가 있었다.

우편배달부는 편지를 뒤집어 발송인 이름을 큰 소리로 읽었다. "아돌피네 엔치케, 뮌헨."

"하느님 맙소사, 피니가 편지를 보냈구먼!" 크리스타가 소리를 질렀다. "그런데 쿠르트에게는 편지가 안 오네."

창가에 있던 크리스타의 모습이 사라지더니 현관문 앞에 다시 나타났다. 요한은 현관문 입구 계단에 발을 올려놓고 그녀를 기다리던 중이었다.

"뭐 새로운 소식은 없니?" 크리스타가 편지를 향해 손을 뻗으며 물었다.

"브뤼넬에 사는 레오 가블러라는 분이 실종됐어요. 에르나의 오빠요. 소식은 어제 들었어요."

크리스타는 슬픈 기색으로 고개를 끄덕였다. "그 소문은 이미 퍼져 있었지. 소식을 들은 에르나는 어떻더냐?"

"사람들이 에르나가 밤새 통곡하고 한탄하는 소리를 들었다더군요."

요한은 이 소식을 자신의 집에 세 들어 사는 레크펠트 부인에게 들었다. 레크펠트 부인은 밤의 고요함을 깨는 소리라면 무엇이든 들었다.

크리스타는 놀란 기색으로 요한을 쳐다보고는 입을 열었다. "에르나는 삼 년 동안 여기서 종업원으로 일했지. 오늘 오후에 에르나를 만나러 올라가봐야겠구나. 하지만 '실종됐다고 해서 죽었다고 볼 수는 없잖아'라든지 '오빠는 분명히 살아 있어. 그걸 믿고 마음 단단히 먹어' 같은 알랑거리는 위로는 못 하겠어. 에르나는 바보가 아니니까. 에르나는 실종자 백 명 중에 기껏해야 다섯 명만 살아남는다는 걸 잘 알고 있지." 크리스타는 한숨을 쉬었다. "내 남편 쿠르트가 그런 일을 당한다면, '실종'보다는 차라리 '전사'했다는 소식을 듣는 게 좋겠어. 그러면 적어도 어떻게 됐는지는 알 수 있을 거 아니야……"

크리스타는 황금 백조의 마당에 막 모습을 드러낸 지
부장 알베르트 만골트에게 손짓했다. 한 달 전까지만 해
도 만골트는 히틀러풍의 짧은 콧수염을 길렀다. 지금 그
의 코밑은 털 하나 없이 말끔했다. 더이상 독일군의 승리
를 확신하지 못했기 때문에 콧수염과 작별한 것일까?

요한은 크리스타의 눈동자에 어린 쾌활한 조롱의 기
운을 읽었다. 그러나 만골트는 순진하고 단순한 인물이
기 때문에 승마용 바지를 입고 장화를 신은 자신의 뚱뚱
한 풍채가 남들에게 얼마나 우스꽝스러워 보이는지 전혀
알아채지 못했다. 사람들은 만골트가 오로지 제복 때문
에 지부장 직위를 얻으려 노력했다고 말하곤 했다. 선량
한 성격과 아울러 당시 정치 상황에 맞춰 권력을 얻으려
는 열망은, 만골트가 선천적으로 타고난 엄청난 재능이
었다.

"하일 히틀러, 알베르트!" 크리스타가 만골트에게 소
리쳤다. "잘 지내지요?"

만골트는 다정하게 팔을 들어 인사했다. 크리스타는
집안으로 사라졌고, 요한은 황금 백조 앞에 그대로 서 있
었다. 요한이 여기서 지부장에게 온 편지를 건네면, 만

골트의 사무실까지 우편물을 짊어지고 갈 필요가 더이상 없었다. 편지를 받은 만골트는 발송인이 누구인지 대강 훑어보았다. 그는 어떤 편지를 보다가 멈칫하더니, 봉투를 뜯어 편지를 꺼내 읽었다. 이때 갑자기 돌풍이 불어닥쳐 그가 쓰고 있던 겨자색 제복 모자를 날려버렸다. 모자가 날아가버리는 바람에 만골트의 대머리가 드러났다. 모자는 마당을 가로질러 빙빙 날아다녔다.

크리스타는 황금 백조 이층, 아까와는 다른 방의 창문을 열고 모습을 나타내더니 몸을 수그렸다. 요한은 폭풍이 휘몰아치는 와중에 크리스타가 크게 웃는 소리를 들었다. 털이 헝클어진 개 한 마리가 굴러다니는 모자를 쫓아 껑충껑충 뛰었다. 개는 모자를 향해 짖었지만 감히 모자를 덥석 물려고 하지는 않았다.

지부장이 편지를 바라보며 마치 못에 박힌 듯 제자리에서 꼼짝도 하지 않은 이유는 무엇일까? 그는 크리스타가 자기를 보고 웃는 것을 달가워했을까? 젊은 시절 만골트는 크리스타에게 반해 그녀를 쫓아다녔다. 그때는 크리스타가 쿠르트나 황금 백조와는 아무 관련이 없던 시절이었다. 그녀는 기회가 될 때마다 만골트에게 퇴짜를 놓았다. 이후 만골트는 베른스탈 출신의 뚱뚱보 오티와 결혼했는데도 불구하고 여전히 크리스타를 사랑하고 있다는 소문이 있었다. 페터스키르헨 사람들은 만골트에게는 오티가 훨씬 잘 어울린다는 의견이었다.

"이것참 큰일났군." 만골트가 덤덤하게 말했다.

이제 요한도 만골트를 난처하게 만든 소식이 무엇인지 알게 됐다. 때때로 유력 인사나 유난히 비극적인 사건과 관련된 경우, 지부장이 송달된 전사통지서를 받아 당사자에게 구두로 직접 전달해야 했다. 전사자 가족을 배려한 조치였다.

"누군데요?" 요한이 물었다.

"쿠르트야."

"쿠르트라고요?" 요한은 이층 열린 창문 쪽으로 시선을 던졌다. 그곳에서는 크리스타가 마치 홀레 할머니*처럼 깃털 이불을 들고 서서 이쪽을 향해 큰 소리로 웃고 있었다.

"알베르트!" 만골트는 그녀가 외치는 소리를 들었다. "그렇게 있다가는 모자가 멀리 날아가버리겠어요. 모자가 지금 바로 '저기'에 있다고요!"

크리스타는 팔을 쭉 뻗어 한쪽을 가리켰다.

---

* 그림 형제의 동화 작품 제목이자 등장인물. 깃털 방석을 털어 겨울에 눈을 내리게 하는 할머니이다.

"실종이야." 만골트가 중얼거렸다. "게다가 '내가' 크리스타에게 통지서를 전달해야 하는군."

만골트는 편지를 팔 아래에 꽉 끼고, 승마용 바지에 달린 호주머니에서 커다란 손수건을 꺼내 코를 풀었다.

"쿠르트가 지옥에 가기를 수천 번은 기도했어." 바람에 펄럭이는 하얀 손수건을 얼굴에 갖다 댄 만골트가 속삭였다. "하지만 쿠르트는 그렇게 되어선 안 될 사람이라고……"

머리를 푹 숙인 만골트는 발을 질질 끌며 크리스타가 가리킨 쪽으로 갔다. 그곳에는 가장자리 장식이 달린 겨자색 모자가 관목에 걸려 있었다. 모자는 더러워진 상태였다. 모자의 차양에는 물에 젖은 흔적이 남아 있었다.

요한은 소식의 의미를 제대로 이해할 때까지 잠간의 시간이 필요했다. 쿠르트 피들러, 이 지역에서 가장 부유하고 명망 있는 인물이었다. 키가 크고 호리호리했으며 스키 타는 솜씨가 뛰어난 남자였다. 쿠르트는 당연히 군인이 되어야 할 상황이었다. 반면에 지부장 만골트는 상부에서 내려온 서면 명령에 의해 '마을에 없어서는 안 될 인물'로 판정받아 고향에 머물렀다.

요한은 다시 한번 이층 창문으로 시선을 던졌다. 창문

은 닫혀 있었고 손 하나가 삐져나와 하얀색 커튼을 치고 있었다.

"지금 즉시 소식을 전해줘야지." 모자를 손에 쥔 만골트가 웅얼거렸다. "그리고 다 잊어버리겠어."

요한은 만골트가 황금 백조를 향해 천천히 발걸음을 옮기는 모습을 보았다. 그는 무거운 여관 출입문을 열기 전, 몸가짐을 바르게 하고 등을 똑바로 폈다. 그의 등 뒤로 문이 덜컥 닫혔다.

요한은 만골트처럼 곤란한 상황을 겪고 싶지 않았다. 크리스타를 생각했다. 십중팔구 오늘 그녀는 에르나를 위로해주지 못하리라. 하지만 예상과는 정반대의 상황이 일어날지도 모르는 일 아닌가? 크리스타와 에르나는 함께 아픔을 견디려고 서로를 필사적으로 끌어안을지도 모르는 일 아닌가?

손목시계에 시선을 던진 요한은 깜짝 놀랐다. 오늘은 마을 사람들이 언제 그가 오나 기다리게 될 것이 분명했다. 요한의 일정은 최소 이십 분가량 지체됐다. 이곳 페터스키르헨에서 편지를 아직 한 통도 배달하지 못한 상태였다!

요한은 서둘러 발걸음을 옮기면서, 산림감시원 관사

에 사는 노부인 키제베터를 생각하지 않을 수 없었다. 모든 것에는 장점과 단점, 두 가지 측면이 있다. 오늘은 그녀에게 슬픈 소식을 전하는 일을 조금이나마 미룰 수 있게 됐다. 그녀는 오늘 다른 날보다 조금 늦게 자기 손자가 더이상 살아 있지 않다는 사실을 알게 될 것이다.

7장
1944년 11월

    요한 포르트너는 납빛 구름 아래 드리워진 11월의 어스름을 향해 발걸음을 옮겼다. 하늘은 마치 날이 밝기를 원하지 않는 것처럼 보였다. 국화 향도, 희망도, 호흡도 억눌린 듯한 분위기였다.

    독일이라는 국가에서는, 불안과 공포가 비밀리에 스며드는 것이 아니라 이제는 노골적으로 증식하고 있었다. 독일이라는 국가는 점점 고립되어가고 있었다. 동맹국은 차례대로 전우애와 결별하고 편을 바꿨다. 친구가 적이 되었다. 이탈리아, 루마니아, 헝가리가 그랬다. 핀란드는 외면했다. 그리고 적군은 이미 독일의 평화경계선을 넘었다. 조국은 거센 바람에 흔들리고 있었다.

모든 것이 뚝뚝 떨어졌다. 페터스키르헨 거리와 길에는 수많은 웅덩이가 패어 있었다. 요한이 신은 고무장화에는 진흙이 달라붙어 있었다. 요한은 가죽장화를 아끼려고 고무장화를 가능한 한 오래 신었다. 근무용 새 신발은 기대하지도 않았다. 그는 가끔씩 새 구두창을 대고 수선을 해가며 어찌어찌 겨울을 났다. 고무장화는 너무 커서 두꺼운 양털 양말을 신어야 그나마 헐떡거리지 않았다. 양털 양말을 신으면 발가락이 따뜻해져서 그런대로 겨울을 버틸 수 있었다.

몸을 잔뜩 웅크리고 굴속에 기어들어가 겨울잠을 계속 자며 세상에서 벗어나는 것. 이는 인간은 실현할 수 없는 갈망이자 생쥐, 고슴도치, 곰 들만 누리는 특권이다. 겨울잠은 부러워할 만한 선물이 아닌가? 빛나는 가을에 잠이 들어, 꿈도 꾸지 않은 채 어둡고 위협적인, 불안을 자아내는 시간을 안전한 장소에서 보낸 뒤, 희망으로 기득찬 봄의 첫날 따뜻해진 햇살 아래에서 깨어나다니.

여느 아침처럼 요한은 페터스키르헨의 거리 네 곳을 전부 지나갔다. 한쪽 거리로 올라갔다가 다른 쪽 거리로 되돌아왔다. 식민지 상점*을 지나쳤다. 이 상점에서는 먹거리 냄새가 얼마나 강하게 풍기는지! 밀가루, 기름,

향료, 청어 냄새가 흘러나왔다. 생선 냄새가 심하게 풍기는 날도 많았고, 어떤 날은 양배추나 말린 채소는 물론 배급품 냄새가 날 때도 있었다.

여름에는 색깔이 모든 이의 주목을 끈다. 그런데 가을 이후 색깔이 퇴색되면 냄새의 시기가 온다. 이때 사람들은 냄새를 고마운 마음으로 감지하며 관심을 보낸다. 위로에 중독됐다면, 냄새에도 만족을 느낀다. 냄새를 맡을 수 있다면 아직 살아 있는 것이니까.

요한은 부드럽게 퍼진 유향 냄새를 가로지르며 힘차게 걸었다. 유향 냄새는 교구 사제관에서 퍼져나오고 있었다. 학교 복도에서는 땀으로 흠뻑 젖은 아이들 옷 냄새와 칠판 닦는 천을 빤 냄새도 풍겨나왔다. 요한은 낙농 과정에서 나는 시큼한 발효 냄새도 맡았다.

요한은 집과 집 사이에서도 여러 가지 냄새와 마주쳤다. 여기서는 종기에 바르는 고약 냄새가, 저기서는 볶은 맥아 커피 향기가, 간이주점 앞에서는 맥주나 소주 냄새가, 농가에서는 거름 냄새가 풍겼다.

오늘 요한은 황금 백조에 편지 두 통을 배달했다. 하나는 의료보험조합에서 온 것이고, 나머지는 쿠르트 피들러가 아내이자 여관 주인인 크리스타에게 보낸 편지였다. 나쁜 소식이 전달되고 두 주일이 지난 뒤에 도착한 편지였다.

그렇다. 망자와 실종자가 보낸 편지는 엄청난 아픔을 불러일으킨다. 공식 통보가 전해진 뒤 몇 주 안에 죽은 이가 보낸 편지가 뒤늦게 도착하면, 사람들의 마음은 동요되고 찢어질 듯했다.

요한은 여관 복도에서 피들러의 두 딸과 마주쳤다. 이 어린 소녀들은 휴가를 내어 집에 와 있었다. 그들 모두 매력 면에서는 어머니의 절반에도 미치지 못했다. 요한은 그들에게 군사우편물을 넘겨주었다.

"너희들은 엄마에게 언제 군사우편을 드리는 게 좋을지 잘 알겠지." 요한이 말했다.

이제 요한은 급회전 길을 돌아 학생들과 여교사 두 명이 있는 가건물로 향했다.

평소에 아이들은 "저희에게 온 편지가 있나요?"라고 외치며 요한을 맞이했다. 하지만 오늘은 쉬는 시간이 이미 끝난 상태였다. 학교로 쓰는 가건물에서는 웅얼거리는 소리만 들렸다. 학생과 교사는 수업에 전념하고 있었다. 숙소로 쓰는 가건물에서는 여러 소음이 울려퍼졌다. 달그락거리는 소리, 끊임없이 덜거덕대는 소리, 폭소를 터뜨리는 소리. 그곳에선 페터스키르헨에 사는 부인 두 명이 일을 하고 있었다. 아이들 세탁물을 빨고 가건물을 청소하고 식사를 준비하는 일이었다.

요한은 편지를 우편함 속으로 던졌다.

샤트나이로 가는 방향에 있는 마지막 집은 페터스키르헨 마을의 또하나의 여관인 '산의 정령'이었다. 현지 주민들은 이 여관을 기피했다. 이 여관 주인은 밀도살*을 여러 차례 저질러 교도소에 수감중이었다. 주인의 딸은 스물다섯 살로, 아버지가 없는 동안 여관을 운영하고 있었다. 그녀의 이름은 펠라였다. 머리카락은 붉은빛을 띤 금발이었고 눈동자는 짙었으며 항상 큰 소리로 웃곤 했다. 그녀는 자두 잼 냄새를 풍겼다. 잼을 만드는 시기뿐만 아니라 일 년 내내 잼냄새를 풍겼다.

요한의 우편가방에는 펠라에게 배달할 편지도 한 통 있었다. 발신인이 찍힌 소인을 보면 이 편지가 교도소에서 보낸 것임을 알 수 있었다.

여관 내 식당에 발을 들여놓은 요한은, 그곳에 프랑스군 포로수용소 소속 경비병 세 명이 앉아 있는 모습을 보았다. 요한은 그들에게 우편물을 건넸다. 요한이 몸을 돌리자마자 등뒤에서 경비병들이 낄낄거리는 소리가 들렸다.

요한은 주방으로 갔다. 펠라는 개수통에 몸을 숙인 채 서 있었다. 그녀는 봉투에 적힌 발신인에 시선을 던지더니 편지를 앞치마 주머니에 꽂고는 물었다. "자두 잼 바른 빵 먹고 갈래?"

요한은 그렇게 하기로 했다.

빵에는 자두 잼이 두툼하게 발려 있었다. 요한은 자리에 앉았다. 빵을 씹으며 펠라가 개수통에서 커다란 냄비를 문질러 닦는 모습을 구경했다.

"샤트나이에 사는 벨러라는 노인이 오늘 아침 침대에서 시신으로 발견된 소식은 알고 있니?" 펠라가 물었다.

요한은 사레가 들려 기침을 했고, 간신히 숨을 쉴 수 있었다. 펠라가 걱정스러운 표정으로 요한을 바라보더니, 달려와 요한의 등을 두드렸다.

"계속 살아남기로 결심했구나." 요한이 새빨개진 얼굴로 다시 충분히 숨을 쉴 수 있게 되자 펠라는 이렇게 말했다.

"모든 장렬한 전사 중에서도 특별한 죽음이 되겠지요. 자두 잼에 숨이 막혀 맞이하는 죽음 말이에요!"

요한은 아직 노인이 어떻게 죽음을 맞이했는지 몰랐다. 벨러 슈스터, 그는 날마다 요한에게 전쟁에 나간 아들이 보낸 우편물은 없냐고 묻던 노인 중 한 사람이었다.

"어쩌면 그렇게 돌아가신 게 다행일지도 몰라." 펠라가 말했다. "그분이 자기 아들 에밀의 전사 소식을 직접 듣는다면 마음이 산산조각 날 테니까. 에밀은 외아들이라고."

그렇다. 바로 에밀 벨러였다. 그는 의사가 되었지만 전쟁이 일어나고 두번째 해에 의사 일을 접어야 했다. 지금 그는 군병원에서 군의관*으로 근무하고 있었다.

"마치 에밀이 틀림없이 죽을 것처럼 말하는군요." 요한이 이마를 찌푸리며 말했다.

"죽은 사람이 너무 많으니까." 화가 난 펠라가 대꾸했다. "저번 여름 이후 죽은 사람 숫자가 이전 해보다 두 배나 많아. 그리고 평화는 낌새도 보이지 않는다고. 게다가 말린 자두는 베른스탈에만 있지. 그것도 암거래로만 구할 수 있어."

말린 자두! 그것은 오래전부터 품귀해진 상품이고 식량 배급표로도 얻을 수 없었다. 대개 그런 물품은 이곳 볼펜탄 고지대까지 도달하지 못했다. 요한은 펠라의 정보를 뒤스부르크에서 온 이웃인 레크펠트 부부에게 전하기로 마음먹었다. 그들은 베른스탈에 종종 가곤 했다. 날씨가 좋으면 도보로, 날씨가 궂으면 버스를 타고 갈 수 있었다. 말린 자두를 파는 상점 이름은 뭘까?

펠라도 상점 이름을 몰랐다. 그런데 베른스탈에는 식료품 상점이 세 곳뿐이었다. 암거래를 하려면 주의를 기울이며 돌아다녀야 하고, 상점에 사람이 없을 때까지 기다려야 했다. 운이 나쁘면, 말린 자두가 이미 동이 나 없을 수도 있었다.

요한은 '산의 정령' 여관을 떠나 서둘러 걸음을 옮기며 자신의 몸에서 자두 잼 냄새가 풍기는 걸 느꼈다. 손가락에는 아직 빵 부스러기가 달라붙어 있었다.

요한은 침울한 기분으로 마가목이 우거진 가로수길을 올라갔다. 가로수길은 완만한 경사로 들판을 휘감고 있었다. 들판에 웅크린 까마귀떼가 무언가를 쪼고 있었다. 요한이 가까이 다가가자 까마귀떼는 시끌벅적하게 자리에서 날아가더니, 잠시 동안 안개 속을 돌다가 까옥까옥 소리를 내며 다시 내려앉았다.

샤트나이 묘지에 이른 요한은 벽 위로 보이는 광경을 주시했다. 어느 노부인의 윤곽이 보였다. 노부인은 요한으로부터 멀리 떨어지지 않은 곳에서 등을 구부린 채 무언가를 정돈하고 있었다. 총을 입에 넣고 쏴 자살한 프란츠 로렌첸의 어머니인 아만다 할머니일 수도 있었다. 아만다 할머니는 아들이 죽은 뒤 더이상 제정신이 아니었다. 하지만 요한은 아만다 할머니가 맞는지 확신이 들지 않았다. 아만다 할머니는 자기가 하는 말이 무슨 뜻인지 철두철미하게 잘 알았다. 단지 더이상 다른 사람을 신경쓰지 않을 뿐이었다. 또한 자기 자신에 대해서도 신경쓰지 않았다. 신에 대해서도 전혀 신경쓰지 않았다.

요한은 노부인에게 소리쳐 인사했다. 노부인은 몸을 똑바로 일으키고는 이쪽을 바라보더니, 인사한 사람이 누군지 알아보았다.

"포르트너 하네스니?" 그녀는 소리쳤다. "기다려라!"

노부인은 무덤을 가로질러 달려왔다. 얼굴을 덮은 머리카락은 텁수룩했고 스타킹은 흘러내려 있었다. "왜 아직도 살아 있는 거냐?" 노부인은 요한에게 다가왔다.

아직 살아 있던 시절 고향으로 휴가 나왔을 때 이 노부인을 만났던 다른 모든 젊은 남자들처럼, 요한도 이런 방식의 심문에 대답할 준비가 되어 있었다. 요한은 참을성 있게 대답했다. "모르겠습니다. 로렌첸 부인."

"그렇다면 네가 프란츠보다 더 나은 게 뭐가 있냐?" 노부인이 소리쳤다. 그리고 대답을 기다리지도 않았다. "프란츠는 누구보다도 최고야!"

"맞습니다. 로렌첸 부인. 프란츠는 누구보다도 최고입니다."

노부인은 날카롭게 소리쳤다. "도대체 어떻게 이런 일이 일어날 수 있지? 내 아들 프란츠는 죽고 내 아들과 비교조차 되지 않는 다른 녀석들은 멀쩡하다니 말이야?"

요한은 아무 말도 하지 않기로 마음먹었다.

산림감시원 할머니와 달리 아만다 할머니는 아들이 죽었다는 사실을 제대로 파악하고 있었다. 하지만 그녀는 이러한 상실을 불가해한 신의 섭리로 순응하며 받아들이기를 거부했다. 아만다 할머니는 반란을 일으켰다.

"빌어먹을!" 그녀는 소리쳤고 두 주먹을 흔들며 그곳을 벗어나 달려가기 시작했다. 그녀는 프란츠의 무덤 곁에 웅크리고 앉아, 입고 있던 치마로 코를 풀었다.

눈이 내리기 시작했다. 커다랗고 불룩한 눈송이가 천천히 땅으로 내려앉았고, 말라비틀어진 풀에 매달려 금은사 세공 노릇을 했다. 땅은 하얗게 부풀어올라 모든 소음을 삼켜버리고 모든 것을 덮어버렸다.

8장
1944년 12월

대림절* 기간이 시작됐다. 요한 포르트너는 말 썰매가 남긴 자취 사이로 길을 걸었다.

군에 징집되기 전, 요한은 겨울에 눈이 내리면 아침마다 스키를 발에 묶고 집을 출발해 마을을 순회했다. 스키를 타고 산비탈을 가로질러 쏴쏴 내려갈 때 쌓인 눈이 하늘 높이 흩날리는 것보다 더 멋진 것이 어디 있을까?

하지만 이제는 그런 짓도 더이상 할 수 없었다. 물론 요한은 너무 까다롭지 않은 스키 트랙을 고르면 경사가 완만한 언덕에서 조금 미끄러져 내려갈 수 있기는 했다.

---

* 크리스마스를 준비하고 기다리는 성탄 전 사 주간의 절기.

널빤지를 타고 숲과 들판을 돌아다닐 수 있기도 했다. 그러나 요한은 급경사면이 포함된 편지 배달 경로를 더이상 개척하지 않았다. 경로 개척을 위해선 몇 번에 걸친 탐색 및 시도가 필요했는데, 그 과정이 요한에겐 너무 힘겨웠다.

디키히트에 사는 아이들이 길의 일부 구간을 따라왔다.

"하네스." 꼬마 마리 슈모크가 물었다. "전쟁이 곧 끝날 거라고 믿으세요?"

"금방 끝날 거야." 요한은 이렇게 대답했고, 실제로 그럴 거라 믿었다.

"크리스마스 때까지는 끝날 거라고 생각하세요?"

"아니다, 마리. 전쟁이 끝나려면 몇 달쯤 걸릴 거야."

꼬마는 실망스럽다는 듯이 머리를 뒤로 젖혔다. "그렇다면 '금방' 끝나는 게 아니잖아요!"

마리 말이 옳았다. 아이들의 시각에서 금방 끝나는 것은 아니었다. 하지만 지난 몇 주 동안 전쟁은, 마치 자기가 먹은 것을 찬찬히 소화하는 용처럼 몸을 둘둘 감아 똬리를 트는 것같이 보였다. 전쟁은 크리스마스 시즌을 존중하는 것 같았다.

이 유예 기간이 위험에 빠질까봐 누구도 감히 목소리를 높이지 못했다. 크리스마스가 끝나면 생지옥은 다시 활활 타오를 것이고, 훨씬 더 끔찍하고 처참하게 미쳐 날뛸 것이다. 그건 기도 말미에 붙이는 '아멘'만큼이나 확실했다.

아침마다 요한은 페터스키르헨을 향해 눈 쌓인 길을 내려갔다. 하늘에는 아직 별이 반짝였다. 늦은 오후가 되면 요한은 짙게 깔린 어스름을 헤치고 브뤼넬로 돌아왔다. 그는 마을에서 군대로 보낸 수많은 소포를 반송 처리해야 했다. 그리고 팔 토시 한 켤레가 든 소포, 손으로 직접 뜬 양말 한 켤레가 든 소포가 '아직' 남아 있었다. 하인츠, 카를, 유프에게 보낼 소포였다! 원래 허용된 무게에서 또다시 줄인 아주 작은 소포에 넣을 물건으로는 무엇이 적절할까? 두툼한 양털로 짠 남성용 양말 한 켤레만 해도 무게가 너무 많이 나갔다. 그래서 양말은 한 짝씩 따로 포장해야 했다. 만약 유프의 소속 부대가 서부전선에서 동부전선으로 이동하면, 아마도 유프는 양말 한 짝만 소포로 받게 될지도 모른다. 양말의 나머지 한 짝은 아르덴* 지역을 떠돌아다니고 말이다.

---

* 프랑스 북동부에서 벨기에까지 걸쳐진 산맥으로, 양차세계대전의 격전지였다.

말하자면, 어떤 독일 병사가 손으로 직접 짠 양말을 받아 양쪽 발에 신기만 해도 아주 만족스러운 상황이었다. 하지만 그 양말이 절대로, 절대로 적군의 발가락을 따뜻하게 해서는 안 됐다!

　요한은 자신이 징집되던 날을 곧잘 떠올렸다. 그의 어머니는 눈물을 흘리며 국가의 요구를 감내하지 않았다. 어머니는 저항했다! 요한은 어머니가 그렇게 적나라한 분노를 드러내는 모습을 본 적이 거의 없었다. 그녀는 전쟁에 대한 책임이 나무토막들에 있기라도 한 것처럼 부엌 아궁이에 그것들을 거칠게 밀어넣었다. 그러고는 나무 토막들이 불꽃 속에서 타는 광경을 보며 화난 목소리로 일갈했다. "산모와 산파는 작은 개구쟁이를 세상으로 밀어넣으려고 애쓰는데, 나라는 개구쟁이가 성인이 되자마자 만사 제쳐놓고 세상을 떠나게 만드는구나. 어떻게 그런 뻔뻔스러운 짓을 할 수 있지? 나라는 '남자'가 분명해. 여자라면 그런 짓 안 하지. 여자는 그저 아이를 낳고 키울 뿐이야. 남자들이 일으킨 전쟁을 위해서 말이야. 그리고 여자는 이걸 한 번도 거역한 적 없다고!" 어머니는 부지깽이를 공중에 휘두르며 계속 말했다. "하느님은 인류를 창조하는 바람에 찬양받지 못해. 잠자리나 지렁이를 창조하는 데 훨씬 성공했지. 인간은 왜 경험에서 배우지 못하는 거지? 우리는 계속 똑같은 잘못을 저지르고 있다고! 이게 바로 불행인 거야!" 요한의 어머니는 물이 가득찬 주전자를 쾅 소리를 내며 화덕 열판 위에 놓았다. "인류는 남자들 때문에 망하게 됐다고!"

"어머니, 저도 남자라고요." 요한은 이의를 제기했다.

"너는 우편배달부잖니." 요한의 어머니가 투덜거렸다. "권력을 차지하려는 사람이 자발적으로 우편배달부가 되는 경우는 없어. 하지만 권력욕이 엄청난 히틀러란 놈은 우리 모두가 지칠 때까지 마구 부릴 기회만 노리고 있지. 그리고 우리는 그놈 앞에 '무릎'을 꿇는다고!" 어머니는 조금 전보다 침착하게 말을 덧붙였다. "얘야, 만약 히틀러 덕분에 '사람들'이 다시 단결했다는 말을 듣는다면, 나는 이렇게 맞받아칠 거다. 히틀러는 정말 대단한 양반이야! 그는 국민을 단결시키려고 목숨 같은 건 아무렇지도 않게 여기니까. 하지만 그놈은 수백만 명을 개죽음으로 몰아넣었어. 내 말 알겠니, '개죽음'이라고!"

"그런 말씀 하시면 목숨이 위험해지실 수도 있어요." 요한이 경고했다.

요한의 어머니는 몸집이 요한보다 훨씬 작았기 때문에, 시선을 위로 향해 요한을 날카롭게 쏘아보았다. "영웅이 되려는 바보짓을 하면 안 돼. 너도 수많은 전설을

봤으니 알겠지만, 영웅들은 대부분 목숨을 잃어. '내' 생각을 말하자면, 얘야, 전쟁터에서는 침착하면서도 비겁하게 행동해야 해. 목숨을 부지하려면 무엇이든지 해라. 세상이 아무리 영원해도 생명은 오로지 '단 한 번'만 주어지는 거니까 말이야. 모든 생명이 그렇지."

이제 크리스마스를 앞두고 요한은 그 어느 때보다도 어머니가 그리웠다. 훈련 기간 동안 요한의 어머니는 소포를 몇 개 보냈다. 소포에는 대개 초콜릿 봉봉이나 손수 만든 공 모양의 마르치판*이 들어 있었다. 요한은 소포를 받을 때마다 어머니에 대한 애정으로 가슴이 벅차올랐고, 소포에 담긴 사랑을 훼손시키지 않으려고 조심스럽게 상자를 열었다. 그리고 어머니에게 진심으로 고맙다는 편지를 썼다.

그로부터 두 주일 동안 어머니의 소포는 더이상 오지 않았다. 그러다가 어머니의 사망통지서를 받았다.

요한은 어머니의 장례식 때문에 휴가를 받아 고향으로 돌아왔다가 다시 소속 부대로 귀대했다. 이후 그는 가끔씩 힐데 베란이 보낸 소포를 받았다.

---

*아몬드 가루, 설탕, 달걀흰자로 만든 아몬드 페이스트.

하지만 소포에서는 어머니의 향기가 풍겨나오지 않았다.

전쟁이 시작되고 올해 겨울처럼 부대로 보내는 소포가 많은 적은 없었다! 대림절 첫째 주와 두번째 주 사이의 어느 월요일에는 샤트나이에서 소포 스물한 개, 외트에서 열여섯 개, 베른그라벤에서 서른다섯 개, 디키히트에서 스물세 개, 모렌에서 스무 개를 받았다. 다만 브뤼넬에서는 소포가 두어 개뿐이었다.

소포가 너무 많았다. 무게는 논외로 하더라도, 소포가 더이상 우편가방에 들어가지 않는 지경에 이르렀다. 요한은 소포를 마치 화환처럼 묶어 목에 거는 방법으로 옮기려 했다. 그런데 화환의 양쪽 끝이 눈밭에 닿아 질질 끌고 가야 했다. 이렇게 해서는 안 됐다!

소포를 제대로 운반할 수 있는 다른 방법을 모색해야 했다. 그래서 요한은 어린 시절에 가지고 놀던, 나무로 만든 오래된 썰매를 끄집어냈다. 그는 썰매에 방수 자루를 묶었다. 자루는 우비와 재질이 똑같았다. 눈이 내리거나 썰매가 뒤집히더라도 자루에 넣은 소포는 젖지 않을 것이다.

요한은 썰매에서 뿔 모양으로 돌출한 부분에 견인 로

프를 휘감았다. 이제 그는 매듭을 지은 로프를 어깨에 멜수 있게 됐고, 손과 손이 잘린 부위를 따뜻한 겨울용 재킷 주머니에 푹 집어넣을 수 있었다.

머리에는 귀 덮개가 달린, 모피로 안감을 댄 두꺼운 모자를 썼다. 볼펜탄에 사는 남자들은 이미 여러 세대에 걸쳐 이런 모자를 쓰고 있었다. 그들은 이 모자를 씀으로써 상대방에게 추위를 알려주고, 추위를 감당해야 한다는 신호를 보냈다. 아울러 이 모자는 그들이—거의 항상—추위에 잘 대처하고 있다는 표시이기도 했다. 요한의 어머니는 1938년 어느 축일, 그러니까 평화로웠던 예전 크리스마스 저녁에 이 모자를 요한에게 선물했다.

요한의 뒤편에서 썰매 종이 울렸고, 종소리는 점점 가까워졌다. 말이 끄는 썰매였다. 디키히트에서 온 그 썰매는 요한을 따라잡았다. 마부석에 앉은 남자가 뒤를 돌아보더니 썰매를 세웠다. 에리히 마이크스너였다. 그는 옷깃을 바짝 세운 채 앉아 있었고, 양털 모자를 이마까지 푹 눌러쓰고 있었다. 요한은 흉터로 가득한 그의 얼굴을 응시했다. 코는 너무나도 기형적이었고 너무나 덩어리져 있었다! 우스꽝스럽다기보다는 공포를 불러일으키는 찡그린 얼굴이었다.

"이봐, 하네스." 에리히가 말했다. "눈 때문에 고생이 많지?"

"겨울은 우편배달부라고 인정사정 봐주지 않네요." 요한이 대꾸했다. "전쟁도 이 정도까지 가혹하지는 않은데 말이에요."

"썰매를 내 썰매에 묶으라고. 그리고 내 썰매에 타." 에리히가 제안했다.

그런데 이렇게 하면 자칫 요한이 위험할 수 있었다. 마부석에 앉으면 자신의 썰매가 보이지 않기 때문이었다. 게다가 한쪽 손밖에 없는 요한이 어떻게 썰매를 묶을 수 있단 말인가?

요한은 작은 썰매를 묶는 대신 자루와 함께 들어올려 커다란 썰매에 싣기로 했다. 하지만 한쪽 손만으로는 불가능했다. 에리히가 내려 요한을 도왔다.

작업을 마친 뒤 마부석으로 기어올라간 그들은 웃으며 서로를 바라보았다.

"참전용사 두 명이 서로 마주보고 비웃는군." 에리히가 말했다.

"저는 장애인이에요." 요한이 말했다. "하지만 형은 뭐죠? 얼굴만 잃었잖아요."

"독일어에는 나 같은 사람을 지칭하는 단어가 없다

고." 에리히가 말했다.

종이 울렸고, 눈이 눌려 으깨지는 소리가 났고, 숨을 쉴 때마다 김이 났다.

"바깥에서 또 나쁜 소식이 왔냐?" 에리히가 물었다.

"오늘은 없지만, 어제는 있었죠. 도르트문트 출신의 전사자가 한 명 있었어요. 부인은 샤트나이에서 살고요."

"아이들은 있고?"

"세 명이요. 아직 학교에 입학하지도 않았어요."

"부인은 전사 소식을 어떻게 받아들였지?"

"막 소리를 지르면서 마을을 뛰어다녔어요, 아이들도 소리를 지르면서 엄마 뒤를 따라갔구요."

"저런." 에리히가 말했다. "내가 만약 너였다면 정말 견디기 힘들었을 거야."

"좋은 시절만 골라 살 수는 없잖아요." 요한은 신중하게 대답했다. "우편배달부는 소식을 전달해야 해요. 좋은 소식이든 나쁜 소식이든 상관없이요."

"하지만 대체로," 에리히가 요한의 말에 끼어들었다. "우편배달부는 무시무시하고 골병드는 직업이야! 내가 보기에 너는 맷돌을 돌리는 늙고 눈먼 말처럼 보여. 권양기捲揚機*에 단단히 묶여 빙빙 돌고 또 도는. 그리고 채찍이 네 등을 내려치지. 페터스키르헨―샤트나이―외

트―베른그라벤―디키히트―모렌―브뤼넬을 매일 돌
아야 하지. 비바람을 무릅쓰고 말이야."

"오해하고 있네요." 요한이 대꾸했다. "저는 죄수가
아니에요. 이 직업을 원해서 하는 거라고요. 내 집이 있
는 이곳 마을을 도는 거고요."

"우편배달 일을 해서 얻을 수 있는 게 뭐지?" 에리히
가 물었다. "영원히 똑같은 것만 보고 듣고, 똑같은 일
만 한다고. 그러다보면 바보가 되거나 머리가 돌게 될 거
야!"

"태양과 지구의 관계를 생각해보세요." 요한이 응수
했다. "제가 볼펜탄이라는 작은 세상을 도는 게 아니라,
세상이 '내' 주위를 도는 거라고요."

에리히는 조롱하는 기색으로 웃었다. "이 일곱 개의
산간벽지 마을을 세상과 동일시하는 거냐? 이미 바깥세
상으로 나가봤잖아? 비록 군인 신분이기는 했지만, 아주
크고 광대한 세상을 본 적이 있잖아⋯⋯"

"작은 세상도 큰 세상과 다를 게 없어요." 요한이 조심
스럽게 말했다. "어느 곳이든 날마다 놀라운 일들이 일
어나죠. 나이든 것은 비늘처럼 떨어져나오고, 그 자리에
새로운 것이 탄생해요. 편지는 소식을 전하고, 소식은 무
언가를 변화시키죠."

"전시에는 다들 간과하지." 에리히는 이렇게 말하고 다시 모자를 이마 아래로 푹 눌러썼다. "우편배달부가 이곳 산간 지역으로 배달해야 하는 소식이 어떤 종류인가를 말이야. 건강관리시설에서 보낸 안부 편지. 청구서. 갖가지 독촉장." 에리히는 비웃듯 콧김을 훅 내뿜었다. "그리고 영원히 사랑하겠노라고 주절거린 편지도 당연히 있지!"

"그런 편지가 중요하지 않다고 생각해요?" 요한이 미소를 지었다.

"사랑에 드는 비용과 그 결과를 비교해보라고." 에리히는 이렇게 말하고는 채찍을 휘둘렀다.

"그렇지만 사랑의 말이 없다면 세상이 어떻게 되겠어요?" 요한이 물었다.

에리히는 잠깐 동안 아무 말도 하지 않다가 웅얼거렸다. "나를 위해 사랑의 말을 주절거릴 사람은 아무도 없어. 너를 위해 말해줄 사람도 없다는 생각이 드는군."

"아니에요." 요한은 한숨을 내쉬었다. "나를 위해 말해줄 사람은 없다라……" 요한은 잠깐 쉬었다가 계속 말을 이어나갔다. "우편배달부는 소식이 담긴 편지보다는, 소식을 받는 사람들과 더 밀접한 관계를 맺어요. 좋은 우편배달부는 정신과 의사와 거의 다를 게 없어요."

에리히는 웃음을 터뜨렸다. "그런데 어제 도르트문트 출신 전사자의 부인은 어땠지? 소리를 지르며 마을을 뛰어다녔다고 하지 않았어? 너와는 멀찌감치 떨어져서 말이야! 다른 사람들에게 달려갔겠지!"

"하지만 사람들은 그 여자 앞에서 문을 닫았어요." 요한은 침착하게 말했다. "그들은 그 엄청난 비탄을 어떻게 진정시켜야 할지 몰랐으니까요. 그래서 그녀는 되돌아와 제게 매달렸어요. 그러는 바람에 제 재킷에는 온통 눈물이 묻었지요. 나중에는 눈물 묻은 재킷이 얼어붙는 바람에 널빤지처럼 뻣뻣해졌고요. 하지만 그 여자는 다시 기운을 차리고 아이들을 집안으로 데리고 들어가며 이렇게 말했어요. '우유가 식었어. 얘들아, 얼른 마셔야지.'"

"어이구." 에리히는 한숨을 쉬며 시선을 하늘로 던졌다. "너는 세상이 멸망하는 날에도 우편배달을 하러 마을을 한 바퀴 돌게 될 거야!"

'그럼요.'라고 요한은 생각했다. '나는 그렇게 할 거예요.'

9장

1944년 12월

이제 어디를 가도 쿠키 굽는 냄새, 가문비나무 침엽 향기, 양초 밀랍 냄새가 났다.

아, 이 쿠키! 빻은 호밀과 귀리 낟알 가루, 시럽과 거칠게 간 곡물로 만든 반죽에, 커피를 우려내고 남은 찌꺼기를 넣어 인위적으로 향을 첨가한다. 이것이 바로 전시에 먹는 쿠키다. 하지만 이 쿠키를 맛보면 가정으로부터 보호받는다는 느낌이 물씬 났다.

"요한, 여기 있다. 가져가렴. 크리스마스 특별 선물이야!"

요한은 조그마한 접시에 담긴 세 개의 크루아상 중에서 하나만 집어들었다. 크루아상은 혀에 닿자 살살 녹았다. 그다음으로 페터스키르헨에서 들른 집에서는 8자 모양 비스킷을 얻어먹었고, 샤트나이에서 방문한 집에서는 별 모양 과자를 집어들었다. 가정이 베푸는 보호의 느낌이 가득 퍼져, 요한의 마음이 따뜻해졌다.

요한은 샤트나이에서 외트로 가는 자갈길을 걸으며 저 멀리 떨어진 곳을 이리저리 바라보았다. 쌓인 눈에 햇살이 눈부시게 반사되어 강청색으로 빛나는 날이었다. 혹한으로 콧속이 얼얼했다. 숨을 들이쉬었다가 내쉴 때마다 입에서 하얀 입김이 나왔다. 요한이 발걸음을 옮기면, 뒤쪽에서 썰매 활목이 눈과 부딪쳐 뽀드득 소리를 냈다.

요한은 이 경로를 특히 좋아했다. 아주 맑은 날에는 여기서 멀리 남동쪽에 있는 성지에 세워진 성모 마리아 안식 성당까지 내려다볼 수 있었다.

너무나 많은 어머니, 아내, 신부들이 그곳 성당을 순례하면서 전선에 나간 그들의 남편과 아들의 목숨을 위해, 전쟁의 승리를 위해 기도했다. 하지만 그들은 의구심으로 마음이 갈기갈기 찢긴 채 집으로 돌아갔다. 성모 마리아가 독일인에게 임하지 않는다면 어떻게 될까? 체코인, 헝가리인, 폴란드인, 이탈리아인, 프랑스인, 아일랜드인도 마찬가지로 가톨릭 신도였고, 저쪽 미국에도 가톨릭을 믿는 사람들이 많다는 이야기를 들었기 때문이다.

그리고 성모 마리아의 아들이 다름 아닌 완전히 평범한 인간이자 몽상가, 세상을 개혁하려는 자, 목표를 너무 높게 둔 반항아라서, 인류가 자신에게 지나친 요구를 한다고 느껴 인류를 외면한다면 어떻게 될까?

요한의 어머니는 그에게 이러한 의혹을 일깨워주었다. 처음에는 그저 투덜거리는 소리로밖에 들리지 않았지만, 군병원에서 불안한 밤을 보내는 동안 어머니의 불평은 점차 요한의 의식을 잠식했다.

요한은 골짜기의 비탈 기슭 쪽으로 시선을 던졌다. 샤트나이에서 베른그라벤 쪽으로 구부러진 길이 보였다. 아주 많이 구부러진 길이라, 요한은 외트로 가는 경로의 절반을 단축할 수 있었다.

말 두 필이 모는 마차가 커다란 목재를 싣고 요한 쪽으로 다가왔다. 마차를 모는 노인이 — 말들은 나이가 많아 전쟁에 동원되기에 더이상 적합하지 않았다 — 채찍을 들어 요한에게 아는 척을 했다. 이 노인의 이름은 킬리안 크뵐이었다. 노인은 장남에게 농장을 물려주었지만, 그는 유고슬라비아에서 전사했다. 이제 노인은 과부가 된 슈바벤 출신의 며느리와 열네 살, 열다섯 살 먹은 손자

둘과 함께 다시 농장을 운영하고 있었다.

요한은 손이 없는 팔을 들어 노인의 인사에 답했다. 어머니가 털실로 떠준 팔 토시로 그 부위를 따뜻하게 감싸고 있었다. 원래 손이 있었던 부위는 마치 소시지 끄트머리처럼 한데 묶여 있었다.

팔 토시를 보니 요한은 어머니가 생각났다.

"그래, 그래, 포르트너 요제파 말이지." 나이든 여교사인 아벨이 말했다. 그녀는 어머니가 어렸을 때부터 알고 지낸 사이였다. "걔는 좋은 시절을 견뎌내지 못했지. 가여운 것."

아벨의 말에는 진실이 깃들어 있었다. 요한의 어머니는 유난히 가난에 강했다. 마치 요한이 우편가방 무게와 날마다 걷는 길의 길이에 아주 강한 것처럼. 마을 산파가 늦은 나이에 낳은 사생아였던 요제파는 자신의 어머니처럼 산파가 되기로 결심했다. 어머니는 요제파의 결정에 크게 반대했다. 심지어 요제파는 히플리시하크에서 학교 교육도 받았고 국가에서 수여한 졸업증서도 있었다.

요제파가 확고한 의도로 히플리시하크에서 열린 무도회에 참석했을 때 그녀는 서른다섯 살이었다. 노처녀 취급을 받던 시기였다.

그녀는 요한의 열네번째 생일에 그에게 자작나무 숲을 보여주며 바로 이곳이 십사 년 구 개월 전 네 생명이 잉태된 장소라고 간략하게 알려주었다. 요한은 어머니가 그때 해준 말을 아직도 정확하게 기억했다. "네 아버지가 누구인지 알고 싶으면 당장 이야기해줄게."

그러나 요한은 아버지가 누구인지 알고 싶은 마음이 전혀 없었다. 브뤼넬에는 아빠 없는 아이가 아주 많았다. 브뤼넬에 사는 아이 중 세 명은 요한처럼 아버지가 누구인지 전혀 몰랐고, 여자아이 네 명은 아버지가 폐결핵으로 죽었다. 또한 한 아이의 아버지는 가족을 볼펜탄에 내버려두고 미국으로 내뺐다.

그리고 지금은 훨씬 많은 아이들이 아버지 없이 자랐다.

그래서 요한은 어머니에게 아버지가 누구냐고 절대 묻지 않았다. 그냥 질문 자체를 잊었다. 어머니의 장례식이 끝나고 텅 빈 집으로 돌아왔을 때, 요한은 이제 아버지가 누구인지 절대 알 수 없으리라는 생각이 들었다.

요한의 어머니는 아주 강한 여성으로 살았다. 그녀의 견해와 예견은 대단히 비범했다. "전쟁에 환장한 망할 놈의 장군을 위해 내가 이 예쁜 아기들이 세상에 태어나도록 도왔다니, 알다가도 모를 일이야." 어머니는 요한이 아직 어렸을 때 이렇게 말한 적이 있다.

"그런데 말이야 요제파." 이웃 여자가 말했다. "지난 번에 전쟁을 겪은 걸로 이미 충분하지 않아? 전쟁은 한 번으로 족해. 험한 꼴은 이미 충분히 겪었어. 새로운 전쟁을 원하는 사람은 아무도 없다고. 이제는 조용히 살고 싶어."

"맞아." 산파 요제파는 몹시 화난 목소리로 말했다. "우리는 분명히 더이상의 전쟁을 원치 않아. 하지만 전쟁은 국민이 아니라 윗사람들이 일으키는 거라고. 그들은 썩은 짐승 시체로 달려드는 독수리처럼 발톱을 세워 탐욕스럽게 권력을 휘두르지. 우리 젊은이들도 마찬가지야."

"너무 비관적으로 보는 거 아냐, 요제파." 이웃 여자는 이렇게 말하고는 웃었다. "젊은이들은 기껏해야 토끼를 쏘는 법을 배울 뿐이라고."

그랬다. 요제파는 자신이 태어난 산악 지역처럼 퉁명스러웠고 쌀쌀했고 폐쇄적이었다. 그녀는 볼펜탄 특유의 거칠고 혹독한 기후에 통달했다. 자신을 필요로 하는 곳이면 어디든 달려갔고, 어떤 바람이나 날씨도 그녀를 막지 못했다. 겨울이 되면 요제파는 스키를 발에 묶고 밖으로 나섰다. 1944년 3월 첫째 날, 요제파 포르트너는 산모를 무사히 출산시킨 뒤 집으로 돌아오다가 눈보라와 마주쳤다. 거친 눈보라에 갇힌 그녀는 방향을 잃고 헤매다 가파른 산비탈에서 굴러떨어졌다. 다리가 부러진 채 쓰러진 요제파는 몸을 움직일 수 없었다.

이때 요한은 징집되어 군대 막사에 있었고, 레크펠트 부부는 아직 뒤스부르크에 있던 시기였다. 그래서 아무도 산파 요제파가 실종된 걸 몰랐다. 사람들이 요제파가 집에 돌아오지 않았다는 사실을 알았을 때는 이미 너무 늦었다. 다음날이 되어서야 산통이 온 샤트나이의 젊은 임신부의 친척이 요제파네 집 문을 두드렸다. 친척은 집에 아무도 없음을 알고 흥분해서 이웃에게 요제파가 어디 갔냐고 물었다. 이때부터 사람들은 요제파를 찾기 시작했다. 사흘 뒤 사람들은 눈더미 속에 깊이 파묻힌 채 얼어죽은 요제파를 발견했다.

요한은 어머니의 장례식을 치르려고 휴가를 받아 고향으로 돌아왔다. 그는 무덤 자리를 판 노인들로부터 작업할 때 땅이 얼어붙은 바람에 삽이 두 개나 부러졌다는 이야기를 들었다.

장례 행렬은 아주 길었다. 요제파의 도움으로 아이를 낳은 여성은 거의 모두 참석했다. 또한 요제파의 도움으로 세상의 빛을 보게 된 아이들 상당수도 참석해 요제파의 마지막 가는 길에 동행했다.

이날 눈이 아주 빽빽하게 내리는 바람에, 조문객들은 어깨를 맞대고 나란히 서 있었음에도 불구하고 서로를 거의 알아보지 못했다.

요한은 어머니가 돌아가신 것을 몹시 한탄했다. 어머니가 살아 계시는 동안 요한은 외로움을 느낄 일이 전혀 없었다. 어머니의 사랑은 요한의 마음을 따뜻하게 만들었다. 요한은 그 사랑 덕분에 용기를 얻으며 살고 있다는 것을 결코 의심한 적이 없었다. 하지만 이제 요한은 자신이 홀로 남았다는 느낌에 때때로 몸서리쳤다.

"제대로 된 인생은 사랑과 고향을 얼마나 많이 비축해 두느냐에 달려 있지." 어머니는 종종 이렇게 말했다. "사랑은 인간을 강하게 만들고, 고향은 인간에게 뿌리를 선사하기 때문이야."

예전에 요한은 어머니의 말씀을 완벽하게 따르지 못했다. 이제는 어머니의 말씀을 보다 분명히 이해했다. 어떤 경우든 요한은 어머니에 대해 확신을 갖고 말할 수 있었다. "어머니. 어머니가 계셔서 제가 인생을 살아갈 준비를 할 수 있었어요……"

산속 빈터 한가운데에 위치한 외트에는 다섯 개의 농장만 있었다. 멀리서도 이 마을에서 나는 냄새를 맡을 수 있었다. 외트는 돼지 분뇨, 훈제 베이컨, 훈제 햄 냄새를 풍겼다. 여름철이 되면 집, 헛간, 창고 사이에 장밋빛과 검은색의 뻣뻣한 돼지 털이 가득했다. 공터 모래바닥은 돼지들에 의해 온통 헤집어져 있었다.

외트 주민들은 돼지 사육에 정통했다. 그들은 자신들이 사육에 성공한 건 오로지 돼지를 자유롭게 놔뒀기 때문이라고 주장했다. 돼지우리는 항상 열려 있었다. 이 뻣뻣한 털이 난 농장 동료들은 자유롭게 움직였고, 꼬리를 흔들며 바깥을 돌아다니거나 농장 안에서 맘껏 땅을 파헤쳤다. 이런 자유를 누린, 다시 말해 돼지의 품위를 누린 햄과 베이컨은 맛이 좋았다.

약 백이십 년 전, 수염이 무성하게 난 한 남자가 이곳 황무지까지 밀려왔다. 그는 하느님을 가톨릭교회가 규정한 대로 상상하려 하지 않았다. 자기 주관대로 사는 사람이었다. 그는 움막을 짓고 절대 고독 속에서 딸기, 양배추, 버섯, 너도밤나무 열매와 염소젖을 먹고 살았다.

이 수염이 무성한 남자에게 낯선 여성이 다가왔다. 그녀는 유부남의 아이를 뱄다는 이유로 가족으로부터 쫓겨났다. 수염 난 남자는 우연히 그녀와 마주쳤고, 그녀를 가엾게 여겼다. 그녀는 이곳 높은 산에 위치한, 세상을 등진 남자가 지은 고독한 움막에서 아이를 낳아야 했다. 그리고 계속 머물렀다. 이 말은 수염이 무성한 남자가 새로 태어난 아이에게 좋은 아빠 노릇을 했다는 의미다.

그들은 예전보다 더 많은 염소를 키웠고, 닭을 장만했고, 딸기를 수확했고, 버섯을 말렸고, 숲 밖에 있는 밭을 구입해 귀리를 재배했다. 이 말은 그들이 항상 귀리를 먹었다는 뜻이다. 아침과 점심에는 거칠게 빻은 곡물 가루를, 저녁에는 아내가 직접 구운 빵을 먹었다.

그들은 열 명의 자녀를 두었는데, 하나같이 아주 건강했다. 수염이 무성한 남자는 페터스키르헨 가축 시장에서 새끼 염소 두 마리를 팔려다가 실패한 뒤 새끼 돼지두 마리와 맞바꿨다. 그는 아이들로 하여금 돼지를 키우게 했다. 일종의 장난감을 선물한 셈이었다. 새끼 돼지는 암퇘지와 수퇘지로 자랐고, 오물 속을 굴러다니면서 행복하게 번식했다. 아이들은 돼지떼 사이에서 성인으로 자랐고, 지능이 높은 동물로 잘 알려진 돼지로부터 많은 것을 배웠다.

수염이 무성한 남자와 그의 반려자는 점점 늙어갔다. 그들은 정식으로 결혼한 사이가 아니었기 때문에 아이들의 이름은 전부 엄마의 이름을 따라 크뇔이라고 지었다. 그리고 지금 외트에 사는 사람들의 이름은 대부분 크뇔이었다.

주변 마을에도 크뇔이라는 이름을 가진 사람들이 살고 있었고, 그들 모두 어느 정도는 돼지 냄새뿐만 아니라 이방인과 반항아의 분위기를 풍겼다.

외트에 살고 있는 크뇔의 손자나 증손자 중 큰 부를 쌓은 사람은 아무도 없었지만, 그래도 다들 넉넉하게 살았다. 그중 한 사람은 '크뇔 버터'를 제조하는 낙농업자가 됐다. 하지만 그가 운영자 노릇을 한 지 반년도 채 되지 않아 전쟁이 시작됐고, 이 때문에 병역을 치를 수 있는 연령에 해당되는 크뇔가 사람들은 모두 징집됐다. 증조부를 가장 많이 빼닮은, 다하우 강제수용소에 수감중인 지기스문트를 제외한 모두가 전쟁터에 나갔다.

뺨이 불그레한 외트 아이 여섯 명이 요한을 향해 뛰어왔다. 네 아이는 머리카락이 금색이었고, 두 아이의 머리카락은 거무스름했다. 아이들은 우편배달부와 썰매를 재빨리 둘러쌌다.

머리가 거무스름한 아이들은 겔젠키르헨 출신이었다. 그중 한 아이는 광부 아내의 자식이었고, 나머지 아이는 비밀 공산당원의 자식이었다. 이 여성 공산당원은 우연히 이곳에 왔는데, 크뇔가 여자들과 아주 사이좋게 잘 지내고 있었다.

"저희에게 온 편지는 없나요?"—"저희는요?"—"저희는요?"

나이가 제일 어려 보이는 아이 두 명이 요한의 다리를 꽉 붙잡았다. 한 아이가 바지에 얼굴을 문지르는 바람에 콧물이 묻었다.

요한은 편지를 나누어주었다. 크뇔 버터를 운영하는 부인에게 줄 편지 두 통, 폴란드 출신인 벤첼 크뇔의 미망인에게 줄 편지 한 통, 그리고 겔젠키르헨에서 온 부인에게 줄 군사우편물이 하나 있었다. 아이들은 요란하게 소리를 지르며 집을 향해 달음박질쳤다.

나막신을 신은 노부인이 앞치마에 달린 주머니에서 군대로 보내는 편지 두 통, 소포 하나, 일반 편지 한 통을 꺼냈다. 그리고 우편료로 지폐 한 장을 내놓았다. 요한은 호주머니에서 동전 무더기를 긁어모아 활짝 편 손 위에 놓고 노부인에게 내밀었다. 노부인은 자기가 가져가야 할 금액의 동전을 골라내 요한에게 보여주었다. 요한은 고개를 끄덕였다.

한쪽 눈이 먼 노인이 집 문 앞에서 눈을 쓸고 있었다. 그는 몸을 똑바로 일으키더니 요한이 있는 쪽을 주시했다.

"하네스?" 노인이 불분명한 발음으로 말했다. "하네스가 맞군. 네 땀냄새가 여기까지 나는구나."

"맞습니다."

노인에게서는 오줌 냄새가 났다. 노인의 몸은 더이상 자기 뜻대로 기능하지 않았다. 요한이 전선에 있었을 때 그의 몸에서도 오줌 냄새가 풍겼다. 중대 전체가 그랬던 것처럼. 그때는 죽음에 대한 공포가 방광을 짓눌렀다.

왼쪽 마지막 집은 다하우에 수감중인 지기스문트의 집이었다. 지기스문트는 네 자녀를 두었고, 그중 막내는 내년 여름에 학교에 입학할 예정이었다. 그의 부인인 블라스타는 체코 출신인데, 몇 년 전 지기스문트와 쾨니히그레츠* 여행을 하며 고향을 방문한 적이 있었다. 언젠가 블라스타는 요한에게 아주 은밀한 생각을 털어놓은 적이 있었다. "남편이 다하우에 갇혀 있는 게 전선에서 싸우는 것보다 훨씬 안전해……"

진정 맞는 말이었다. 그리고 지기스문트는 그곳에서 완전히 잊힌 존재가 됐다. 그는 전쟁에서 살아남을 수 있는 참으로 좋은 기회를 맞이했다.

요한이 베른그라벤 방향으로 계속 힘차게 걷는 동안 하늘에 구름이 가득 끼더니 어두컴컴해졌다. 요한의 뒤편에서 들려오던 과묵한 돼지들이 쩝쩝거리며 먹는 소

---

* 체코 북부에 있는 도시로, 체코에서는 흐라데츠크랄로베라고 부른다.

리와 아이들이 끊임없이 내지르는 고함소리가 점점 멀어져갔다. 눈이 내리기 시작했다. 이 남쪽 산비탈은 위험할 가능성이 있었다. 요한은 이미 몇 번이나 빙판길에 미끄러져 하마터면 산비탈 아래로 떨어질 뻔했다.

그런데 오늘 요한은 위험을 무릅쓰고 썰매를 탔다. 뒤에는 우편물이 든 자루를, 앞에는 우편가방을 놓았다. 그러고는 가파른 길 아래로 미끄러져 내려갔다.

요한에게 환호성을 지르고 싶은 욕망이 일어났다. 그는 군인이 된 이후부터 썰매를 타고 산비탈 아래로 쏜살같이 달리는 멋진 행동을 더이상 음미하지 못했다. 요한은 이러한 즐거움을 누리려면, 모렌과 산림감시원 관사 사이에 난 급경사의 산비탈을 힘들여 기어오르는 대가를 치러야 한다는 걸 알고 있었다.

마침내 무거운 썰매를 끌고 산림감시원 관사 앞에 도착했을 때, 요한은 나이든 산림감시원 미망인이 날마다 던지는 질문에 거짓말로 대답할 여력이 아직 남아 있었다. "아니요, 오늘은 손자에게서 온 편지가 없습니다. 하지만 내일은요, 키제베터 부인, 내일은 편지가 확실히 올 거예요!"

10장

1945년 1월

1945년 1월. 볼펜탄 주민뿐만 아니라 분명 '모든' 독일인이 자궁을 벗어난 신생아처럼 지난해로부터 간신히 빠져나왔다. 눈은 매서운 추위 속에서 무심하게 반짝였다.

"새해에는 무슨 일이 일어날까?" 힐데 베란이 물었다. "평화가 오면 좋을 텐데!"

승리를 거둔 뒤 누리는 평화와—그런데 이런 걸 뭐라고 불러야 할까?—그 반대 상황의 차이가 얼마나 큰지는 생각해봤을까? '그 반대 상황'은 물론 패전 이후의 평화다.

승리를 거둔 뒤의 평화와 패전 이후의 평화 사이에 차

이가 있을까? 엄청난 차이가 있다!

요한은 엘자 파일링거의 아이들이 뢰네 강가에서 눈사람을 만드는 광경을 보았다. 엘자는 문을 열고 나와서 요한에게 인사를 건넸다.

요한은 술집 '들소'의 웨이터였던 엘자의 남편이, 이제는 그녀에게 그림 가장자리에 위치한 인물이 된 게 아닐까 생각했다. 아이들을 태어나게 한 사람이라는 것 말고는 별 의미가 없어 보였다.

요한은 베른그라벤에 있는 학교에도 배달할 우편물이 있었다. 교사 포시만이 쉰 목소리로 그에게 인사를 건넸다. 포시만은 더이상 젊지 않았다. 안경을 썼고 머리카락이 듬성듬성했다. 총알이 목을 관통하는 바람에 늘 쉰 목소리가 났다. 요한은 포시만과 만날 때마다 매번 똑같은 이야기에 귀를 기울여야 했다. 자신은 머지않아 수술을 받을 것이며, 그러면 목소리가 회복되어 다시 예전 모습을 되찾을 거라고 했다. 그때까지 어느 정도는 즉흥적으로 학교 수업을 진행해야 한다고도 했다. 포시만이 말을 분명하게 하려 할수록 쉰 목소리는 점점 더 커졌다. 때때로 목소리는 사라지고 휘파람 소리만 나기 시작하는 경우도 있었다. 그래서 요한은 될 수 있으면 교사 포시만과 마주치지 않으려 했다.

도르트문트 출신 독어독문학 교수가 학교 앞에 서 있었다. 그는 어린 손녀를 기다리고 있었다. 손녀의 아빠는 전사했고 엄마와 오빠는 공습을 받아 목숨을 잃었다. 조부모가 손녀를 맡아 키워야 했고, 소개疏開* 명령에 따라 손녀와 함께 이곳까지 왔다.

요한은 이 교수를 원망한 적이 여러 번 있었다. 교수는 대단히 많은 우편물을 직접 받았다. 특히 책을 많이 수령했다. 이 때문에 요한의 우편가방이 무거워지는 경우가 허다했다. 하지만 이런 상황은 바뀔 가망이 없었다. 말에게 귀리가 필요한 것처럼, 교수에겐 책이 필요했기 때문이다.

"포르트너 씨, 별일 없지요?" 교수가 요한에게 소리쳤다.

"저는 별일 없습니다, 교수님." 요한이 화답했다. "그런데 교수님께는 좋은 소식이 있습니다. 책이 또 한 권 왔네요. 교수님 댁에 갖다 드렸습니다."

교수는 만족스러운 기색으로 고개를 끄덕였다. 그는 요한에게 고맙다는 말을 한 적이 한 번도 없었다.

아이들 무리가 시끌벅적하게 환호성을 지르며 학교에서 쏟아져나왔다. 아이들은 우편배달부를 보자마자 몰려가 에워쌌다.

"얘기해주세요, 하네스, 얘기해주세요! 새로운 소식은 없나요?"

"새로운 소식 말이니?" 요한은 이렇게 대답하고는 깊은 생각에 잠긴 척했다. "어디 생각 좀 해보자. 아, 하나 있다. 미국 사람들이 지금 새로운 동물을 사육한다고 하네. 이 동물은 클록스라고 해. 젖과 털을 제공하고, 농장을 지키고 알을 낳지."

아이들은 놀라서 입을 딱 벌린 채 요한을 바라보았다.

"우리 학교 선생님은 그런 건 전혀 모르세요." 빨간 머리의 아이가 말했다. "아셨다면 말씀해주셨겠죠? 선생님은 날마다 신문을 읽으시니까요."

"클록스가 여기에도 있나요?" 머리를 땋아 쭝긋 세운 조그만 여자아이가 물었다.

"절대 없지." 요한이 말했다. "여기서는 클록스가 번식하지 않는단다."

"클록스는 얼마나 커요?" 귀가 쭝긋하고 길고 검은 머리를 가진 아이가 물었다.

"사람들이 완전히 먹어치우지 않은 상태라면, 책상 서

랍 속에 넣기 위해 몸을 접어야 할 정도로 아주 크지."

분노의 함성이 터져나왔다. "몽땅 거짓말이에요! 그런 동물은 있을 수 없다고요!"

요한은 웃으며 아이들을 옆으로 밀쳤다. 우편배달 일이 늦어지면 안 될 테니까.

"내일 또 만나요, 하네스!" 교수의 손녀가 요한의 등 뒤에서 소리친 뒤 할아버지를 향해 달려갔다.

정오의 종이 울리기 시작했다. 그런데 마치 죽은 이를 애도하듯 나지막하게 울렸다. 깊고 풍부하게 울리던 베른그라벤 성당 탑의 커다란 종은 이미 삼 년 전 나치 군대•가 가져가 녹여버렸기 때문이다. 이제는 작은 조종弔鐘만 남아 울릴 뿐이었다.

요한은 넓은 보폭으로 디키히트로 향하는 거리를 성큼 성큼 걸어갔다. 베른그라벤 학교에 다니는 디키히트 아이들이 종종걸음으로 요한을 따라왔다.

디키히트에 사는 소년이 자신을 따라 숲으로 들어와 살 의향이 있는 외부 출신 소녀를 찾아내기란 좀처럼 힘들었다. 그래서 사촌끼리 결혼하거나 삼촌이 조카와 결혼하는 경우가 많았다. 그런 일이 일어날 수 있다는 것은 누구나 안다.

마을 사람들이 하는 이야기가 정말 사실일까? 디키히트에 사는 아이들을 보면 탄식이 나온다는 이야기 말이다. 그런 이야기를 꺼내는 것은 채석장에서 일하는 것보다 훨씬 진땀나는 일이다! 베른그라벤 학교의 두 개 학급에서 머리가 명석한 디키히트 출신 학생은 단 한 명으로, 열 살짜리 헬무트 슈모크였다. 이 아이는 '세 개의 샘으로'라는 여관 주인의 아들로, 무엇이든 척척 해치운다는 소문이 파다했다. 계산도 기계처럼 빠르고 정확했으며, 별자리도 전부 다 외우고, 마치 고양이와 쥐가 쫓고 쫓기듯 선생님과 논리적인 생각을 팽팽하게 주고받는다고 했다. 아울러 헬무트는 몹시 건방졌고 그 때문에 위험에 빠지기도 했다. 헬무트는—은밀하게 퍼진 소문일 뿐이지만—히틀러 총통의 정신 상태를 의심하기도 했다고 한다! 아이가 이렇게 말했다는 것이다. "만약 나, 헬무트가 총통이었다면 그런 어리석은 실수는 저지르지 않았을 거예요. 나 같으면 수많은 전선에서 동시에 전쟁을 진행하는 짓은 피했을 거라고요." 다행히 헬무트는 아직 어린이였고, 그렇지 않았다면 지금 다하우 수용소나 심지어 아우슈비츠 수용소에 수감됐을 것이다! 하지만 헬무트는 뇌전증으로 인한 발작에 시달리는 불쌍한 아이였다. 디키히트에 사는 주민 상당수가 뇌전증으로 고통받

왔다.

요한은 때때로 마을길을 오르며 이 헬무트라는 아이와 이야기를 나누곤 했다. 아주 총명한 소년인 헬무트는 지식의 폭과 깊이도 엄청나서 섬뜩한 느낌을 줄 정도였다. 언젠가 요한은 헬무트가 발작을 일으키는 것을 목격한 적이 있었다. 그때 아이의 입가에는 거품이 가득했고, 완전히 실신 상태에 이를 때까지 팔다리를 마구 흔들었다. 요한은 이 불쌍한 아이를 업고 집으로 데려갔다.

오늘은 요한을 따르는 아이들 사이에서 헬무트의 모습이 보이지 않았다. 수업을 건너뛴 걸까?

요한은 디키히트에 오는 것이 좋았다. 이곳에서 대접받는 점심식사가 훌륭해 기분이 좋았다. 디키히트 사람들은 무작정 식사를 같이하자고 요한을 초대했다. 항상 주민들이 차례대로 초대했다. 그들은 식사에 대한 대가로 식량 배급표도, 돈도 요구하지 않았다. 월요일부터 토요일까지 여섯 번의 점심식사였다. 환영할 만한 식사였다.

요한은 열두시 삼십분에 마을에 도착했다. 바로 첫번째 집이 여관 '세 개의 샘으로'였다. 바리라는 이름으로 불리는 세인트버나드 종 개 한 마리가 요한의 주위를 돌며 껑충껑충 뛰었고, 그의 손을 핥았다.

헬무트의 누나인 기젤라는 만삭의 몸으로 아기가 태어

나길 기다리고 있었다. 그녀는 어린 나이에 이웃집 아들인 콘라트 슈모크와 결혼했다. 더이상 못 본 척하고 지나갈 수 없었다.

"콘라트가 보낸 편지는 없니, 하네스?" 잘 웃는, 젊고 행복한 신부인 기젤라가 물었다.

"오늘은 없어요, 기젤라."

요한과 함께 올라온 아이들이 사방으로 흩어졌다. 땋은 머리를 쫑긋 세운 여자아이 하나만 곁에 남아 그의 손을 잡으며 이렇게 말했다. "오늘은 저희 집에서 식사하세요." 그러고는 자기집 방향으로 요한을 끌어당겼다.

농장 입구에 서 있던 젊은 남자가 입을 딱 벌린 채 요한을 응시했다. 그의 머리카락은 헝클어져 있었고, 두 눈동자는 동굴 깊숙한 곳에 놓인 듯했다. 이 마을에 사는 두 명의 젊은 지적장애인 중 하나인 빌리였다.

"전쟁은 개똥 같아." 빌리는 이렇게 투덜거리며 이를 부드득 갈았다. "히틀러도 개똥 같고."

그렇다. 사람들은 빌리를 바보로, 위험하지 않은 존재로 여겼다. 바보들은 전쟁에서 살아남을 가능성이 높았다. 다만 치료시설에 수용되어서는 안 됐다. 사람들이 은밀히 말하기를, 그곳에서는 지적장애인을 대상으로 '단기 과정'을 실시한다고 했다. 명목상으로는 그들이 밥이

나 축내는 쓸모없는 존재라는 이유에서였다.

하지만 빌리는 밥이나 축내는 쓸모없는 인간이 아니었다. 그는 유용했다. 빌리는 나무를 쪼갰고 외양간을 청소했고 밭에서 일했다. 그리고 빌리는 위험한 생각을 거리낌없이 말했으며, 지금까지 외지 사람을 만난 적이 없었다. 외지인이 마을에 오면 사람들은 얼른 빌리를 집으로 데려갔다. 요한이 오면 빌리는 바깥에 그냥 머물렀다. 요한은 외지인이 아니었기 때문이다.

요한은 농장에서 일하다가 지금은 전선에 나가 있는 농부의 자리에 앉았다. 사발에서 김이 모락모락 났다. 피를 넣은 소시지, 감자, 소금에 절인 양배추가 담겨 있었다. 힘을 북돋워주는 맛있는 식사였다. 식사 전 할아버지가 감사의 기도를 올린 뒤 껍질째 삶은 감자에 포크를 찔렀고, 칼로 껍질을 벗겼다.

여주인이 요한을 위해 삶은 감자 껍질을 벗기고 소시지를 썰어주자, 요한은 감사의 표시로 머리 숙여 인사했다. 요한은 집에서 홀로 식탁에 앉아 식사를 할 때면, 오른손에 포크를 쥐고 소시지 덩어리를 찌른 뒤, 입 쪽으로 들어올리고 물어뜯는 방법으로 손이 하나뿐이어서 생기는 문제를 해결했다. 하지만 요한은 자신을 유심히 지켜보는 아이들의 눈앞에서 그런 거친 방법으로 식사하고 싶지 않았다. 점잖게 처신해야 한다는 걸 잘 알고 있었다. 뒤이어 좋은 콩으로 만든 커피가 제공됐다. 정말 고맙습니다. 신의 은총이 함께하시기를!

"맛이 어때?" 여주인은 이렇게 묻고 두 뺨이 발그레해진 채 미소를 지었다.

"아주 맛있어요!" 요한은 이렇게 말하고 감사 표시를 한 다음, 그녀가 수확기에 모든 농사일을 직접 한 것인지 물었다. 여주인은 그렇지 않다고 손사래를 쳤다. 그녀는 사 년 전부터 시아버지와 함께 둘이서 농장을 운영하는 현실에 익숙해져 있었다. 요한은 전선에 나가 있는 농부에 대해 물었고, 최근에 농부가 바르테가우*에서 편지를 보냈다는 사실을 알게 됐다.

"얼마나 다행인지 몰라." 여주인이 말했다. "여기와 거리가 가까운 곳이니까, 전쟁이 끝나면 집에 돌아오기 쉽겠지."

이 가족의 성姓도 슈모크였다.

이때 요한은 자신이 이 디키히트 여주인을 산림감시원

---

* 폴란드 서부 지역으로, 당시에는 독일에 부속된 지역이었다.

미망인과 비교하고 있음을 깨달았다. 디키히트 여주인은 진실의 얼굴을 직시했고, 거기서 가장 좋은 것을 발견해냈다. 하지만 키제베터 부인은 터무니없는 행동을 했다. 그녀는 진실을 인정하지 않는 게 아니라 기억력 감퇴에 시달렸다. 그렇게 된 것이 키제베터 부인의 탓은 아니었다.

하지만 키제베터 부인은 여전히 오토를 그리워하고 있었다. 요한이 다음날 편지가 올 거라고 달래며 매번 사실 전달을 미룬다면 혹시 손자가 자기를 잊었다고 받아들이게 되는 것은 아닐까? 그런 오해가 손자의 죽음보다도 그녀의 마음에 훨씬 큰 상처를 주는 것은 아닐까?

11장
1945년 1월

1월의 마지막날 아침, 추위가 매섭기는 했지만 바람은 잔잔했다. 하지만 요한은 집을 나서며 오늘은 그리 평온하게 마무리되지 않을 것 같다는 느낌이 들었다.

어느 면으로 보나 아주 암담한 날이었다. 전선에서는 오로지 암울한 소식만 들려왔다. 우편가방에는 검은색 편지가 한 통 들어 있었다. 심지어 점심이 되자 날씨까지 아주 흐려졌다.

이날 힐데는 요한에게 커다란 손전등을 들려 보냈다. 이 손전등은 은밀한 경로를 통해 배터리를 조달할 수 있었다.

요한이 근무 첫해에 들은 바로는, 언젠가―물론 지난

19세기의 일이다—어느 우편배달부가 베른스탈에서 목숨을 잃었다고 한다. 등을 휴대하고 나서는 걸 깜빡 잊었기 때문이었다. 그 우편배달부는 저녁 무렵 휘몰아친 눈보라 때문에 길을 잘못 들었고, 결국 숲속에서 길을 잃어 얼어죽었다.

오늘날, 제국 우체국에서 일하는 우편배달부는 더이상 오래된 그림에서나 볼 수 있는 외양간용 등을 들고 밤새 떠돌아다니지 않았다. 하지만 빛은 빛이다. 지금 와서 돌이켜보면, 깜빡 잊은 것이 등이냐 손전등이냐는 별로 상관이 없었다. 이런 부주의한 행동은 곧바로 치명적인 결과로 이어질 수 있다는 사실을 명심하는 것이 중요했다.

요한은 편물로 짠 모자를 머리에 푹 뒤집어썼다. 이 모자는 눈과 코 부위에 타원형 구멍이 뚫려 있었다. 요한은 모자에 달린 귀 가리개를 아래로 내렸고, 거친 모직으로 만든 길고 검은 망토를 어깨에 걸쳤다. 손과 손이 있던 부위는 털가죽으로 만든 벙어리장갑으로 잘 감쌌다. 원래 그의 어머니가 외출할 때 방한용으로 끼던 장갑이었는데 어머니에게는 너무 컸다. 어머니는 어떤 임신부가 여덟번째 아이를 낳을 때 산파 일을 한 적이 있는데, 그 사람은 대가로 돈 대신 현물밖에 지불하지 못할 형편이었다. 그래서 어머니는 이 벙어리장갑을 선물로 받았다.

요한은 아주 따뜻한 속바지를 입은 뒤 제복 바지를 겹쳐 입었다. 그리고 발싸개로 조심스럽게 발을 감쌌다. 그러고는 안감을 댄 근무용 장화를 신었다.

페터스키르헨에 우편물을 배달할 때만 해도 구름이 아주 짙게 드리우는 바람에 당장이라도 재해가 일어날 듯한 분위기였지만, 아직 마을 풍경은 제대로 보였다. 그런데 샤트나이로 가는 도중에 눈이 내리기 시작했다.

요한은 샤트나이 학교에 군사우편 두 통을 넘겨주었다. 한 통은 여교사의 남편으로부터 온 편지였다. 그리고 나머지는 여교사의 딸인 마리엘라에게 온 편지였다. 얼굴에 주근깨가 많은 마리엘라에겐 남자친구가 있는데, 그가 보낸 편지였다. 남자친구는 히믈리시하크 출신의 히틀러 유겐트 지도자였다.

마리엘라는 히틀러를 절대적으로 신봉해서, 히틀러에 대한 믿음이 활활 타오르는 듯했다. 요한이 페터스키르헨에서 마리엘라와 마주칠 때면 그녀는 대개 노란색 등산 조끼를 입고 있었고 목에는 가죽 매듭이 달린 천을 두르고 있었다. 요한은 마리엘라가 페터스키르헨에서 행진을 하고 하켄크로이츠 깃발을 게양하고 민속춤을 추고 노래를 불렀다는 것을 잘 알고 있었다. 그녀는 여성 지도

자였고 자기 임무를 진지하게 수행했다.

하지만 이곳, 고향 샤트나이의 학교에서 보는 마리엘라의 모습은 완전히 달랐다. 샤트나이에서 그녀는 소녀들이 입는 옷을 입고 있었다. 그녀는 잘 웃고 즐거워하며 사랑에 빠진 꿈 많은 젊은이였다. 아주 평범하고 정상적인 소녀였다.

마리엘라는 군사우편을 받고는 몹시 기뻐하며 요한에게 꿀을 넣은 뜨거운 우유를 내놓았다. 요한은 우유를 거절하지 않았다. 따뜻한 음식이 간절한 상태였으니까.

"이제 히틀러가 곧 기적의 무기를 배치하겠네요." 마리엘라가 종알거렸다. "그렇게 되면 온 세상이 깜짝 놀라겠죠. 최후의 승리를 향해 가파르게 치닫게 될 거고요!"

요한은 대꾸하고 싶지 않았다.

"히틀러를 믿지 않는 건가요, 요한?" 마리엘라가 날카로운 목소리로 물었다.

요한이 기침을 아주 심하게 하는 바람에 마리엘라가 등을 두드려주어야 했다. 그 덕분에 마리엘라는 조금 전에 던진 질문 대신 다른 생각을 하게 됐다. 요한이 문 쪽으로 발걸음을 옮긴 뒤에야 마리엘라는 다시 한번 아까했던 질문으로 되돌아갔다.

"히틀러에 대해 회의적으로 생각하나요?" 그녀는 이렇게 묻고는 긴장한 시선으로 요한을 응시했다.

"날씨가 참 지독하네." 요한은 한숨을 쉬고 눈보라 속으로 몸을 던졌다. 요한의 뒤편으로 마리엘라의 아이 같은 목소리가 아련하게 사라지고 있었다.

이제 엄청나게 몰아치는 눈송이는 더이상 수직으로 내려앉지 않고 비스듬하게 회오리치기 시작했다. 3미터 앞도 제대로 보이지 않을 지경이었다. 요한은 하마터면 묘지에서 내려오던 아만다 할머니와 부딪칠 뻔했다.

"눈보라가 그칠 때까지 기다려라!" 아만다 할머니는 이렇게 말하고는 자기가 살고 있는 움막으로 요한을 데려가려 했다.

하지만 요한은 머리를 흔들었다. 물레방앗간을 운영하는 젊은 과부 마리안네에게 전달할 편지가 아직 남아 있었기 때문이다. 당국에서 보낸 편지로, 독수리와 하켄크로이츠 문양이 찍혀 있었다. 게다가 등기우편이었다.

물레방앗간을 운영하는 과부는 우편배달부를 집안으로 데리고 들어갔다.

"글뤼바인* 한 잔 마시겠니, 하네스?" 그녀가 수취 확인 용지에 서명을 하며 물었다. "마시면 몸이 따뜻해질 거야."

요한은 고맙지만 마시지 않겠다고 대답했다. 지금 근무중인데다 우편배달 일을 서둘러야 했기 때문이다.

마리안네는 원래 의사가 되고 싶어했다. 하지만 샤트나이에서 물레방앗간을 운영하던 젊은 남자 노르베르트를 알게 됐고, 그들은 1940년 부활절에 결혼했다. 성령강림 대축일 직후, 노르베르트는 프랑스에서 전사했다.

겉모습은 연약해 보이지만 아주 활달한 마리안네는 시아버지와 함께 물레방앗간을 계속 운영했다. 지금도 여전히 운영하고 있었다. 혼자서 말이다. 시아버지는 통풍에 걸려 거동이 더이상 힘들었다.

마리안네는 일에 능숙했고, 사람들이 호기심을 느끼면 누구에게든 시원시원하게 일을 알려주었다. 그리고 프랑스군 전쟁 포로 한 명이 그녀를 돕고 있었다. 그는 원래 물레방앗간 일에 정통했다.

요한은 우편물을 전달하며 때때로 이 프랑스 남자를 보았다. 그림처럼 잘생긴 남자였다. 이 사람이 전쟁 전부터 물레방앗간을 운영했다고? 원래는 화가나 배우인데, 어쩔 수 없이 물레방앗간 일을 익혔다고 하는 것이 훨씬

---

* 설탕이나 꿀, 향료를 넣고 데운 적포도주.

그럴싸하지 않을까?

맞아, 그럴 거야. 사람들은 수근거렸다.

샤트나이에서의 편지 배달 업무를 마치자마자, 바람은
폭풍으로 변했다. 요한은 산 쪽 지름길로 가는 걸 포기하
기로 마음먹었다. 다행히 오늘은 외트에 배달할 우편물
도 없었다. 대신 칼텐바흐* 시냇가의 굴곡 많은 길을 따
라 뢰네 계곡으로 내려가기로 했다. 요한은 이곳에서 폭
풍을 어느 정도는 피할 수 있겠다고 생각했다.

그러나 요한은 점점 높게 쌓이는 눈더미를 헤치고 나
가야 했다. 코와 발가락이 차가워졌다. 요한은 편물 모자
를 푹 눌러쓴 다음 아까보다 더 신속하게 성큼성큼 걸음
을 내디뎠다. 가방이 무겁게만 느껴졌다. 그는 가방 속에
든 검은색 편지에 대해 생각하지 않으려 애썼다.

오늘은 루르 지방에서 피난 온 미용사 로테 크레스에
게 검은색 편지를 전달해야 했다. 요한은 한숨을 내쉬
었다.

마을에서 도축용 가축을 싣고 나와야 하는 화물차 한
대가 멈추더니, 요한을 베른그라벤까지 태워주었다. 삼

---

* '차가운 실개천'이라는 뜻.

십 분 후, 요한은 뜨거운 차를 마시면서 임시변통으로 몸을 다시 데웠다. 그런 다음 숲을 지나 고지대에 있는 디키히트에 도착했다. 디키히트 여기저기를 돌아야 하는 요한은 온 힘을 다해 폭풍을 버텨가며 앞으로 나아갔다. 요한은 눈보라를 맞으며 독일군이 두 차례 겪은 러시아의 추운 겨울을 떠올렸다. 그때 요한은 아직 고향에 있던 시기였다.

그렇다. 러시아의 겨울 때문에 수많은 독일 병사가 목숨을 잃었다. 죽지 않았더라도 최소한 발가락을 잃었다. 이 비극은 교대병이 길을 잃고 오지 못하게 되면서 보초를 서던 병사들이 너무 오랫동안 눈보라 속에서 경계근무를 하는 바람에 일어났다. 이곳 출신 병사도 똑같은 일을 겪었다. 바로 페터스키르헨에서 살던 남자였다. 그는 발가락을 여덟 개나 잃었다. 걸음걸이는 불안정하고 위태로웠다. 그 남자가 휴가를 받아 고향에 돌아오면, 여학생들이 킥킥거리며 그의 뒤를 따라갔다. 그는 병역 면제를 받지 못했고 전선 후방에 위치한 사무실에서 근무했다.

눈보라가 계속됐다. 눈송이가 소용돌이를 이루었고, 대기중에서 울부짖는 듯한 소리가 났다. 아무것도 보이지 않고 들리지 않았다. 방향감각이 사라졌다. 그리고 기온이 영하 삼십 도, 또는 그 이하로 곤두박질쳤다.

요한은 두 시간이나 지체한 끝에 디키히트에 도착했다. 이번에는 여관 '세 개의 샘으로'에서 점심식사를 했다. 기젤라 슈모크가 요한이 주는 우편물을 받았다.

"콘라트한테서 편지가 왔네!" 기젤라는 만삭의 몸으로 기쁨에 겨워 껑충껑충 뛰었다.

요한은 식사를 마치자마자 고맙다는 인사를 한 뒤 다시 길을 나섰다. 이제는 침대가 있는 곳 어디라도 몸을 던지면 바로 잠들 수 있을 것만 같았다!

하지만 요한에겐 아직 처리해야 할 업무가 남아 있었다. 그는 사람들이 이런 날씨엔 차라리 여기서 아침을 기다리는 게 낫겠다고 제안할 때마다 머리를 흔들고는 가던 길을 계속 갔다. 산 아래로 내려가 모렌 쪽으로 갔다. 요한이 도는 우편배달 구역 중 가장 산속 깊은 곳에 위치한 마을이었다.

로테 크레스가 살고 있는 집에 딸린 조그마한 창문에서 불빛이 깜빡였다. 아무리 늦어봐야 오후 네시밖에 안 되었는데도 말이다. 얼음이 덮인 들보 쪽에서 돌풍이 불어와 요한을 밀어붙였다.

요한이 로테의 집 문을 두드리자 얼음이 그의 눈썹에 마치 딱지처럼 내려앉았다. 편물로 짠 모자와 거친 모직으로 만든 망토에는 눈이 가득 쌓여 두꺼운 층을 이루고 있었다. 요한은 가방을 열려고 했지만 손이 얼어 뻣뻣했다. 코끝도 마찬가지였다. 땅바닥에 쌓인 눈을 한 움큼 쥔 다음, 혈관에 다시 피가 돌 때까지 코를 문질렀다.

이때까지만 해도 잘못된 일은 아무것도 없었다.

엄청난 눈송이가 흩날리면서 로테의 얼굴을 때렸다. 그녀는 웃음을 터뜨리며 눈을 털어냈다.

잠시 후 로테는 요한을 알아보았다.

"요한?" 깜짝 놀란 로테가 물었다. "이런 날씨에도 진짜로 근무를 해야 하나요? 오늘 여기 오지 않으면 기분 나빠할 사람이라도 있는 건가요?"

요한은 대답하려 했지만 입술이 더이상 움직이지 않았다.

"드릴 우편물이 있어서요." 요한은 불분명한 발음으로 말했다.

로테는 그를 현관 복도로 데리고 갔고 요한의 뒤쪽에 있는 문을 닫았다. 그녀는 요한이 어깨에 걸친 망토, 머리에 쓴 모자, 목에 두른 목도리를 벗겨 눈을 전부 털어낸 뒤 벽에 걸었다. 그런 다음 로테는 요한을 작은 방으로 데리고 가 의자에 앉혔다. 요한은 우편가방을 탁자에 놓았다.

"아이들은 어디 있어요?" 그가 물었다.

"저쪽에서 주인집 손자 세 명과 놀고 있어요." 그녀가 말했다. "저기가 다른 데보다 더 따뜻해서 아이들이 저기서 함께 식사를 해요."

바깥에는 눈 폭풍이 격렬하게 울부짖고 있었다. 벽을 받치는 들보는 눈보라에 완강하게 저항하고 있었다. 천장에 매달린 전구가 이리저리 흔들렸다.

"우편가방에서 편지를 직접 꺼내주세요." 요한이 가방을 밀며 말했다. "편지는 앞쪽 칸에 바로 보일 거예요. 가방 안에 편지가 얼마 남지 않았거든요."

"서두르지 않아도 돼요." 로테는 머리를 숙인 채 이렇게 대답하고는 요한이 신고 있던 장화를 발에서 벗겨냈다. 그러고는 바깥에 나가 두 손 가득 눈을 퍼서 들고 오더니, 요한의 발가락에 서서히 붉은빛이 돌 때까지 문질렀다.

따뜻한 방에 있다보니 요한의 입술도 다시 부드러워졌다.

"가방에서 편지를 꺼내보세요." 요한이 약간 초조한 목소리로 말했다. 어쨌든 그는 얼른 이 일을 끝내고 싶은 마음이 간절했다.

로테는 아무 말도 듣지 못한 듯 행동했다. 그녀는 커다란 화덕에서 물을 데웠다. 차 한 잔을 끓이고 남은 물을 대야에 담아 발을 씻기에 충분한 양이었다. 발가락이 따뜻해지니 얼마나 아프던지!

로테는 요한의 앞을 분주하게 돌아다녔다. 그녀의 두 손은 왜 그렇게 떨릴까? 그녀는 왜 그렇게 신경질적으로 보일까?

돌풍이 불어와 집이 흔들렸다.

요한은 편지를 탁자에 놓았다.

갑자기 불이 나갔다. 전구 속 전선 가닥이 잠깐 동안 빛을 발하더니 곧 방안이 깜깜해졌다. 아마도 디키히트와 모렌 사이에 설치된 전봇대가 눈보라에 묻혀버린 듯했다. 해마다 겨울이 되면 이런 일이 일어났다. 심지어 자주 일어났다.

제기랄. 불이 나간 상황에서 로테가 편지를 읽을 수는 없었다.

바로 그때 요한은 손전등이 떠올랐다. 손전등은 바깥에 걸어놓은 망토 속에 있었다. 하지만 요한은 두 발을 물에 담그고 있는 상황이었다. 화덕이 있는 모퉁이에서 로테의 목소리가 들려왔다.

"편지를 읽어볼 필요는 없어요." 그녀가 말했다. "무슨 내용인지 알고 있으니까요. 롤프 소식이 맞죠?"

그러니까 로테는 이미 예감하고 있었다. 요한은 두 발을 대야에 담근 채 자리에서 일어났다. 물이 발목 주위에서 출렁거렸다.

"네." 요한이 말했다. "맞아요. 그런 내용의 편지입니다……"

그는 로테가 가까이 다가오는 소리를 들었다.

"정말 유감입니다." 요한은 중얼거렸다.

그녀가 어둠 속에서 말했다. "이 순간이 오면 어떻게 행동할지 곧잘 상상하곤 했어요. 너무나 자주 상상해서 그런지 지금 이 순간이 견딜 만하네요." 로테는 잠깐 말을 멈췄다가 다시 입을 열었다. "남편도 이발사였어요. 우린 서로 마음이 끌렸죠." 로테의 목소리가 갈라졌다. 그녀는 흐느껴 울기 시작했다. "그이는 나를 미친듯이 사랑했고, 나도 그랬어요. 상상조차 할 수 없을걸요! 우린 거의 매일 밤 같이 잤어요. 그렇게 하는 걸 아주 당연하게 여겼죠……"

요한은 손전등을 켜고 싶은 마음이 간절했다. 하지만 이 순간 감히 로테에게 수건을 달라고 부탁할 수 없었다! 곤란한 상황에 놓인 요한은 발싸개를 맨발에 감고, 장화가 놓인 쪽으로 가서 손을 뻗어 우편가방을 잡고는, 비틀거리는 걸음으로 현관 복도 쪽으로 나갔다. 이 와중에 요한은 암흑 속에서 헤매다가 의자를 밀어 넘어뜨렸다. 방 바깥에 드리워진 어둠 속에서 요한은 공포에 사로잡혔다. 무엇이 자기를 기다리고 있는지 똑똑히 '보았기' 때문이다!

그런데 로테는 어둠 속에 그냥 머물러 있었다. 그 모습이 요한에게는 위협적으로 느껴졌다. 그녀 앞에서 요한은 아이처럼 두려운 마음이 들었다. 요한은 손전등을 켤 생각을 잊고, 그저 벽에 걸려 있던 옷을 낚아챈 뒤, 눈보라가 기다리는 바깥으로 뛰어나갔다. 밖으로 나간 요한은 서둘러 편물 모자를 머리에 쓰고 망토를 어깨에 둘렀다.

급경사면에 난 오솔길은 눈으로 완전히 막혀 있었다. 요한은 힘겹게 눈더미를 헤쳐나갔다. 눈은 요한의 엉덩이 높이까지 쌓여 있었다. 손전등에서 나오는 가느다란 빛이 요한 앞에서 이리저리 헤매고 있었다. 축축한 발싸개에 휘감겨 있는 두 발은 얼음처럼 차가웠고 통증이 심했다. 편물 모자 안쪽의 귀도 점점 차가워졌다.

마침내 요한이 완전히 기진맥진한 상태로 산림감시원 관사에 도착했을 때, 개가 짖었다. 이곳에선 눈 폭풍이 정면 공격을 퍼붓고 있었다. 요한은 앞으로 나아가기 위해 있는 힘을 다하여 폭풍과 맞서 싸워야 했다.

결국 요한은 맞서 싸우기를 포기했다. 눈보라를 헤치고 정원 입구에 서서 꾹 참고 기다렸다. 개 짖는 소리는 울부짖는 듯한 폭풍 소리에 휩쓸려 들어가 섞여버렸다. 산림감시원 관사에 달린 두 개의 창문에서 양초 불빛이 깜빡거렸다. 요한은 종을 잡아당겼다. 문이 열렸다. 깜빡이는 불빛 속에 할머니의 실루엣이 서 있었다.

"안녕하세요." 요한은 불분명한 발음으로 말했다. "저는, 저……"

요한은 하룻밤 머물게 해달라는 부탁을 차마 더이상 이어나가지 못했다.

"오토!" 할머니는 기쁨으로 가득차 환호성을 질렀고, 그를 끌어당겨 집안으로 데리고 들어갔다. "마침내 집으로 왔구나! 사랑스런 내 손자! 이렇게 오래도록 어디 가 있었니? 널 간절하게 기다렸단다. 특히 크리스마스이브 날에는 말이야……!"

12장
1945년 2월

다음날 아침, 키제베터 부인은 요한의 귀에 작별 인사를 속삭였다. "자랑스러운 내 손자! 그런데 오늘 정오까지는 부대에 복귀해야 하지 않니? 맞지?" 배는 부르고 몸은 따뜻하고 옷은 다 마른 상태로 요한은 브뤼넬을 향해 힘차게 발걸음을 내디뎠다. 전날 배달했어야 할 마지막 편지를 전하기 위해서였다. 폭풍은 가라앉았다. 햇빛이 반짝거리는 맑은 아침이었다. 공기는 얼음처럼 차가웠지만 바람의 기미는 거의 없어 고요했다.

요한은 엄청나게 쌓여 있는 눈더미를 보았다. 거리는 온통 눈더미에 파묻혀 있었다. 요한은 이 광경을 보고, 오늘은 새로운 우편물을 배달하지 못할 거라고 확신했다. 우체국에 도착해 있는 우편물이 하나도 없을 것이기 때문이다. 당분간 히믈리시하크 거리 위쪽으로는 우편배달 차량이 지나가지 못하게 됐다. 이제 요한은 히믈리시하크 아래쪽에서 우편물을 직접 가져오기 위해 말이 끄는 썰매를 몰아야 했다.

새로운 발싸개를 챙기기 위해 집에 잠깐 들르자, 뒤스부르크 출신 이웃인 레크펠트 부부가 반갑게 인사했다. 그들은 요한에게 무슨 일이 생겼나 무척 걱정하던 참이었다. 그렇다. 이곳 또한 전류가 끊긴 상황이었다. 요한이 도착하기 한 시간 전에야 전기가 다시 들어왔다.

요한은 아침식사를 또 할 필요가 없었다. 키제베터 부인이 남몰래 비축해놓은 식재료로 마련한 음식을 융숭하게 대접했기 때문이다.

이미 어제 저녁에 자신이 키제베터 부인의 손자 오토가 아니라 우편배달부 요한이라는 걸 확실히 이해시키려고 애썼지만 소용없었다. 키제베터 부인은 그 사실을 알려 하지 않았고, 손가락을 입술에 대더니 불쾌한 기색으로 손짓했다. 결국 요한은 어쩔 수 없이 할머니가 사랑하는 오토가 될 수밖에 없었다. 그렇게 해서 바깥에 엄청난 눈 폭풍이 미쳐 날뛰는 동안, 요한은 산림감시원 관사에서 뜨거운 목욕물에 몸을 담갔고, 죽은 손자가 입던 따뜻한 드레싱 가운을 걸친 채 촛불 아래에서 할머니의 사랑에 휩싸여 평화롭게 식사를 즐겼다.

두 시간 뒤, 요한 포르트너는 페터스키르헨에 사는 주민이 모는 말 썰매를 타고 히믈리시하크 방향으로 가고 있었다. 힐데는 믿음직했다. 마을이 눈 속에 파묻혀 있는 상황인데도 그녀는 필요한 것을 전부 조달했다. 심지어 힐데는 털가죽으로 만든 두꺼운 벙어리장갑도 생각해냈다. 요한은 장갑 한 짝은 손에 끼고, 나머지는 손이 있었던 부위에 꼈다.

썰매에 달린 종이 울렸다. 나이든 하얀 암말이 콧구멍으로 하얀 김을 내뿜으며 가쁜 숨을 내쉬었다. 말의 털가죽은 온통 하얀 배경과 대비되어 좀 더러워 보였다.

"오늘은 우편물이 늦게 올 거예요!" 요한은 거리에 쌓인 눈을 삽으로 퍼서 남쪽으로 던지고 있는 페터스키르헨 주민들에게 외쳤다. "우선 제가 우편물을 가지고 와야 하거든요."

"그렇게 하려면 시간이 오래 걸리겠구나, 요한." 누군가가 대꾸했다. "잘 다녀와라!"

아이들의 환호 소리가 산비탈 전체에 울려퍼졌다. 모

두 썰매를 꺼내 타고 쐐악쐐악 소리를 내며 산비탈 아래
로 미끄러져 내려갔다. 그 모습이 마치 알록달록한 반점
처럼 보였다. 썰매 타기를 즐긴 아이들은 다시 위로 기어
올랐다. 평화의 향기가 진동했다. 사방에서 사람들이 삽
으로 쌓인 눈을 퍼내고 밀쳐내고 제거했다. 때때로 거리
는 거의 텅 빈 상태에 놓이기도 했다. 어떤 장소에 이르
러서는 말이 복부까지 쌓인 눈을 헤치며 썰매를 끌고 가
야 했고, 썰매 활목은 눈 속 깊이 빠져버렸다. 또다른 곳
에 이르니, 높이가 2미터나 되는 하얗지만 더러운 얼룩
투성이의 벽이 우뚝 솟아 있었다. 볼펜탄의 눈으로 쌓은
탑이라고 일컬어도 전혀 손색이 없었다.

요한은 히믈리시하크에 도착했다. 히믈리시하크는 집
과 건물이 저멀리 남동쪽 산비탈까지 흩어져 있는 소도
시였다. 맨 위쪽에는 양파 모양 종탑이 딸린 성당과 그곳
에 부속된 묘지가 있었다. 묘지 근처에는 조그마한 자작
나무 숲이 우거져 있었고, 앙상한 자작나무 가지들은 마
치 금은사 세공처럼 하늘을 수놓고 있었다.
요한은 저멀리 엔진이 우렁차게 우르릉거리는 소리를
들었다. 제설기가 성당으로 향하는 구불구불한 산길을
올라오고 있었다. 이미 누군가가—아마도 성당지기일

것이다—성당 정문 앞에 쌓인 눈을 삽으로 치워놓은 상태였다. 치워놓은 면적이 꽤 넓었다. 요한은 그곳에서 말을 멈췄다. 제설기가 지나갈 자리를 양보하기 위해서였다.

이 일대에서 엔진으로 구동되는 제설기는 한 대뿐이었다. 그 밖에도 아주 오래된, 말이 끄는 제설기가 두어 대 있는데 전쟁이 시작된 뒤부터 다시 가동중이었다. 그러나 제설기를 끌 만한 말이 충분히 남아 있지 않았다.

엔진 구동 제설기는 마치 고대의 거대 곤충처럼 산비탈을 느릿느릿 오르고 있었다. 제설기가 점점 가까이 올수록 덜커덩거리는 소리가 심해지더니, 엄청난 힘으로 눈을 길 양쪽에 치워놓았다. 제설기가 치운 눈은 조그마한 협곡을 이루며 우뚝 솟았다. 이윽고 제설기는 성당 앞에 불쑥 나타났다.

굉음이 멈췄다. 그러자 얼마나 고요하던지! 요한은 제설기를 모는 남자를 향해 눈짓으로 인사했다. 그 남자는 마치 신처럼, 제설기 위에서 군림하는 듯한 분위기를 자아냈다. 눈에 파묻힌 시골길이 언제 자유를 되찾아 사람들과 탈것이 정상적으로 왕래할 수 있을지는 오로지 그에게 달려 있었다.

요한은 엔진 구동 제설기 운전자가 운전석 뒤에서 보온병을 꺼내더니, 뚜껑을 열고 커피를 따르는 모습을 보왔다. 덩치가 크고 어깨가 떡 벌어진 사내로, 병역 의무를 이행할 나이는 지난 남자였다. 그는 두툼한 모피 모자를 깊이 눌러쓰고 있었다. 그의 턱은 목도리에 가려져 보이지 않았다. 요한은 운전자의 얼굴을 제대로 알아볼 수 없었다.

"뜨거운 커피 한 잔 마시겠는가?" 남자가 아래쪽에 있는 요한을 향해 소리쳤다. "저 아래 '검은 독수리' 여관에서 가져온 갓 끓인 커피지."

목소리를 들으니 누구인지 알 수 있었다. 그는 전직 우편배달부로, 예전에 요한에게 조언도 해주고 제복에 걸칠 가운도 준 적이 있었다. 그리고 우편배달부 일을 계속하려는 요한의 계획을 진심으로 지지하고 격려했다. 바로 게오르크 슈톨이었다.

"아, '너'였군!" 제설기에 탄 남자가 말했다. "브뤼넬에 사는 요한 포르트너구먼."

"제설기에 타고 뭘 하고 계십니까, 슈톨 씨?" 요한이 물었다.

"이런 시기에는 남자에게 선택의 여지가 없지." 게오르크 슈톨이 대답했다. "전직 우편배달부라도 무조건 제설기에 올라타야 하는 거야. 우편배달부가 평화롭게 제설기를 몰다보면 이미 전선에 도착해 있지. 그리고 제설기가 전선에 쓸모가 있다면, 당연히 거기 있어야겠지."
그는 활짝 웃었다. "나는 제설기를 운전할 줄 알거든. 그
래서 오늘 아침 이 제설기를 가지고 왔지. 아직 눈 치우
는 일은 지난주 내내 눈보라가 몰아쳤던 저 아랫마을 두
곳밖에 못 했어."

그는 커다란 잔에 커피를 가득 따른 뒤 요한에게 건넸
다. 잔에서 김이 모락모락 났다.

"자네, 나한테 그렇게 존대해서 말하지 않아도 돼." 그
가 말했다. "이런 상황에서—그는 큰 몸짓으로 길 오른
쪽과 왼쪽에 벽처럼 쌓여 있는 눈더미를 가리켰다—너
무 예의 차리는 건 어울리지 않아."

"저도 그렇게 생각합니다." 요한은 이렇게 말하고는,
썰매 고삐를 늦추고 게오르크가 준 커피를 받았다. 커피
가 잔에서 넘쳐 눈밭으로 흘러내렸다.

"이것참." 게오르크는 커피가 쏟아진 것을 알아차렸다.
"잔을 쥘 때는 두 손을 다 쓰는 게 도움이 될 텐데······"

요한은 손이 있던 부위에 낀 털장갑을 잡아당겼다.

"빌어먹을!" 게오르크가 소리쳤다. "정말 미안하네. 깜
박 잊어버렸지 뭐야." 그는 조심스럽게 덧붙였다. "전쟁
터에서 동향의 젊은 남자를 만나면 말을 조심해야 해. 조
심하지 않으면 바로 지금처럼 실례를 저지르게 된다고."

게오르크는 요한의 잔에 커피를 다시 채웠다. "왼손을 조국에 바쳤군. 이제 왼손은 저 위에 있는 발할*로 갔어. 그곳에서 적의 공격으로 갈기갈기 찢어진 깃발에 싸여 자네를 기다리고 있겠지."

요한은 아무 말 없이 커피를 홀짝홀짝 마셨다. 커피 맛이 좋았다. 요한은 잔을 되돌려주며 고맙다는 인사를 했다.

"자넨 아직 운이 좋은 편이야." 게오르크가 말했다. "한 손으로도 우편배달부 일을 그럭저럭 잘해나갈 수 있으니 말이야. 무엇보다 생각을 하는 데 전혀 지장이 없다는 게 중요해. 게다가 세상을 보고 듣고 냄새 맡고 느끼고 맛볼 수 있으니 얼마나 다행인가."

요한은 고개를 끄덕였다.

"나는 지금 국민돌격대에 소속되어 있네." 게오르크는 잠시 말을 멈췄다가 계속 이어나갔다. "소속되지 않을 도리가 없지. 곧 전차 참호를 파고 전차 차단물을 구축하는 일을 시작하게 될 걸세."

"전차 참호요?" 깜짝 놀란 요한이 물었다. "어디에요?"

"음, 어디냐니?" 게오르크가 되물었다. "바로 여기야."

---

* 전사자의 영혼이 사는 곳.

"설마 러시아군이 이곳까지 온다고 생각하시는 건 아니겠죠."

"당연히 그렇게 생각하지." 게오르크가 대답했다. "그렇게 생각하지 않을 이유가 있을까? 지금이 2월 초야. 아마도 부활절은 망치와 낫* 아래에서 지내게 되겠지. 성령강림 대축일이 되어서야 그렇게 될지도 모르고. 물론 그때까지 러시아에게 점령당하지 않을 수도 있겠지만 말이야." 그는 나지막하게 웃었다. "어쨌든 자네도 상황에 익숙해지는 게 좋을 거야. 익숙해지면 무슨 일이든 받아들일 각오가 서게 되고, 좀더 잘 대처할 수 있지. 일단은 살아남아야 하니까…… 그렇지 않은가?"

제설기 뒤편에서 말이 끄는 썰매 두 대가 작은 종을 울리며 나타났다. 두 명의 우편배달부는 서로 작별 인사를 했다. 요한은 다시 썰매에 올라 고삐를 잡았다.

"다음번에 우리가 만날 때 길 위를 달려야 하는 상황이 아니라면," 게오르크가 요한에게 소리쳤다. "전쟁이 끝난 뒤에 만나게 될 걸세. 물론 우리가 전쟁에서 살아남는다면 말이야. 아마도 작은 자작나무 숲이 있는 곳에서 만나게 되겠지."

"어째서 자작나무 숲에서 만난다는 건가요?" 깜짝 놀란 요한이 물었다.

"아니면 내가 대놓고 거리를 가로질러 가서 자네를 불러내야 할까?" 게오르크가 싱긋이 웃었다. "이곳이 위험해지기 전에 얼른 자식을 낳도록 애써보라고. 후세를 남긴다는 건 좋은 일이지. 무슨 말인지 알아듣겠나?"

"혹시 자녀가 있으신가요?" 요한이 물었다.

"적어도 아들 하나는 있지."

제설기에 타고 있던 게오르크는 요란하게 폭소를 터뜨리고는 엔진을 작동시켰다. 엔진에서 덜덜거리는 소리가 났다.

요한은 의아했다. 게오르크가 웃음을 터뜨린 이유는 무엇일까?

요한은 썰매를 타고 소도시 쪽으로 내려갔다. 거리는 이미 눈이 깨끗이 치워져 있어서 이제는 앞으로 나가기가 수월했다. 우편물을 챙긴 요한은 다시 페터스키르헨을 향해 올라갔다. 요한이 우체국에 도착하자 창구에 있던 힐데 베란이 흥분해서 손을 흔들었다. "빌헬름 구스틀로프호°가 침몰했대! 발트해에서 말이야. 어뢰에 맞았다네. 동프로이센과 서프로이센 피난민이 엄청 타고 있었대."

깜짝 놀란 요한은 힐데를 바라보았다. "그렇다면 수백

명은 타고 있었겠네요! 구조는 됐나요?"

"구조됐냐고?" 힐데가 되물었다. "배에 수천 명이 타고 있었어. 아마도 5분의 1만 구조됐을걸. 나머지는 죽었을 거고. 지금 발트해의 수온이 얼마나 낮은지 너도 잘 알 거야. 사람들이 거의 즉사했을 거라는 게 그나마 위안이 될까."

13장

1945년 2월

2월 중순 무렵, 올해 처음으로 눈이 녹을 만한 날씨가
찾아왔다. 고드름에서 물이 뚝뚝 떨어졌다. 하지만 다음
날에는 오싹할 정도의 혹한이 다시 맹위를 떨쳤다. 거리
와 좁은 길은 거울처럼 반짝거렸다. 요한은 신발 바닥에
박아놓은 못에 끈을 묶고 단단하게 조였다. 이렇게 하면
최소한 얼음판을 걸을 때 미끄러지지 않으려고 멈추는
일이 덜 생겼다.

독일 전선 또한 거울처럼 반짝거리는 표면에서 하염
없이 미끄러지는 것처럼 보였다. 독일 전 지역이 그런 것
같았다. 포메른 지방에서도 전투가 벌어졌고, 상부 슐레

지엔 지역은 러시아군에게 짓밟혔다. 브레슬라우*는 이미 포위된 상황이었다. 피난민 무리가 동부 지역에서 이곳으로 우르르 몰려왔다. 슐레지엔 사람, 포메른 사람, 동프로이센 사람, 발트해 연안 거주민, 바르테가우에 살던 독일인들이었다. 부다페스트는 함락됐다. 게다가 독일 대도시에서는 심각한 공습이 얼마나 자주 일어났던지! 드레스덴은 독일에서 유일하게 아예 도시 전체가 거대한 잿더미가 된 곳이었다.

사방을 둘러보아도 온통 끔찍한 재앙뿐이었다.

하지만 볼펜탄은 베를린이나 쾨니히스베르크, 빈이나 그라츠, 트리어나 쾰과는 상황이 달랐다. 요한은 독일 영토가 가장 컸을 때의 모습을 머릿속에 떠올렸다. 그때가 바로 1939년 봄과 여름이었다. 당시 볼펜탄은 독일에서도 내륙 깊숙한 지역에 위치했다. 누구나 적군이 이곳까지 밀고 들어올 수는 없을 거라고 여겼다.

모든 것은 볼펜탄 지역 외부 어딘가에서 일어났다. 적어도 페터스키르헨―샤트나이―외트―베른그라벤―디키히트―모렌―브뤼넬에서는 일어나지 않았다.

그렇다. 참화는 일어나지 않았다. 특히 두근거리는 심

---

* 오늘날의 폴란드 브로츠와프 지역.

장처럼 세상 깊숙한 곳에 위치한 브뤼넬에서는 절대 일어난 적이 없었다.

우체국에 있던 힐데 베란은 우울한 소식을 전하며 요한을 맞이했다. "검은색 편지가 한 통 왔어."

수신인은 기젤라 슈모크였다. 헬무트의 누나이자 디키히트에 위치한 여관 '세 개의 샘으로' 주인의 딸이었다. 기젤라는 지난여름에 결혼했다. 그녀의 신랑은 결혼식을 올리기 위해 이 주 휴가를 받았다. 그리고 지금 기젤라는 만삭이었다.

"결혼생활이 거의 구 개월 만에 끝났군." 힐데는 한숨을 내쉬었다. "이 상황에서 기젤라에게 소식을 전할 수 있을까? 게다가 시어머니도 얼마 못 사실 것 같아. 이미 주임 신부님이 그분 곁에 와 계시지."

요한은 생각에 잠긴 채 힐데를 바라보았다. "무슨 생각이신지 알겠어요."

힐데는 그의 시선을 피했다. "우편물을 성실하게 배달하는 게 우리의 의무야. 하지만 이런 시기에는 규정을 느슨하게 적용할 필요가 있지."

그 말이 분명 맞다고 요한은 생각했다.

"그래서 말인데……" 요한은 힐데의 말에 귀를 기울

였다. "한두 주 정도 이 편지를 배달하지 말자. 슈모크에게 이 편지를 언제 전하면 좋을지 당분간 지켜보자고. 그때까진 비밀을 지킬게."

요한은 고개를 끄덕였다. 힐데의 이런 행동을 납득할 수 있었다. 그는 검은색 편지를 재킷 안주머니에 찔러넣었다.

빙판이 많이 생긴 날이라 요한은 여러 번 넘어졌다. 처음에는 브뤼넬과 페터스키르헨 사이에서, 두번째는 '산의 정령' 여관의 계단에서 넘어졌다. 이때는 펠라에게 편지를 배달하러 가던 길이었다. 세번째는 루르 지방에서 온 아이들이 있는 학교 가건물 앞에서 넘어졌다. 그곳에서 미끄러지면서 불운하게도 손이 잘린 부위가 바닥에 깔렸다. 이를 악물고 참았지만, 칼로 찌른 듯 날카로운 통증이 찾아왔다. 손이 잘린 부위에서 피가 났고, 핏방울은 멈추지 않았다.

요한은 제복 재킷에, 바지에, 편지에 피가 묻을까봐 걱정이 됐다. 당장 여기 학교 가건물에서 붕대를 구해야 했다.

복도에 들어선 요한은 가장 먼저 보이는 교실 문을 두드렸다. 문 뒤로 아이들의 목소리가 들렸다. 젊은 여교사 우테 폰 콘라디가 문을 열고 그를 맞이했다.

"칠판에 적힌 내용을 공책에 받아쓰고 있어라." 그녀
는 아이들에게 소리치고는 칠판을 가리켰다. "금방 돌아
올 테니까."

우테는 교무실 겸 서무실로 사용되는 작은 방으로 요
한을 데리고 간 뒤, 그가 있는 쪽으로 의자를 밀었다. 그
런 다음 요한의 옷소매를 위로 접고 솜뭉치로 피를 닦아
냈다.

"일 년 전이었다면 이런 일을 능숙하게 하지 못했을
거예요." 우테가 말했다. "그때는 피를 보면 기절할 만큼
놀랐지요. 피를 '생각'하기만 해도 정신이 몽롱해졌어요.
십이 년을, 그러니까 제 인생의 절반이 넘는 기간을 학교
에 있었어요. 하지만 대부분의 것은 작년에 배웠죠. 바로
이곳에서 일흔한 명의 아이들을 책임지면서 말이에요.
그러니 저를 믿으셔도 돼요."

그녀는 아직 나이가 어렸지만 태도는 퉁명스러웠다.
프로이센 출신 여성은 원래 이런가 싶었다.

우테는 손이 잘린 부위에 붕대를 감았다. 아주 제대로
된 조치였다. 요한은 그녀가 붕대 감는 법을 김나지움 졸
업시험을 보기 직전에 적십자* 강좌에서 익혔나 하는 생
각이 들었다.

"그동안 적십자 강좌를 독학했어요." 그녀가 말했다.

"그래서 이렇게 붕대를 빨리 감지요. 그리고 저는 이미 두 달 전부터 더이상 고향을 그리워하지 않아요."

요한은 눈부시게 하얀 붕대 위로 팔 토시를 잡아당긴 뒤, 고맙다는 인사를 하고 자리에서 일어났다. 옆방에서 아이들이 떠드는 소리가 들렸다.

요한이 문밖으로 나가려는데, 우테가 그의 등에 대고 외쳤다. "그런데 우편물은요?"

그는 자신의 머리를 쳤다. 어떻게 이걸 잊었단 말인가? 아이들에게 줄 편지 여덟 통과 우테에게 전달할 편지 한 통이 있었다. 군사우편은 아니고, 슈베르테 인근 베스트하이데에서 엘리자베트 폰 콘라디라는 이가 보낸 편지였다.

요한은 우테에게 편지들을 전달했다. 하지만 그녀가 요한이 자신에게 건넨 편지의 맨 윗부분만 손에 쥐는 바람에 나머지 편지 여덟 통은 마룻바닥으로 떨어졌다. 그녀가 서둘러 편지를 꺼내 읽는 동안 요한은 몸을 구부려 바닥에 떨어진 편지들을 천천히 주워모았다.

몸을 다시 일으키던 요한은 우테와 시선이 마주쳤다. 그는 우테를 똑바로 바라보았지만, 그녀의 시선은 공허했다.

"아버지예요." 그녀가 말했다. "아버지가 돌아가셨어

요." 우테는 울음을 터뜨리더니 손을 더듬어 자기 몸을 의지할 것을 찾았다. 요한은 우테를 부축해 의자로 데려간 다음, 앉으라는 뜻으로 부드럽게 어깨를 눌렀다. 그녀는 탁자에 엎드려 필사적으로 흐느꼈다.

요한은 이리저리 둘러보다가 유리잔을 찾았고 수도꼭지도 발견했다. 잔에 물을 채워 우테에게 마시라고 건넸다.

그런 다음 요한은 복도로 발걸음을 옮겨 귀를 기울였다. 다른 여교사는 어디 있지? 요한은 문 뒤편에서 나이든 여교사가 무언가를 큰 소리로 읽는 것을 들었다.

요한은 나이든 여교사에게 나오라고 손짓한 뒤, 무슨 일이 일어났는지 간략하게 알려주었다. 그런 다음 동료를 도와달라고 부탁했다.

"그동안에 이 학생들은 어떻게 하지?" 당황한 여교사가 물었다.

"제가 아이들과 함께 있겠습니다." 요한이 제안했다. "삼십 분 정도는 더 있을 수 있어요. 그때까지 콘라디 양은 진정될 겁니다."

요한은 나이든 여교사가 맡고 있던 학생들을 데리고

떠드는 소리로 가득한 우테의 교실로 갔다. 순간 교실은 쥐죽은듯이 조용해졌다. 놀라운 일이 벌어졌기 때문이다. 선생님은 사라지고 대신 우편배달부가 등장하다니!

요한은 A반 아이들과 B반 아이들을 뒤죽박죽 섞어 걸상에 빽빽하게 밀착해 앉도록 했다. 자리를 못 찾은 아이들은 따뜻한 난로 곁 교실 바닥에 책상다리로 앉도록 했다. 그런 다음 요한은 가방 속 편지를 꺼내 보여주었다. 수신인 주소가 제대로 적힌 편지와 잘못 기재된 편지를 아이들에게 보여주고 예비용 우표도 보여주었다. 또한 한 여자아이에게 선생님 책상에 앉아 우체국 창구에 앉은 힐데 베란 놀이를 하게 했다. 한 남자아이가 책상 앞에 서서 베를린에 사는 아담 클로제 씨에게 편지 한 통을 부친다는 설정의 놀이였다. 삼십 분 후 나이든 여교사가 울어서 두 눈이 빨갛게 충혈된 채 교실로 돌아올 때까지, 요한은 살아가는 데 필요한 아주 중요한 것들을 아이들에게 가르쳤다.

"우테는 자기 아버지를 무척 사랑하고 의존했지." 나이든 여교사는 흐느껴 울다가 코를 힘껏 풀었다. "우테는 이런 일이 자기에게도 일어날 거라고 단 한 번도 생각해본 적 없었어. 지금은 주방에서 일하는 사람 하나가 우테와 함께 있지." 그녀는 한숨을 쉬고는 나무라는 듯한 말투로 말했다. "앞으로 며칠 동안은 내가 학교 일을 전부 떠맡게 됐군. 아주 성가시게 됐어……"

요한은 더이상 귀를 기울이지 않고 교실을 떠났다.

"또 오세요, 하네스!" 조그마한 여자아이가 요한의 등에 대고 외쳤다.

이미 열한시 삼십분이었다. 요한은 오르막길과 내리막길을 달려 마침내 베른그라벤에 도착했다. 자주 그렇듯, 오늘도 요한은 교수에게 배달할 책 한 권과 많은 편지를 지니고 있었다.

이번에는 형무소에서 온 우편물이 포함되어 있었다. "구구구"라고 큰 소리로 외치며 닭에게 모이를 주던 수감자의 노모는, 낱알이 든 사발을 황급히 내려놓고 편지봉투를 뜯어 내용을 대략 훑어보더니 제정신이 아닐 정도로 기뻐했다.

"아, 카를리, 카를리." 노부인은 흐느껴 울었다. "착한 녀석 같으니라고!"

요한의 눈썹이 치켜 올라갔다.

"네가 무슨 생각하는지 다 안다, 요한." 노부인이 소리쳤다. "그런데 지금은 모든 게 완전히 달라졌어. 신문에 나왔던 내용과는 완전히 달라졌다고."

그렇겠지요, 어머님. 우편배달부 요한은 속으로 이렇게 대답했다.

그녀는 다시 한번 편지를 보면서 큰 소리로 읽었다. "어머니, 아마도 어머니가 예상하시는 것보다 훨씬 이른 시기에 고향으로 돌아갈 것 같아요. 누구보다 어머니를 사랑하는 카를리 올림."

"아드님은 전쟁이 곧 끝날 거라고 생각하는군요." 요한이 말했다.

노부인은 헤어지면서 요한에게 달걀 한 개를 선물했다. 닭장 안에서 직접 꺼내온 달걀이었다. 아직 따뜻했다. 요한은 제복 안주머니에 달걀을 조심스럽게 밀어넣었다. 디키히트로 가는 길에 달걀 껍질을 깨서 내용물을 마셨다.

그랬다. 요한이 우편물을 배달하는 구역 사람들은 그가 굶주린 채 돌아다니도록 내버려두지 않았다!

요한은 홀로 디키히트 방향으로 올라가고 있었다. 아이들이 재잘거리는 소리가 들리지 않아 아쉬웠다. 때때로 그는 아이들에게 무수한 질문을 질리도록 받았고, 아이들이 내보이는 지식에 대한 갈망에 기진맥진해질 정도였다. 하지만 지금 요한은 아이들의 귀찮은 질문에 열심히 답변해주고 싶었다. 그렇게 하면 머릿속에 가득한 우울한 생각을 몰아낼 수 있을 텐데!

오늘 요한은 자신도 모르는 사이에 검은색 편지 한 통을 넘겨주었다. 아직 전하지 못한 두번째 검은색 편지는 제복 재킷 안주머니에서 바짝바짝 타들어갔다.

이제 몸을 내던지고 잠이 든다. 그리고 전쟁이 그저 아득한 기억이 된 때에 잠에서 깨어나면 모든 것은 시효가 지났을 것이고, 여관 '세 개의 샘으로'에 살던 기젤라는 이미 오래전에 할머니가 되었을 거야!

디키히트에 사는 거의 모든 여성이 그렇듯 얼굴이 둥글고 뺨은 사과처럼 붉은 기젤라가 직접 문을 열어 요한을 맞이했다. 크게 부풀어오른 그녀의 복부 때문에 요한은 한 걸음 뒤로 물러섰다. 기젤라가 밝게 웃으며 바라보자, 그는 긴장되어 침을 삼켜야 했다. "나한테 온 편지는 없니, 하네스?"

요한은 머리를 흔들었다. "아버님에게 온 편지는 있어요."

기젤라는 요한이 건넨 편지를 받았다.

"그런데요." 요한이 말했다. "쌍둥이를 임신한 것처럼 보이네요……"

"그럼 콘라트가 기뻐하겠네." 그녀는 웃었다. "그이처럼 아이를 사랑하는 사람이 또 있을까!"

살아 있을 때는 그랬겠지요. 살아 있을 때는, 살아 있을 때는! 요한은 이렇게 생각했다. 그는 숨을 깊이 들이쉬었다.

"왜 그렇게 쳐다보는 거야, 하네스?" 기젤라가 의아해서 물었다.

요한은 그녀의 질문을 그냥 넘겼다. "콘라트의 어머님은 좀 어떠세요?"

천진난만했던 기젤라의 얼굴은 슬픈 표정으로 바뀌었다. "언제 돌아가셔도 전혀 이상하지 않아. 어쩌다 말씀을 하셔도, 그이 이야기만 하셔."

이제는 떠나자. 떠나야만 한다! 요한은 서둘러 작별 인사를 했다.

거리를 가로지르려 하는데, 임신부 기젤라의 어머니가 헛간에서 나와 그의 이름을 불렀다. 요한은 몸을 돌려 그분이 오기를 기다렸다.

여관 주인이기도 한 기젤라의 모친이 낮은 목소리로 말했다. "네 엄마가 살아 계셨다면 꼭 필요한 상황인데."

"디키히트에 사는 분들은 몇 년 전부터 모렌에서 산파를 불러오지 않나요?" 요한이 의아해하며 물었다. "그

산파 솜씨가 훌륭하다고 들었는데요."

"물론 그렇지. 그렇고말고." 여관 주인은 소곤거렸다.
"하지만 그 사람은 며칠 전부터 모렌에 있지 않아. 여동
생을 보러 쾨니히그레츠에 갔거든. 최악의 상황이 지나
갈 때까지 그곳에 머물 건가봐. 그래서 당분간 우린 산파
없이 아이를 낳아야 할 것 같아."

"힐데 베란에게 물어볼게요." 요한은 약속했다. "새로
이곳에 온 사람 중에 산파가 있을지도 모르니까요. 피난
민 중에요."

"그럼 그렇게 좀 해줘." 기젤라의 모친이 부탁했다. 그
녀의 두 눈에는 눈물이 가득했다.

그리고 여성, 아이, 노인, 환자로 가득한 버스가 또 볼
펜탄 마을에 도착했다. 이곳에 머물기 위해 온 그 승객들
은 분명 독일인들이었다. 독일 동부 지역, 즉 동프로이
센, 서프로이센, 포메른, 슐레지엔, 발트해 연안 출신이
었다. 그러나 엄연히 외지인이었다. 요한 포르트너가 배
달하는 편지에도 낯선 이름들이 불쑥 등장했다. 전혀 모
르는 이름이 수신인으로 적혀 있었다.

요한은 거리의 앙상한 활엽수림 사이를 이리저리 돌아
다녔다. 월귤나무 숲이었다. 이곳 숲에서 요한은 종종 두

툼하고 오래된 나무줄기 사이에 난 풀 위에 누워, 눈을 깜빡이며 나무 꼭대기 위로 펼쳐진 하늘을 쳐다보곤 했다.

요한은 모퉁이 쪽에서 한 여성이 자신을 향해 다가오는 모습을 보았다. 그녀의 곱슬곱슬한 적갈색 머리카락은 한데 묶여 목덜미까지 늘어뜨려져 있었고, 숲의 억제된 듯한 색깔과 대비되어 반짝였다. 이 여성은 윗마을에 사는 한나였다. 한나는 키제베터 부인과 살림살이를 함께 맡고 있는 미나 룩스의 딸이었다. 한나는 키가 컸다. 다른 여성보다 몇 센티미터는 더 커 보였고, 얼핏 보면 남성으로 착각하기 일쑤였다. 한나의 빨간 입술은 무척 도드라졌다. 요한이 학교를 떠났을 당시에 한나는 그보다 한 학년 아래였고, 그때도 여전히 땋은 머리를 늘어뜨리고 있었다. 당시 그녀는 무척 진지했다. 아울러 무척 천진난만하기도 했다. 지금은 열일곱 살쯤 되었을 게 틀림없다. 한나는 오전에는 페터스키르헨 유치원에서 일을 도왔고, 오후에는 쇠벨 농장에서 일을 거들었다.

한나는 걸음을 멈추고 요한을 향해 미소 지었다.

"안녕, 한나." 요한이 가벼운 말투로 인사를 건넸다. "산림감시원 관사로 가는 길이니?" 한나는 고개를 끄덕이고는 구입한 물건을 가리켰다.

한나에게 남자친구가 있었던가? 그녀가 휴가 나온 군

인과 함께 있는 모습을 본 적이 한 번도 없었다. 요한은 한나에게 편지를 배달한 기억이 도무지 떠오르지 않았다.

한나는 깊은 생각에 빠진 듯한 시선으로 그를 바라보았다.

"하네스." 그녀가 진지한 어조로 말했다. 요한은 그녀의 심장이 빠르게 요동치고 있다는 것을 알아차렸다. "혹시 사랑에 빠진다는 게 무엇인지 알고 있나요?"

"알 때도 있고 모를 때도 있지." 요한은 조심스럽게 대답했다.

"전 아직 남자와 키스를 해본 적이 없어요." 한나가 말했다. "지금 간절히 기다리는 사람이 한 명 있어요. 하지만 그 사람과 키스를 해야 하는지 확신이 서지 않네요. 일단 키스를 하면 끝까지 함께 가야 하거든요. 한평생 사랑하는 사람과……"

한나는 시선을 아래로 내리고는 하던 말을 멈췄다.

"그래서?" 요한은 호기심에 가득차서 물었다.

한나는 깜짝 놀라 몸을 움츠렸고, 머리를 뒤로 젖히며 말했다. "제 말을 들어줘서 고마워요, 하네스. 방금 했던 말은 비밀로 해주겠어요?"

요한은 놀란 마음으로 한나가 떠나는 모습을 바라보았다. 그녀가 한 말의 의미는 무엇일까? 남자들은 모두 전선으로 갔는데!

요한은 생각에 잠긴 채 계속 걸어 거리로 접어들었다. 거리 한쪽에는 아직 눈더미가 쌓여 있었다. 오후 운행 버스가 산 위로 겨우겨우 올라가고 있었다. 요한은 버스와 같은 방향으로 걷다가, 두 개의 눈더미 사이로 몸을 비켜 버스를 피했다. 버스가 지나가면서 배기장치에서 나온 검은 구름이 요한을 에워쌌다.

이제 요한에겐 산림감시원 관사에 들르는 일만 남았다. 관사에 들를 때마다 집으로 돌아가기가 힘겨웠다. 아마 오늘도 노파는 개가 짖기 시작하자마자 정원으로 통하는 문까지 나와 기쁨에 가득차서 "오토, 오토!"라고 소리칠 것이다. 그리고 요한이 가까이 다가가면 이렇게 말하리라. "아, 오토, 또다시 떠날 거니?"

요한은 젊은 남자를 생각할 수밖에 없었다. 어린 시절, 한 번의 말실수로 악의 없이 자기 아버지의 죽음을 초래했던 젊은 남자를. 오토가 아직 살아 있었다면, 아마도 두 눈에 증오심을 가득 담고 오토가 살해당하지 않은 것을 유감스러워하는 이가 많았으리라! 새하얀 풍경을 응시하던 요한은 남자들이 무리 지어 오는 모습을 보았다. 칼, 도끼, 쇠몽둥이, 소총을 이리저리 흔들며, 그들 모두

동일한 목표를 향해 몰려가고 있었다. 바로 모렌과 브뤼넬 사이에 위치한 산림감시원 관사였다.

그러는 동안 요한은 저멀리서 낮고 둔중하게 울리는 대포 소리를 들을 수 있었다. 동부전선에서 들려오는 소리였다.

쿵쿵거리는 대포 소리는 계속해서, 때로는 몇 시간에 걸쳐 들렸다. 요한은 침묵하기로 결심했다. 그는 이미 충분히 나쁜 소식이 담긴 통지서를 배달해야 했고, '이런' 무시무시한 소식을 전하는 전령이 되고 싶지 않았다. 요한이 아니더라도 에리히라는 녀석, 아니면 안톤이라는 녀석이 분명 저기서 쿵쿵거리는 대포 소리가 들린다고 설명할 것이다!

하지만 요한은 결국 전령이 됐다. 며칠 전에 열여섯 살이 된 바네르트가의 카를이 기쁘게도 올겨울에 국민돌격대에서 판처파우스트* 다루는 법을 배웠기 때문이다. 카를은 때가 너무 늦어 자신이 참전하지 못하는 상황이 오지 않기를 진심으로 바랐다. 저녁 무렵 요한은 카를의 집 현관문을 열자마자 이런 질문을 받았다. "솔직히 말해봐요, 하네스. 동부전선 쪽에서 쿵쿵 소리 나는 거, 그거 대

---

* 독일이 개발한 단거리 대전차 로켓포.

포 소리 맞죠?"

카를의 질문에 요한은 고개를 끄덕이는 것 말고는 다른 할 일이 없었다. 소년의 찢어진 두 눈을 똑바로 바라보며 거짓말을 하는 것, 요한은 그 행동을 차마 완수하지 못했다.

다시 생각해봐도 참으로 비현실적이고 으스스한 일이었다. 카를은 요한이 고개를 끄덕이자 열광했다! 그 아이의 두 눈이 반짝거렸다.

"이럴 수가! 하네스, 그럼 저도 전쟁에 참가할 수 있겠네요!"

카를은 이 기쁜 소식을 어머니에게 전하려고 집 안으로 뛰어들어갔다.

오늘은 요한의 생일이었다. 하지만 요한에게 생일 축하한다고 해주던 어머니는 더이상 그의 곁에 없었다. 그리고 레크펠트 부부는 요한의 생일이 언제인지 한 번도 물어본 적이 없었다. 그래서 요한은 저녁이 되어서야 자기가 이제 열여덟 살이 되었다는 생각이 퍼뜩 떠올랐다. 예전에 어머니는 요한의 생일마다 케이크를 구워주고 입을 것을 선물해주셨다. 내의, 양말, 잠옷을 말이다. 요한은 생일과 어머니의 기억을 떠올리지 않으려고 발버둥쳤다. 그는 저녁식사 직후 피로를 느꼈고, 완전히 지쳐버린 채 침대로 기어들어갔다.

14장
1945년 3월

낮은 점점 길고 따뜻해졌다. 눈이 녹은 산비탈에 갈란 투스*가 피었다.

전선에서 들리는 대포 소리는 이곳에서도 들을 수 있었고, 이 소문은 아주 빠르게 퍼졌다. 이제 요한은 산간 지역에서 꼼짝도 하지 않은 채 서 있는 아이들과 종종 마주쳤다. 그들은 두 손을 귀 뒤에 대고 손바닥으로 귓바퀴 크기를 늘렸다. 그렇게 하면 천둥 같은 대포 소리를 좀 더 또렷하게 들을 수 있었다.

학교는 며칠 전부터 문을 닫았다. 이는 전쟁이 실제로

---

* 설강화雪降花라고도 한다.

이곳 고향까지 가까이 왔다는 첫번째 확실한 징후였다.

오로지 루르 지방 아이들이 다니는, 두 학급으로 이루어진 가건물 학교에서만 아이들이 소란 피우는 소리를 들을 수 있었다. 여교사들은 담당 학생들을 고향으로 돌려보낼 수 없으니 수업에 전념하는 수밖에 없었다.

요한은 우편배달을 하며 거듭 생각에 잠겼다. 이 산간지역에는 더이상 산파가 없었다. 이번에는 힐데도 어찌해야 할지 몰랐다. 그녀는 여기저기 전화를 걸어 떼를 쓰고 협박했지만 소용이 없었다. 어디선가 갑자기 산파가 나타나는 기적이 일어나지 않는다면, 슈모크네 산모가 부디 난산을 겪지 않기를 기도하는 수밖에 없었다.

제복 안주머니에 숨겨진, 아직 전달하지 않은 편지가 유독 무겁게 느껴졌다.

3월의 첫번째 일요일, 요한은 냄비에 감자를 껍질째 넣어 삶고, 치즈에 파를 넣어 휘젓고 있었다. 문 두드리는 소리가 들렸다.

밖에 나가보니 히플리시하르크 출신 우편배달부가 그를 마주보고 서 있었다. 게오르크 슈톨이었다.

"여기는 한번 와본 적이 있지." 요한은 깜짝 놀랐다. 놀란 마음이 진정되기도 전에 게오르크가 말했다. "바로 네 엄마 장례식 때군."

요한은 게오르크를 거실로 안내했다.

"함께 식사하실래요?" 요한이 물었다. "진심으로 그래주시면 좋겠습니다."

게오르크는 요한의 부탁을 기쁘게 받아들였다. 그는 요한과 함께 감자 껍질을 벗겼다. 요한은 오른손으로 숟가락을 쥐고 하얀 치즈를 접시에 탁 소리를 내며 담았다. 그러는 동안 게오르크는 국민돌격대원이 하는 일에 대해 이야기했다. 국민돌격대원은 히믈리시하크 남쪽에서 삽으로 전차 참호를 파야 했다. "하지만 나는 처음부터 내빼버렸지." 게오르크가 말했다. "그게 일주일 전이야. 아마 국민돌격대원들이 이곳 마을에서 나를 찾아다니고 있을 거야. 전쟁이 끝나고 평화가 오기 전에 나를 찾아내겠지. 나를 벽에 세워놓고 총살할 거야. 하지만 나는 지금 완전히 미쳤다고!"

"여기서 지내세요." 요한이 말했다. "모든 게 다 지나갈 때까지 숨겨드릴게요."

"그러려고 여기 온 게 아니야." 게오르크가 말했다. "자네에게 작별 인사를 하려고 왔지. 혹시나 해서 말이야. 결국 전쟁 때문에 모든 게 없어질지도 모르니까. 자네도 목숨을 잃을 수 있고. 나도 죽을 수 있어. 물론 언젠가 다른 장소에서 또 만날 수도 있고. 예의를 제대로 갖추고 작별 인사를 해두면, 좀더 가벼운 마음으로 죽음을 맞이할 수 있겠지."

"저를 찾아오신 건 잘하셨어요." 요한은 이렇게 말하고는 조심스럽게 치즈를 휘저었다. "오셔서 기뻐요. 하지만 작별 인사는 하지 마세요! 선생님이나 저 둘 다 아무 일도 일어나지 않을 거예요. 저는 장애인이고, 선생님은 나이가 많으니까요."

"상황을 낙관적으로 보는 게 자네에게 좋긴 해." 게오르크가 말했다. "전쟁이 끝나고 히플리시하크 성당 뒤편 자작나무 숲에서 자네를 다시 만나게 된다면, 그것만큼 기쁜 일도 없을 거야……"

"제가 예전에 여쭌 적이 있지요, 하필이면 왜 자작나무 숲인가요?" 요한이 물었다. "저번에는 대답하지 않으셨지만 지금은 말씀해주세요!"

게오르크는 싱긋 웃었다. "거기서 자네가 잉태됐기 때문이지."

"그걸 누구에게 들어서 아시는 거죠?" 정신이 얼얼해진 요한이 물었다.

"내가 바로 거기에 있었지."

요한은 입이 딱 벌어진 채 게오르크를 응시했다.

"내가 이런 말을 하는 이유는," 게오르크가 말했다. "너무 늦기 전에 자네가 알아야 할 게 있어서야. 바로 내가 자네 아버지라는 사실 말이지."

"그럼 왜 어머니와 함께 살지 않으셨……"

"그건 설명하기가 좀 어렵구나." 게오르크가 요한의 말을 끊었다. "네 엄마가 원하지 않았어. 네 엄마는 내가 보낸 돈을 단 한 번도 받지 않았다. 너를 키우는 데 쓰라고 보낸 돈을 말이야. 네 엄마가 말하길, 자기는 아이를 원했고 그래서 나를 이용한 거라고 했지. 이제 사내아이를 키우는 건 오로지 자기 혼자만의 일이라고 했어. 너도 분명히 쭉 보고 겪었을 거야. 네 엄마가 일단 작심하면 얼마나 고집이 대단한지 말이야."

"그렇죠." 요한이 말했다. "누구든 어머니 곁에서 살면, 그분의 그림자에 가려 보잘것없는 신세가 되지 않도록 주의해야 했죠."

바로 그 순간, 문 두드리는 소리가 또다시 들렸다. 아버지와 아들은 대화를 멈추고 서로를 바라보았다.

"저를 찾아올 사람은 없는데요." 요한이 깜짝 놀라 이렇게 말하고는 문 쪽으로 갔다. 게오르크는 요한의 뒤를 따랐다.

요한보다 나이가 많아 보이는 젊은 여성이 문 위에 걸린 편자 바로 아래에 서 있었다. 배낭을 멘 이 여성은 여름용 외투를 걸쳤고, 많이 닳은데다 먼지투성이인 등산화를 신고 있었다. 그녀의 거무스름하고 매끄러운 머리카락은 위로 올려져 핀으로 고정되어 있었다.

　　요한은 방금 전에 겪은 일 때문에 정신이 무척 혼란스러워서, 그녀가 자신을 소개하는데도 귀기울일 상태가 아니었다. 그저 이 말만 하고 싶었다. 아버지와 함께 있게 나를 좀 그냥 내버려둬요!

　　"저는 이르멜라 파이트라고 합니다. 린츠에서 왔어요."그녀가 말했다. "린츠는 제가 마지막으로 일한 곳이지요. 그곳을 떠난 지 일주일쯤 됐어요. 부모님이 계시는 파펜부르크로 가다가 여길 지나게 됐습니다. 선생님이 이 집 주인이신가요? 그렇죠? 그럼 여기서 하룻밤 묵어가면 안 될까요?"

　　"죄송하지만……"요한이 말했다.

　　"잘 곳이 따로 없다면 마룻바닥에서 잘게요."이르멜라가 요한의 말을 가로막았다. "아니면 외양간도 좋고요. 다락도 상관없어요."

　　"하룻밤 묵게 해라."요한 뒤에 있던 게오르크가 낮은 목소리로 속삭였다. "여자 혼자인데 문밖으로 쫓아내면 안 되지. 그건 절대로……"

요한은 망설였다. 아버지에게 물어볼 것이 수천 개는 됐다. 그런데 바로 이때 젊은 여성 하나가 훼방을 놓고 있었다. 다른 날 저녁이라면 얼마든지 좋지만, 오늘만은 안 된다! 제발!

"사람답게 행동해라, 하네스!" 게오르크가 뒤에서 속삭이는 소리가 들렸다.

요한은 결국 굴복했다. "안으로 들어오세요." 화가 난 그는 투덜거리듯 말했다. "제가 쓰는 침실에서 주무세요. 저는 난로 곁 의자에서 자면 됩니다."

젊은 여성은 고맙다는 인사를 하고는 어스름한 현관 복도로 발을 들여놓았다.

"얘야, 이제 오늘 저녁 일정은 이것으로 충분한 것 같구나." 게오르크가 낮은 목소리로 요한에게 말했다. "오늘 즐거웠다. 저녁도 잘 먹었고."

그는 잠깐이지만 격렬하게 요한을 껴안았다.

"그냥 계세요, 게오…… 아버지!" 요한이 부르짖었다.

하지만 게오르크 슈톨은 집을 떠나 어스름한 황혼 속으로 사라졌다. 요한은 아버지가 사라지며 남긴 말만 들을 수 있었다. "히플리시하크 묘지 뒤편 자작나무 숲에

서 만나자. 그땐 네가 물어보는 것은 무엇이든 대답해주
마!"

"언제가 좋겠어요?" 요한은 게오르크의 등에 대고 외
쳤다.

"전쟁이 끝난 뒤, 달이 뜨면……"

나머지 내용은 더이상 제대로 알아들을 수 없었다.

아버지. 이 얼마나 익숙하지 않은 말인가!

그런데 하필이면 오늘 이렇게 방해받는 일이 일어나
다니!

이르멜라는 남아 있는 삶은 감자를 걸신들린 듯 먹어
치웠고, 그러는 동안 요한은 방으로 발걸음을 옮겨 그녀
가 하룻밤을 보낼 침대로 갔다.

"그럼," 거실로 돌아온 요한은 다소 불쾌한 어조로 말
했다. "잠자리는 준비됐습니다."

"이 집에 여자는 안 사나요?" 이르멜라가 깜짝 놀라
물었다.

"저 혼자 삽니다." 요한이 대답했다. "이 상황에서 다
른 곳에 묵는 게 더 낫다고 생각하시면 붙잡지 않겠습니
다."

이르멜라는 웃더니 그냥 머물렀다. 화덕에 올려놓은

물이 데워졌고, 요한은 먹고 난 그릇을 씻어야 했다. 그때 이르멜라가 그를 밀쳐냈다.

"아가씨인가요, 부인인가요?" 요한이 물었다.

"아가씨예요." 이르멜라는 이렇게 대답하고는 요한에게 재미있다는 듯한 눈길을 던졌다. "아가씨니 부인이니 그런 말은 전쟁이 끝나고 당장 사라졌으면 좋겠어요. 그런 건 남자들이나 쓰는 말이잖아요."

지금까지 요한은 이런 식의 말투를 오로지 어머니에게서만 들어보았다!

"아," 그녀는 이렇게 말하며 젖은 손으로 머리카락을 쓰다듬었다. "저는 평화가 오기를 엄청나게 바라고 있어요. 지금은 너무나 많은 게 변해서요."

"일단은 살아남아야겠지요." 요한이 말했다.

"'이미' 살아남았잖아요." 이르멜라는 쾌활한 어조로 말하고는 요한의 손이 잘린 부위를 가리켰다.

그들은 대화를 나누기 시작했다. 요한은 자기가 어떻게 부상을 당했는지, 볼펜탄에서의 우편배달부 노릇은 어떤지, 그리고 돌아가신 어머니에 대해서도 이야기했다. 그러는 동안 이르멜라는 주의깊게 들었다. 요한은 자신에 대해 지금처럼 상세하게 이야기한 적이 한 번도 없었다.

"어머님이 산파셨다고요?" 이르멜라가 깜짝 놀라 물었다. "저도 산파예요. 반년 전에 산파 전문 교육 과정을 마쳤죠. 그때부터 저는 린츠에 있는 병원에서 근무했어요."

요한은 그녀의 말에 귀를 기울였다. 기젤라 슈모크를 위해 하늘에서 산파가 떨어진 걸까?

"사람을 반항적으로 만드는 직업이죠." 이르멜라는 어깨를 으쓱거리며 말했다. "어쨌든 신경이 약한 사람이 하는 일은 아니에요. 두 손 가득 피를 묻히는 일이 흔하고요. 하지만 피는 '생명'과 밀접한 관련이 있죠. 저는 수많은 어린 생명이 세상으로 나오도록 도왔어요." 이르멜라는 목소리를 낮춰 이렇게 덧붙였다. "지금까지 출산 전투에서 진 적은 딱 세 번뿐이에요."

흥분한 요한은 곰곰이 생각해보았다. 이 낯선 여성은 다음날 아침 일찍 자기와 함께 디키히트로 걸어가 기젤라 슈모크를 방문할 각오가 되어 있을까?

이르멜라는 기꺼이 그럴 '각오'가 되어 있다고 말했다.

그녀가 말하기를, 결국 분만 날짜는 그다지 중요하지 않고 산모와 아기의 생명이 가장 중요하다고 했다. 또한 자기가 아침 일찍 일어날 수 있을지 확신은 못하겠다고 했다. 하루종일 여행을 하는 바람에 지금 엄청나게 피곤하기 때문이라고 했다.

요한은 깨워주겠다고 약속했다.

밤새도록 비가 내렸다. 하지만 아침 무렵이 되자 하늘은 맑게 갰다.

요한은 벽을 두드렸다. 젊은 산파 이르멜라는 아주 즐거운 기색으로 커다란 컵에 든 염소젖을 남김없이 마셨다. 염소젖에서는 독특한 냄새가 나 도시 사람은 무척 싫어할 수도 있는데 말이다. 요한은 이르멜라가 자신에게 주어진 것을 불평 없이 택하고, 그로부터 최상의 결과를 이끌어낸다는 점이 마음에 들었다.

그들은 오전 여섯시가 되기 직전에 출발했다. 요한은 우편가방을 걸쳤다.

집밖으로 나오자 혹독한 냉기가 그들을 에워쌌다. 모든 것에서 물방울이 뚝뚝 떨어졌다. 어디에든 반짝이는 물방울이 매달려 있었고, 진주 같은 이슬이 반짝거렸다. 산 풍경 전체가 막 뜨기 시작한 햇빛을 받아 반짝이고 있었다.

이르멜라는 놀랍다는 표정을 지으며 골짜기 아래쪽에 옹기종기 보이는 지붕들과 산등성이로 시선을 던졌다.

"정말 아름다운 아침이네!" 이렇게 외친 그녀는 머리를 뒤로 젖히며 두 팔을 활짝 폈다. "전쟁중이라는 걸 깜빡했다면, 지금 피서를 왔다고 착각했을 거예요!"

그들은 자갈길을 벗어나 지름길로 들어섰다. 그들이 가로지르고 있는 숲은 새싹으로 가득했다. 또한 봄이 내는 온갖 잡음으로 가득했다.

"지금 지저귀는 새가 무슨 새인지 아나요?" 이르멜라가 물었다.

"나이팅게일*일지도 모른다는 바람은 품지 않는 게 좋아요." 요한이 말했다. "그 새는 이곳에서 아이들 읽기 교본에 수록된 시에서나 등장하지요."

"봄 분위기에 취하고 싶다고 나이팅게일까지 등장할 필요는 없어요." 이르멜라가 웃으며 말했다. "지빠귀면 충분해요."

"기젤라 슈모크를 도울 산파를 찾았어요!" 요한은 우체국에 들어서며 힐데 베란을 향해 소리쳤다. "바로 이분이고요, 지금 저와 함께 왔어요!"

"하늘이 우리에게 보내신 분이구나!" 힐데는 이렇게

---

* 밤꾀꼬리라고도 한다.

외치며 이르멜라를 얼싸안았다.

디키히트에 이르려면 꼬불꼬불한 산길을 올라가야 했다. 요한과 이르멜라가 숲을 벗어나자 들판에 있던 종달새가 떨리듯 지저귀고, 숲 가장자리 개암나무 덤불에 있던 어치가 웃음소리를 냈다. 햇살이 화창한, 3월치고는 아주 따뜻한 날이었다. 3월이 이미 왔음을 눈치챌 수 있는 날이었다.

요한은 앞쪽을 가리켰다. "저기가 바로 산파가 필요한 집이에요."

아이 두어 명이 소리를 지르며 그들을 향해 뛰어왔다. "함께 온 분은 누구예요, 하네스?"

"산파란다!" 요한이 소리쳤다.

기젤라의 어머니가 문을 열었다. "산파라고? 정말 다행이야! 긴요할 때에 딱 맞춰 오셨구나."

그녀는 젊은 산파 이르멜라를 집으로 데리고 들어갔다. 이르멜라를 간절히 기다리던 상황이었다.

이르멜라가 산파 일에 열중하는 동안, 요한은 문 근처에 있는 벤치에 앉아 기다렸다. 기젤라의 어머니가 수프를 내놓았으나 요한은 고맙지만 생각이 없다고 사양했다.

헬무트가 어슬렁어슬렁 이쪽으로 다가왔다.

헬무트가 목소리를 낮춰 말했다. "자, 이제 내기를 해보자고요." 아이는 요한의 귀에 대고 속삭였다. "콘라트가 더이상 살아 있지 않다는 데 돈을 거세요."

소스라치게 놀란 요한은 자리에서 벌떡 일어났다. "왜 그렇게 생각하는 거니?"

"그냥 그러고 싶었어요." 헬무트가 말했다. "어차피 돈을 따든지 잃든지 둘 중 하나니까요."

몹시 화가 난 요한은 두꺼운 안경을 쓰고 있는 헬무트를 응시하며 야단쳤다. "그런 생각 하면 안 돼!"

"저에 대해 전혀 모르시는군요." 헬무트가 음흉한 시선으로 요한을 보며 말했다. "정확한 내용을 알고 계시는 것처럼 들리는데요……"

"저기 가서 놀아라." 요한은 이렇게 말하고 몸을 돌렸다.

"그건 어른들이 어떻게 해야 할지 모를 때 항상 하는 말이죠." 헬무트가 대꾸했다.

잠시 후 헬무트가 다시 다가왔다.

"괜찮은 내기가 하나 더 있어요." 헬무트는 귓속말을 했다. "둘 중에 하나는 정신적으로 문제가 있을 거라는 데 아저씨와 내기를 걸겠어요……"

"둘 중에 하나라니?" 요한이 으르렁거렸다. "지금 무슨 말을 하는 거냐?"

"쌍둥이를 말하는 거예요. 기젤라 누나가 낳을 아기들
이요."

"쌍둥이라는 건 어떻게 알았니?" 깜짝 놀란 요한이 물
었다. "너희 누나는 아직 출산하지도 않았는데!"

"기젤라 누나의 배 속에서는 두 개의 심장이 뛰고 있
어요." 헬무트가 대답했다. "그동안 심장 소리를 뚜렷하
게 들을 수 있었어요."

십오 분 뒤, 갓 태어난 아기의 날카로운 울음소리가 여
관 앞마당에 울려퍼졌다. 곧이어 두번째 아기가 세상으
로 나왔다.

요한과 이르멜라는 집으로 돌아가는 길에 야외 수영
장과 축구장을 지나쳤다. 이르멜라는 거대한 수양버들을
보고 감탄했다. 요한은 이르멜라의 머리카락에 매달려
있는 푸른색 잠자리를 조심스럽게 떼어냈다. 그들은 라
우리츠 시냇가에 잠깐 서 있었다.

"흘러가는 물은 몇 시간이고 볼 수 있어요." 이르멜라
가 말했다. "출산이 무사히 끝나면 늘 행복을 느껴요."
그녀는 웃었다. "산파는 정말 놀라운 직업이에요. 생명
이 태어나도록 도움을 베푸니까요."

"제 어머니도 그렇게 여기셨어요." 요한이 말했다.

"저는 어머님에 비해 좋은 점을 훨씬 많이 누려요." 이르멜라는 이렇게 말하고는 요한의 손을 잡으려고 팔을 뻗었다. "지금 저는 어머님보다 훨씬 좋은 시기를 살고 있거든요. 제가 지금까지 산모를 도와 출산시킨 남자아이들은, 앞으로 군인이 되어 전쟁터에서 싸울 리가 절대 없기 때문이지요. 전쟁을 겪은 세대가 그렇게 만들겠지요. 그 세대가 생존해 있는 한……"

요한은 머리를 흔들었다. "지난번 전쟁이 끝나고 겨우 이십년하고 몇 달의 세월밖에 흐르지 않았는데 이번 전쟁이 또 터졌어요. 사람들은 역사로부터 배운 게 아무것도 없어요. 이러다 머지않아 우리 인간은 스스로 멸망하겠지요……"

"비관론자로군요!" 이르멜라가 소리쳤다.

낙천적이고 쾌활하며 능력 있고 잘 웃는 이르멜라를 바라보고 있노라니, 요한은 인간이란 왜 그리도 어리석어 역사로부터 배우는 게 전혀 없는지 도무지 이해가 되지 않았다. 이르멜라가 보여주는 낙천성은 다른 사람에게도 전염되는 마력이 있었다. 요한은 별안간 마음이 아주 가벼워졌다. 그는 이르멜라에게 미소를 지었다.

모렌 주변에는 온통 개구리가 우글거렸다. 마을 연못

은 끊임없이 출렁거렸고 수면에는 거품이 부글거렸으며 물이 첨벙거리다가 수면 위로 튀어오르기도 했다. 개구리알 덩어리가 물결에 맞춰 가볍게 흔들렸다.

대화에 심취한 그들은 오솔길로 접어들었고, 다리를 건넌 다음 산비탈 위로 올라갔다.

"이렇게 힘든 구간을 날마다 걸어야 하다니." 이르멜라가 말했다. "우편배달부 일을 하다보면 절대로 나이들거나 배가 나올 시간이 없겠어요." 그녀는 장난치는 개구쟁이처럼 웃음을 터뜨렸다.

폭포를 지나 저멀리까지 민들레가 무성하게 자라 있었다.

폭포에 도착했을 무렵 요한과 이르멜라는 서로 손을 잡은 채 걸었다. 산비탈 위쪽으로 좀더 걷게 되면서, 그들은 서로 꼭 껴안고 산을 올랐다. 그리고 산비탈 숲이 끝나고 모렌 골짜기 풍경을 넓은 조망으로 바라볼 수 있는 목초지가 펼쳐지는 지점에 이르자, 그들은 발걸음을 멈추고 더이상 앞으로 나가지 않았다. 붉은빛을 띤 오후 태양이 작열하는 가운데, 그들은 꽃밭에 자리를 잡고 민들레를 양탄자 삼아 서로 끌어안고 여기저기 뒹굴었다.

"이르멜라." 극도로 행복한 기분에 휩싸인 요한이 그녀를 앞으로 밀치며 말했다. "여기서 살아요. 나와 함께 지내요!"

"꼭 껴안아줘요." 그녀가 속삭였다.

요한의 귀에 돌연 개 짖는 소리가 들렸다. 잠깐 시간이
흐른 뒤에야 비로소 지금 자기가 어디에 있는지 깨달았
다. 사냥개 텔이 이쪽으로 달려오면서 요한의 뒤편에 놓
인 우편가방에 시선을 던졌다. 텔이 낑낑거렸다.

이르멜라가 웃었다. "너는 우편배달 방해하는 법을 좀
아는구나." 그녀는 개를 자기 쪽으로 유인하고는 쓰다듬
었다. 텔은 이르멜라의 손을 핥았다.

"이제 조금 있으면 저쪽에서 '요한! 요한!' 하고 외치
는 여자 목소리가 들리겠지요." 우편배달부 요한이 한숨
을 쉬었다.

"여자친구인가요?" 이르멜라가 물었다. "솔직히 말해
봐요. 얼마든지 참아줄 수 있으니까."

"건망증이 심한 노부인이에요." 요한이 설명했다. "손
자가 보내는 우편물을 기다리고 있어요. 그 손자는 오래
전에 죽었는데도 말이죠. 하지만 그분은 항상 그 사실을
잊어버리고는, 매일 내가 이곳을 지나갈 때마다 손자가
죽은 사실을 새롭게 아시지요."

"그러니까 전쟁이 여기 이곳까지도 피해를 주는군

요." 이르멜라는 이렇게 말하고는 옷을 입기 시작했다. 요한의 시선은 그녀의 벌거벗은 등에 머물렀다. 등에는 우윳빛깔 민들레즙이 줄무늬 모양으로 묻어 있었다. 요한은 이를 보고 미소를 지을 수밖에 없었다.

이르멜라가 웃었다. "당신 몸에 줄무늬가 새겨졌어요!"

"당신도 마찬가지예요." 요한이 말했다. "당신 몸에 묻은 줄무늬도 확실히 내 줄무늬만큼 끈적거리네요. 우리 두 사람 몸이 서로 달라붙지 않도록 주의해야겠어요."

"아, 하네스." 이르멜라는 이렇게 소리치고는 그를 열렬히 껴안았다. "나는 몸에 줄무늬가 새겨진 애인을 원한 적은 한 번도 없어요. 아마 그래서 당신을 이렇게 늦게 만났나봐요……"

그녀는 요한의 몸에 묻은 줄무늬를 핥더니 얼굴을 찡그렸다. "너무 쓰네요, 하네스."

"어디 나도 한번 맛 좀 보자고요." 그는 이렇게 속삭이고는 이르멜라에게 키스했다.

"요한! 요한!" 노부인의 목소리가 목초지를 가로질러 울려퍼졌다.

산림감시원 관사를 향해 가던 이르멜라가 갑자기 멈춰
서더니 경외에 가득한 표정으로 밤나무 세 그루를 자세
히 관찰했다. "정말 아름다워요! 아주 오래되고 큰 나무
네요……"

정원 입구에 서 있던 노부인이 그들에게 손짓했다.

"요한, 오토에게 온 편지는 없나요?"

"없습니다, 키제베터 부인. 아마도 내일 올 것 같은데
요."

노부인의 얼굴에 어려 있던 기쁨과 기대감이 사라져버
렸다. "오토가 편지를 보낸 지 너무 오래됐어요. 그 아이
에게 무슨 나쁜 일이 일어난 건 아니겠지요?"

노부인은 이르멜라 쪽으로 시선을 향했다. "신부인가
요, 요한?"

요한은 이르멜라와 팔짱을 꼈다. "그렇습니다, 키제베
터 부인."

노부인은 손뼉을 치면서 소리쳤다. "정말 축하한다!
드디어 결혼하는구나! 내가 손자며느리를 얼마나 오랫
동안 기다렸는지 아니. 너무나 기쁘구나. 이곳에 온 걸
환영해요!" 그리고 노부인은 짓궂은 미소를 지으며 덧붙
였다. "5월의 사랑은 행복을 꾀어 오는 법이지!"

"지금은 3월이에요." 요한이 말했다. "하지만 기온은

5월만큼 따뜻하네요."

　이르멜라가 웃으며 요한을 끌어안았다.

　"지금 당장 식탁으로 가자꾸나." 노부인이 말했다.
"뭐라도 먹으면서 축하해야지!"

15장
1945년 3월

이르멜라는 브뤼넬에 이 주 동안 머물렀다. 그녀는 날마다 임산부를 돌봤다. 이 지역 전체에 산파라고는 이르멜라 한 명뿐이었다. 그녀는 대개 식사만 제공받고 일했다. 요한은 무아지경에 빠진 듯했다. 살면서 이렇게 행복을 느낀 적은 한 번도 없었다. 그들은 때때로 저녁이 되어서야 서로의 얼굴을 보았다. 하지만 요한과 이르멜라가 일단 서로의 얼굴을 보면, 각자 떨어져 홀로 있는 경우는 거의 없었다. 서로 떨어지게 될까봐 두려워지면 그들은 상대방을 향해 돌진해 꽉 끌어안았다. 요한은 열애에 빠지는 바람에 심지어 지금 전쟁중이라는 사실도 때때로 잊어버릴 정도였다.

다시 일요일이 돌아왔다. 햇살이 환한 봄날이었다. 어디를 가나 꽃이 활짝 피어 있었다. 아이들의 와자지껄한 소리가 온 마을을 가득 채웠다.

이 밖에 다른 소음도 들을 수 있었다. 국민돌격대원들이 마을 어귀 첫번째 집 앞에 전차 차단물—목재로 만든, 보기만 해도 우스꽝스러운 차단물—을 설치하는 소리였다. 국민돌격대원 자격 연령을 훨씬 뛰어넘는, 제1차세계대전에 참전했던 노병들은 이리저리 뛰어다니면서 T자형 지팡이를 휘둘렀고, 널빤지에 파이프 담뱃대를 털며 히죽히죽 웃었다.

요한이 작업 현장을 지나가자 땅을 파고 괭이질을 하고 톱질하고 발을 구르던 국민돌격대 남자들이 말했다. "웃지 마라, 하네스."

당연히 요한은 웃지 않았다. 바리케이드가 현대적인 전차를 막지 못할 거라는 걸 잘 알고 있었지만 말이다. 독일 전차를 막겠다는 것인지 러시아 전차를 저지하겠다는 것인지는 별로 중요하지 않았다. 그저 겉만 그럴듯하게 만든 엉터리일 뿐이었다. 하지만 이 남자들은 명령에 따라 일하고 있었고, 자기 이마를 두드릴 자유조차 얻지 못했다. 도끼, 삽, 톱을 내던져버리고 집으로 돌아갈 수도 없었다.

그곳에도 나치 소년단원들이 있었다. 이 소년들은 자신들의 땀과 열정으로 바리케이드가 구축된다고 굳게 믿었다. 그들은 전차 차단물 뒤편에 몸을 숨긴 채 판처파우스트를 쏘아 모조리 파괴할 각오가 되어 있었다.

요한은 알고 있었다. 소년단원들 모두 당당한 병력으로 한데 모인 곳에서, 아돌프 히틀러가 그들의 어깨나 뺨을 두드리며 그들의 용기, 용맹, 희생을 찬양할 날을 꿈꾸고 있다는 것을. "이것이 바로 독일 유겐트입니다! 이독일 소년들은 러시아 군대가 페터스키르헨—샤트나이—외트—베른그라벤—디키히트—모렌—브뤼넬 마을을 정복하는 것을 적극 저지할 것입니다! 이들이야말로 우리의 고향을 성공적으로 방어하는 영웅입니다!" 요한이 그들의 얼굴을 직접 보았다면, 분명 그들이 힘겨운 노동을 기꺼이 떠맡은 모습을 보고 비웃었으리라!

그래서 요한은 항상 경의를 표해야 하는 순간을 맞으면 오랫동안 제자리에 멈춰 이쪽저쪽 둘러보고는, 헛기침을 하다가 쌓여 있는 눈에 침을 뱉은 다음 이렇게 말하곤 했다. "쓸 만하군, 쓸 만해!" 그러고는 가던 길을 계속 갔다.

그러니까 오늘은 이르멜라가 이곳에 도착한 뒤 두번째

로 맞이하는 일요일 아침이었다. 고무장화를 신은 요한은 브뤼넬 묘지로 향하는 질척질척한 길을 따라 힘찬 발걸음을 내디뎠다. 일 년 전, 요한의 어머니는 이곳 묘지에 묻혔다. 묘지에 들어선 요한은 어머니 무덤가에 잠시 동안 서 있었다. 무덤에는 아네모네가 올해 처음으로 피어 있었다. 그는 어머니에 대한 기억을 떠올리려고 했다. 관 속에 누워 있는 어머니의 모습이 아니라, 살아 계실 때를 추억하려 했다.

"저는 사랑에 빠졌어요." 요한이 말했다. "어머니, 알고 계시겠지만, 저는 잘 지내고 있어요. 왼손이 없는 건 빼고요."

어머니는 요한에게 자신을 절대 '엄마'라 부르지 말라고 교육시켰다. 요한에게 그녀는 언제나 '어머니'였다.

"안녕히 계세요." 묘지를 떠나며 요한은 중얼거렸다.

요한은 한 남자와 마주쳤다. 남자는 울타리를 조심스럽게 더듬으며 묘지 출입문 방향으로 가고 있었다. 출입문은 경첩 부분이 녹슬어 더이상 닫히지 않았다.

"안녕하세요, 안톤." 요한은 이렇게 말하며 제자리에 멈췄다.

눈에 의안義眼을 낀 안톤은 고개를 들어 요한이 있는

쪽을 응시했다.

요한은 침을 꼴깍 삼킬 수밖에 없었다. "저예요. 포르트너 하네스라고요." 그는 이렇게 말했다. "길을 안내해 드릴까요?"

"사양할게." 안톤은 이렇게 말하고는 계속 손을 더듬어나갔다. "그리고 부탁인데, 정신 흐트러지게 하지 말아줘. 정신이 흐트러지면 벤치로 가는 방향을 파악할 수 없거든. 벤치에서 어떤 여자를 만날 거라서……"

안톤은 요한에게 팔을 걸치고는 여전히 믿을 수 없다는 듯 말했다. "한번 상상해보라고. '그녀는 나를 좋아해. 있는 그대로의 나를. 그녀의 키스는…… 그녀의 키스는……!'"

요한은 미소를 지었다. 웃을 수밖에 없었다. 사랑을 받는다는 행복 때문에!

"상상만 해도 기분이 좋네요." 요한이 말했다.

"이제 난 알아. 사람은 하고 싶은 말을 완전히 정반대로 표현할 수 있다는 걸 말이야!"

이렇게 말한 안톤은 요한을 껴안더니, 자신의 관자놀이를 요한의 관자놀이에 대고 꽉 눌렀다. 그러고는 포옹을 풀고 주변을 둘러보았다.

"지금 가야 할 방향을 놓쳐버렸어." 안톤이 말했다.

"벤치로 갈 수 있도록 도와줘, 하네스."

요한은 안톤을 인도했다. 안톤이 누구를 만나려는지 굳이 물어볼 필요가 없었다.

"지금 아네모네가 피었어요." 요한이 말했다.

"무슨 꽃이라고?" 안톤이 속삭였다. "그것 좀 줘봐. 그 여자에게 선물할 테니까!"

요한은 다시 묘지로 달려가서 어머니 무덤에 피어 있던 아네모네를 꺾었다. 요한은 안톤에게 아네모네 꽃다발을 주었다. 안톤은 이 꽃다발을 이르멜라에게 안겼다.

그로부터 며칠 뒤 사방에 아네모네가 피었다. 모렌 뒤편 급경사면에도 아네모네가 무성하게 뒤덮였다. 외트와 베른그라벤 사이에 위치한 남쪽 산비탈에도 아네모네가 양탄자처럼 깔렸다. 샤트나이에 핀 아네모네가 가장 아름다워 보였다. 이곳 산비탈 전체에 아네모네가 흐드러지게 피어 있었다. 요한은 황홀감에 빠졌다. 그는 생각했다. 봄이 이렇게 일찍 찾아온 적은 한 번도 없었는데!

요한과 이르멜라는 서로 부둥켜안고 숲속을 여기저기 누볐다. 산림감시원의 과부가 여느 때와 마찬가지로 요한에게 소리쳤다.

"없습니다, 키제베터 부인." 요한이 대답했다. "오늘은 부인께 온 우편물이 하나도 없어요."

"나 원 참!" 노부인이 이르멜라를 보고 소리쳤다. "넌 오늘 왜 배낭을 메고 왔니?"

그제야 요한은 이르멜라의 배낭을 발견하고 깜짝 놀랐다.

"파펜부르크로 갈 기회가 오기를 기다리고 있어서요." 이르멜라가 대답했다.

"다시 평화가 올 때까지 이곳에서 기다릴 생각 아니었어?" 당황한 요한이 물었다. 이르멜라가 당연히 그럴 거라고 예상했던 터였다.

이르멜라는 고개를 흔들었다. "부모님이 엄청 걱정하고 계실 거야. 그분들은 내가 살아 있는지조차도 모르셔. 우선 부모님께 가봐야 해! 하지만 다시 돌아올게, 하네스. 내가 꼭 돌아올 거라는 거, 믿지?"

그들은 아무 말 없이 베른스탈로 이어지는 거리까지 걸었다. 그곳에 독일군 병사로 가득찬 화물차가 지나가고 있었다. 병사 한 명이 이르멜라에게 손을 흔들며 소리쳤다. "아가씨, 함께 갈래요? 얼른 타요. 여기 구석에 자리가 하나 남아 있다고요!"

"좋아요." 이르멜라가 소리쳤다. "그럼 올라탈게요!"

"이르멜라!" 깜짝 놀란 요한은 비명에 가깝게 소리쳤

다. "이르멜라!"

병사가 운전석 뒷벽을 주먹으로 두드렸다. 화물차가 멈춰 섰다. 수많은 병사들이 이르멜라를 향해 손을 뻗었고, 높이 뻗은 이르멜라의 팔을 붙들었다. 마침내 이르멜라가 화물칸에 올라탔다. 운전사는 액셀을 밟았고 엔진에서 요란한 소리가 났다.

요한은 양팔을 축 늘어뜨린 채 길가에 서 있었다. 그는 이르멜라가 자신을 향해 몸을 돌리는 광경을, 화물칸 위로 몸을 내밀고 손으로 작별의 키스를 보내는 모습을 보았다. "다시 평화가 오면 꼭 돌아올게, 하네스!"

엔진 소음 때문에 귀가 얼얼해진 요한은, 이르멜라를 태운 화물차가 저멀리 사라질 때까지 그냥 서 있었다. 요한은 그날 자기가 어떻게 집에 돌아왔는지 도무지 기억이 나지 않았다.

16장
1945년 3월

이제 요한은 다시 혼자가 됐다. 온통 이르멜라 생각만
할 때도 자주 있었다. 부모에게 가는 여행을 하는 동안
별일은 없었을까? 파펜부르크에 사는 부모와 몸 건강히
만났을까? 언제 다시 돌아올까? 평화가 오기를 간절히
기다리는 이유가 하나 더 생겼다.

어쨌든 겨울은 마지막 흔적까지 감춰버렸다. 달력에서
도 마찬가지였다. 생쥐가 다시 마을길을 재빠르게 돌아
다녔다. 외트에서 베른그라벤으로 향하는 경사면 아래에
서는 살무사가 올해 처음으로 햇볕을 쬐고 있었다. 볼펜
탄 지역 어디를 가도 제비꽃 향기가 진동했고 지빠귀가
노래를 불렀다.

요한은 서둘러 발걸음을 옮겼다. 우편배달이라는 책무의 부름에 따라서.

샤트나이로 들어서는 길 바로 앞에서, 마리엘라가 항상 그랬듯 요한을 향해 뛰어왔다. 마리엘라에게 줄 우편물은 없었다. 마리엘라가 실망을 좀처럼 숨기지 못하는 모습을 보니 요한은 마음이 울렁거렸다.

"더이상 오래 지속되지 않을 거야." 요한은 그녀를 위로하려고 애썼다.

"'뭐가' 더이상 오래 지속되지 않는다는 거죠?" 마리엘라는 이렇게 묻더니 느닷없이 적대적인 눈길로 요한을 쏘아보았다. "전쟁을 말하는 건가요, 하네스? 전쟁은 그렇게 빨리 끝나지 않을 거예요. 사람들이 걱정하는 것처럼 절대 될 리 없다고요."

마리엘라는 또다시 지루하고 진부한 이야기를 늘어놓기 시작했다.

"우리에게는 총통이 계시잖아요." 요한은 그녀가 종알거리는 소리를 들었다. 마리엘라는 널리 희망을 퍼뜨려야 한다는 의무감을 느꼈다. 그녀는 총통에 대해 모두에게 호언장담했다. "도대체 처칠, 루스벨트, 스탈린*이 무슨 일을 할 수 있겠어요? 우리 총통은 신의 섭리와 지속적으로 접속하고 계시고, 기적의 무기를 사용할 적절

한 순간이 언제인지 잘 알고 계시다고요. 우리는 총통만
믿고 의지하면 돼요!"

마리엘라는 일주일에 두 번, 때로는 일요일에도 샤트
나이에 사는 소녀들에게 노래를 가르쳤다. 노래 내용은
승리와 죽음, 그리고 '총통이시여, 명령만 내리십시오,
우리는 당신을 따르겠습니다!' 같은 것이었다. 소녀들은
마을을 돌아다니며, 또는 대규모 집회를 열고 페터스키
르헨 쪽으로 내려가면서 마리엘라에게 배운 노래를 불
렀다. 올겨울에는 집회가 예전보다 훨씬 많이 열렸다. 집
회에는 수많은 깃발과 사기를 북돋우는 구호들이 난무
했다. 히틀러 유겐트는 자신들의 신념을 당당하게 내보
였다.

요한은 어쩔 수 없이 히틀러 유겐트의 집회 행렬을 지
나쳐 가야 했다. 물론 토요일 저녁에는 대개 레크펠트 부
부와 함께 앉아 시간을 보내고, 일요일에는 오전까지 내
내 잠을 자기는 했지만.

요한은 히틀러 유겐트가 눈을 헤치고 행진하는 모습을
보며, 그들의 목소리가 차가운 공기 속에서 가냘프게 울
리는 것을 들으며 안타까운 마음이 들었다. 샤트나이, 페
터스키르헨, 브뤼넬에 사는 소녀들로 이루어진 히틀러

유겐트였다. 짧은 치마와 조끼를 입고 얇은 양말을 신은 소녀들은 온몸이 얼어붙어 있었다. 그들의 빨개진 코를 보면 얼마나 추위에 떠는지 잘 알 수 있었다. 노래를 부르는 그들의 입에서 뭉게구름처럼 하얀 입김이 나왔다. 거룩하고 신성한 불꽃이 아닌, 아주 낮고 일상적인 입김이었다.

마리엘라의 어머니는 요한에게 딸의 행동이 불안하다고 털어놓았다. "마리엘라는 신들린 것 같아. 마법에 홀린 것 같다고. 그애에게 말을 걸 수 있는 사람이 아무도 없어. 정말 신들린 거라면, 그애는 블랙홀에 빠진 게야."

요한은 어깨를 추켜올렸다. 마리엘라는 자기만의 체험을 통해 배우게 될 것이다. 마리엘라만한 나이였을 때, 요한 역시 어머니의 말을 잘 듣지 않았다. 조국에 헌신하겠다는 소망으로 불타올랐고, 필요할 때는 기꺼이 목숨을 바치겠다는 신념으로 전쟁에 나갔다.

무섭고 끔찍한 3월이었다. 숨조차 쉬기 힘들 정도로 온통 답답하고 암담한 소식뿐이었다. 쾰른을 잃었고, 레마겐 근처 라인강 지역은 미군에게 넘어갔고, 브레슬라우는 포위됐고, 러시아군은 포메른, 콜베르크 지역 깊은 곳까지 포위했다. 그리고 독일의 헝가리 공세는 더이상 앞으로 나가지 못했다.

1929년에 태어난 소년들이 징집됐다. 열다섯, 열여섯 살밖에 안 된, 턱에 솜털 수염이 자라기 시작한 소년들이 었다.

요한은 바네르트 농장에서 바네르트 부인이 우는 모습을 보았다. 어느 일요일, 그녀의 장남 카를이 전장으로 가는 차에 탑승해 웃으며 손을 흔들었다.

"내 아들을 다시는 만나지 못할 것 같아." 그녀는 요한에게 말했다.

아, 이렇게 울부짖는 어머니가 얼마나 많은가! 절망과 무기력에 빠진 어머니들이!

요한은 다시 한번 물레방앗간까지 힘차게 걸어 내려 갔다. 그곳은 최근 많은 것이 변했다. 프랑스인은 더이상 물레방앗간에서 일하지 않았다. 프랑스군 포로수용소 전체가 텅 비었다. 전쟁 포로는 모조리 전쟁 수행에 긴요한 공장에 끌려가 일해야 했기 때문이다. 지금 그들은 공장에서 독일군 철모를 제조하는 작업에 몰두하고 있었다. 전쟁터에서 사용하는 식기의 3분의 1이 유탄으로 만든 것이라는 소문이 사실인지 알고 싶었다. 요한은 가스통과 르네 같은 프랑스군 포로들이, 새로운 시대라는 좋은 기회가 오고 있음을 예감하고 곧 다가올 승리의 귀향을 꿈꾸는 모습을 상상했다.

물레방앗간을 운영하는 젊은 과부 마리안네는 임신중이었고, 이 사실은 결국 문제가 됐다. 실제로 마리안네는 늦가을에 산 아래 시 당국으로 끌려가 심문을 받는 곤욕을 치렀다. 심문에 참석한 그녀의 시아버지는 바로 '자기가' 아이의 아버지라고 진술했다. 그리고 자신이 나치 당원이라는 사실을 환기시키는 걸 잊지 않았다.

시아버지의 나이는 일흔두 살이었다. 하느님 맙소사, 더이상 아이를 만들 수 없는 노인이 얼마나 많은가! 어쨌든 아이는 금발이냐 흑발이냐에 상관없이 코테크 집안 사람이 될 것이고 훗날 물레방앗간을 이어받아 운영하게 될 것이다.

많은 것들이 너무나 명백했다. 페터스키르헨 나치스 지구 지도자 알베르트 만골트도 소속되어 있는 시 당국 특별위원회는 이 사건에 대해 예외적으로 관용을 베풀었다. 그래서 물레방앗간을 운영하는 마리안네 코테크는 목숨을 건졌다. 이렇게 관용이 베풀어진 데에는 그녀가 아주 젊고 예쁜 여성이라는 점도 참작됐다.

디키히트 아이들이 우편배달부의 재킷 주머니에 채색

된 달걀을 집어넣었다. 부활절 달걀이었다. 길거리를 배회하던 바보 빌리가 요한 앞에서 춤을 췄다. 그리고 허공에 격렬하게 팔을 휘두르며 입가에 거품이 묻을 때까지 부르짖었다. "이제 그가 파멸한다, 이제 그가 파멸한다!"

"누가 파멸한다는 거야?" 의아하게 여긴 요한이 물었다.

"그 미치광이가." 빌리는 이렇게 대답했다. 부담스럽게도 빌리는 이 말을 요한의 귀에 대고 큰 소리로 여러 번 부르짖었다. "그 미이―이―이―치광이가!"

천부적인 재능을 타고난 헬무트가 소리 없이 요한 곁을 맴돌다가 갑자기 말문을 열었다.

"하네스." 헬무트는 두껍고 둥근 안경 렌즈를 통해 우편배달부를 뚫어져라 응시했다. "아저씨와 다시 내기를 하고 싶어요. 내기하실래요?"

"그거야 무슨 내기를 하냐에 달렸지." 요한이 대답했다.

헬무트는 발끝을 세워 서더니 요한에게 손짓했다. 요한은 헬무트 쪽으로 몸을 굽혔다.

"히틀러가 자살한다는 데 내기를 걸겠어요." 헬무트가 요한의 귀에 대고 속삭였다. "그것 말고는 더이상 방법이 없어요." 헬무트의 나직한 목소리가 빌리의 요란한 소음과 아이들이 외치는 소리에 뒤섞이는 바람에 요한은 간신히 말귀를 알아들을 수 있었다. "히틀러는 자살할 거예요. 그는 우리가 앞으로 어떻게 되든 전혀 관심이 없다니까요."

요한은 이 어린아이에게 놀랍다는 듯한 시선을 던졌다. 어떻게 이런 말을 할 수 있단 말인가? 어디서 이런 내용을 듣고 말하는 걸까?

"국민이 어떻게 되든 상관없는 총통에게는 자살밖에 방법이 없지요." 헬무트가 말했다. 그는 잠깐 동안 아무 말도 하지 않은 채 잔뜩 기대하는 눈길로 요한을 바라보았다. 요한은 헬무트의 생각을 따라잡으려고 애썼다.

"우리 마을에서 이런 이야기를 하면," 헬무트가 다시 말을 이어나갔다. "두들겨맞을 게 뻔해요. 히틀러가 죽는다는 생각을 하는 사람은 아무도 없죠. 사람들은 요즘도 히틀러를 계속 신으로 섬기니까요. 하지만 논리적으로 봐도 히틀러가 자살할 거라는 건 확실해요. 그렇잖아요?"

요한은 곰곰이 생각했다.

"그러니까요." 헬무트가 말했다. "저랑 내기하실 거죠?"

"아니, 내기는 안 할래." 요한이 말했다. "차마 히틀러가 자살하지 않는다는 데 걸지는 못하겠구나. 사실 나도

네 생각과 똑같거든."

머지않아 '성주간*'이 온다. 곧 볼펜탄에 사는 여자들이
부활절 비스킷을 구우리라. 그들은 부활절을 위해 작년
내내 재료를 아끼고 또 아꼈다. 부활절은 전쟁보다 훨씬
중요했다. 부활절은 소생을 의미했고, 소생은 희망을 의
미했다.

요한의 어머니 또한 부활절 비스킷을 구웠다. 때때로
어머니는 반죽을 하다 말고 출산을 도우러 외출하기도
했다. 그럴 땐 요한이 반죽을 계속 했고, 길쭉한 반죽을
꽈배기 모양으로 꼰 다음 얇은 금속판에 가득 담아 오븐
속으로 밀어넣었다.

군대 막사에 있을 때, 비스킷 굽는 냄새가 얼마나 그리
웠던지!

요한은 뢰네 다리에서 엘자 파일링거와 마주쳤다. 그
녀는 막내 아이를 안고 있었다. 아이는 수선화를 쥔 채
이리저리 흔들고 있었다.

햇빛이 엘자의 얼굴을 환하게 비추었다. 요한은 그녀

---

* 부활절 축일 전의 일주일.

가 한 달 전보다 훨씬 젊고, 생기발랄하고, 활력이 넘쳐
보인다고 생각했다. 남편의 죽음이 오히려 그녀에게 좋
은 영향을 끼친 듯했다. 이런 생각을 하자니 무척 의아하
고 기이했다.

"하마터면 못 알아볼 뻔했어요, 엘자." 요한이 말했다.

"햇빛이 너무 환하게 비춰서 그런 거야." 그녀는 미소
를 짓고 아이를 꼭 끌어안았다.

형무소에서 보낸 편지가 도착했다. 발송인의 어머니는
편지를 받고 기쁨에 넘쳐 달걀을 우그러뜨리고 말았다.
우편배달부에게 주려고 닭장에서 손수 꺼낸 달걀이었다.

"이제 아들 녀석은 곧 집으로 돌아올 거야." 그녀는 흐
느껴 울며 말했다. "이삼일만 지나면 돼. 그런 예감이 들
어. 그러면 모든 게 다시 좋아질 거야……!"

그녀는 요한에게 가까이 오라고 눈짓하고는, 요한이
몸을 구부리자 귀에 대고 속삭였다. "이제 내 아들 카를
리가 돌아오면, 뭔가를 전부 털어놓아야 할 상황에 놓일
거야. 그리고 모든 게 뒤바뀌는 날이 오면, 너는 난처한
상황에 빠질 게 분명해. 그런 날이 오면 내게 맡기라고.
너를 도우라고 카를리에게 부탁할 테니까. 걔는 틀림없
이 내 말을 들을 거야. 마음씨가 좋은 아이니까. 이 어미

가 하는 부탁을 카를리는 거절하지 않는다고······"

이제 요한은 마을 사람들의 얼굴을 빠짐없이 알아볼
수 있는 단계를 지났다. 지난 몇 주 동안 동부 지역 출신
의 수많은 피난민이 이곳에 모습을 드러냈다. 새로운 피
난민이 새로운 지역에서 거듭 몰려왔다. 피난민들은 한
공간에서 다섯 명, 여섯 명, 열 명이 함께 지냈다. 거의
대부분 여성, 노인, 아이들이었고, 아무것도 챙기지 못한
채 맨몸으로 피난 온 경우도 종종 있었다. 볼펜탄의 '모
든' 장소와 인접 지역은 피난민으로 북새통을 이루었고,
어디를 가든지 사람으로 미어터졌다.

요한의 집에도 피난민이 묵었다. 니더작센 지방에서
온 나이든 수녀 세 명, 미혼 여성 세 명으로, 그들은 요제
파 포르트너가 쓰던 침실과 난방이 안 되는 다락방에 묵었
다. 그들은 요한의 화덕을 공동으로 사용했고, 헛간에 설
치한 차가운 간이화장실에 대해 불평했으며, 세상 돌아가
는 상황을 도저히 이해할 수 없다고 수군거렸다.

요한은 이들 피난민의 얼굴을 보는 일이 드물었다. 요
한이 집에 돌아오면 그들은 얼른 방으로 들어갔다.

17장

1945년 4월

4월. 자부심과 희망으로 지은 거대한 건축물은 붕괴되고 말았다. 아직 라디오 뉴스가 방송되기는 했다. 영국군은 라인강을 건넜고, 미군은 독일 내부 깊숙한 곳까지 밀고 들어왔고, 러시아군은 오스트리아 빈 앞까지 와 있었다.

이제 머지않아 휴전이 이루어질 것으로 예상됐다. 오로지 살아남는 것만이 중요했다. 그러는 사이 모두들 상황을 알아차렸다. 미군이 아니라 러시아군이 이곳에 진입할 것이라는 상황을.

페터스키르헨, 샤트나이, 외트, 베른그라벤, 모렌, 브뤼넬에 사는 사람들은 정원이나 두엄더미, 지하실 점토

바닥이나 외양간의 짚 바닥에 귀중품을 황급히 파묻어 감췄다. 시간은 부풀었다 움츠리기를 반복했고, 지상에서의 짧은 하루를 끝없는 영원으로 늘리는 일을 완수했다.

그리고 여전히 우편물은 배달되어야 했고, 여전히 매일 아침 일찍 히플리시하크에서 독자적인 원칙에 따라 우편마차가 왔다.

요한은 디키히트와 그곳에 있는 들판을 에워싼 교목림을 가로질렀고, 바위 위쪽에 있는 조그마한 자갈밭을 지나 골짜기 아래에 있는 오솔길로 들어섰다.

요한은 골똘히 생각에 잠긴 채 안개 속을 걸었다. 그는 12월 12일 호르스트 뮐러에게 편지를 보냈다. 하지만 편지는 3월 초에 개봉되지 않은 상태로 반송되었다. 편지에는 다음 같은 소인이 찍혀 있었다. "새 군사우편번호를 기다리시오!"

요한은 지금도 계속 기다리고 있었다!

그 대신 요한은 또다른 우편물을 받았다. 바로 이르멜라가 보낸 안부 엽서였다. 요한은 이 엽서를 여러 번 읽었고, 윗주머니에 넣어 심장에 밀착시켰다. 이르멜라는 부모가 사는 곳에 도착했다고 했다. 그리고 요한을 몹시 그리워한다고도 했다. 평화가 오면 당장…… 나머지 내용은 물에 번져서인지 제대로 읽기 어려웠다.

요한은 여관 주인인 프리츠 알트호퍼에게 편지 두 통을 배달해야 했다. 알트호퍼는 1933년 이전까지 모렌에서 시장을 지냈다. 그는 자신이 사는 마을을 여러모로 변화시켰고, 모렌 사람들은 그의 활약에 감탄했다. 하지만 히틀러가 권력을 거머쥐자마자 그에게 신뢰할 수 없는 사람이라는 낙인이 찍히더니, 다른 사람이 시장으로 취임했다.

프리츠 알트호퍼는 부유한 남자였다. 그는 방문객이 많은 여관 겸 음식점과 양어장 여러 개를 소유했다. 그는 송어 전문가로, 주변 여관에 맛있는 송어 요리를 공급했다. 나치스 지구 지도자 바로 아래 직책인 당 고위 간부 전체에게도 송어 요리를 공급했다.

요한은 우편배달부 견습생 시절 알트호퍼가 운영하는 식당에 몇 통의 편지를 배달한 적이 있었는데, 그때 여관 주인이 손님에게 말하는 것을 들었다. "원래 독일이나 체코 감자란 따로 존재하지 않아. 독일이나 프랑스 감자도 마찬가지지. 그냥 감자는 감자고 송어는 송어일 뿐이야." 그리고 요한이 식당을 떠나려던 바로 그때, 격하게 삿대질하는 손님에게 알트호퍼가 외치는 소리가 들렸다. "여기서 '독일이 더 낫다'라는 게 도대체 무슨 뜻이지? 뭐니뭐니해도 나는 인간이야. 그것 말고 뭐가 중요해? 인간인 다음에 독일인인 거야. 당신도 마찬가지고!"

요한은 이 말의 의미를 곰곰이 생각했다.

이후 한쪽 손을 잃은 요한이 귀향 조치되어 우편배달부로 다시 채용됐을 때, 여관 주인 알트호퍼는 소주 한 잔으로 환영 인사를 했다. 알트호퍼는 손이 잘린 부위에 시선을 던지며 의문스럽다는 듯 말했다. "조국이 네가 잃은 손에 감사 표시를 했기를 바란다."

요한은 고개를 끄덕였다. "상이군인 휘장을 받았어요."

"가슴에 장식으로 다는 금속판 말이냐?" 알트호퍼가 재미있어하며 대꾸했다. "훌륭하구나, 훌륭해. 제아무리 두꺼운 빵도 그걸로 거뜬히 자를 수 있겠어."

요한은 반항적인 기세로 대답했다. "게다가 연금도 받게 됐어요!"

"내 말 좀 들어봐라." 알트호퍼가 물었다. "네 손은 너의 조국에게 얼마나 가치가 있을까?"

어떻게 대답해야 할지 영 생각이 떠오르지 않는 요한에게 알트호퍼가 말했다. "국가의 안녕을 위해 네 손이

나 네 목숨을 바치길 기대하는 빌어먹을 국가가 도대체 아버지 노릇을 한 적이 있긴 하니?"

그때 격분한 요한은 소주잔을 다 비우지도 않은 채 자리에서 일어나 식당을 나가버렸다. 하지만 세월이 흐르며 요한은 생각이 깊어졌다. 다만 예전처럼 자기 의견을 숨김없이 밝히지는 않을 뿐이었다. 그런 행동을 하면 거듭 위험해지기 때문이다.

오늘 여관 주인은 집에 없었다. 요한은 알트호퍼의 아내 올가에게 편지를 건네며 그에게 안부 전해달라고 부탁했다. 올가는 웃음을 띤 채 요한을 바라보고는 고개를 끄덕였다.

요한은 지난밤의 기억이 떠올랐다. 간밤에 너무나 아름다운 꿈을 꾸었다. 이르멜라와 함께 잠을 자는 꿈이었다.

다리를 건너던 요한은 걸음을 멈추고 난간 건너편 물속을 들여다보았다. 파도처럼 출렁이는 수초 사이로 송어가 놀고 있었다. 송어는 이리저리 쏜살같이 질주했다! 송어 비늘이 햇살을 받아 반짝반짝 빛났다.

인간도 저런 삶을 살아야 한다고 요한은 생각했다. 욕망과 기분에 따라 수초 사이를 이리저리 질주하는 삶 말이다. 먹이를 향해 재빨리 달려들어 덥석 무는 것. 이것이 바로 삶을 누리기 위해 필요한 행동이다. 전쟁에는 이런 행동이 필요 없다. 욕망에 충실해라. 휴가를 즐겨라. 세상을 두루 돌아보기 위해 여행을 떠나라. 소녀와 사랑을 나눌 시간을 내라! 따뜻한 체온을 지닌 누군가가 곁에 있음을 느끼고 "네가 좋아, 이르멜라!"라고 속삭일 수 있었으니 이 얼마나 아름다웠던가!

요한은 이 주 동안 곁에 머물렀던 이르멜라가 그리웠다. 이르멜라와 신과 세상에 대해 열정적인 토론을 계속 이어나갈 수 있다면 얼마나 좋을까!

요한은 에리히 마이크스너에게 줄 우편물이 없었다. 그럼에도 그는 마이크스너의 집 쪽으로 갔다. 에리히는 장작을 패고 있었다.

"아, 하네스, 너로군." 에리히가 기쁘다는 듯 말하고는 도끼로 장작을 팼다. "뭐 새로운 건 없냐?"

"전사통지서 말고는 없어요." 요한이 대답했다. "하지만 형은 살아 있잖아요."

"날 좋아하는 여자가 하나도 없는데 살아 있는 게 무슨 소용이냐?" 에리히가 반문했다. "너는 손이 잘린 부분을 감출 수나 있지. 내 얼굴은 항상 남들이 볼 수밖에 없어. 치료를 받았다 해도 아주 비참한 몰골로 남았다고. 게다가 코는? 그냥 고깃덩어리야."

"전쟁에서는 오로지 살아남는 게 중요하잖아요." 요한이 대꾸했다. "전쟁이 끝나고 평화가 와서 얼굴을 수술 받으면, 젊은 여자들이 형에게 다가올 거예요. 그럼 세상을 다시 다채롭게 보게 될 거라고요!"

에리히는 자신의 이마를 가볍게 쳤다. "세상은 전혀 다채롭지 않아. 너만 그런 꿈을 꾸는 거지. 세상은 언제나 회색 톤이라고. 그리고 그 빌어먹을 평화는 언제 오는 건데?"

"머지않아 올 수도 있어요." 요한이 말했다.

"승리하지 못하고 평화가 오면 그게 무슨 소용이지?" 에리히가 부르짖었다. "전쟁에서 패하면, 독일 사람 전부가 지금과 똑같이 비참한 상황에 놓일 거라고!"

"모든 상황이 그대로 연장된다 해도, 독일 사람 전부가 죽지 않는 한 희망을 버리지 말아야죠." 요한은 무미건조한 어투로 말했다. "저는 이만 가봐야 해요. 내일 또 봐요."

마을 연못에서 김이 모락모락 났다. 오리들이 부리로 좀개구리밥을 잡아당기고 있었다.

요한은 흠뻑 젖은 마을을 여기저기 거닐었다. 오늘은 에르나 뤼케르트가 이 주 전부터 기다리던 남편의 편지를 받았다. 언젠가 그녀의 갓난아이가 요한의 제복 재킷에 오줌을 왕창 싼 적도 있었다. 에르나는 기뻐서 자제력을 잃고 말았다. 요한은 흐뭇한 마음으로 그 모습을 지켜보았다.

모렌에 있는 연못에서는 개구리가 꽥꽥 울어댔다. 마을의 모든 수양버들이 빛을 받아 반짝거렸고, 골풀에 앉은 잠자리가 가볍게 흔들렸다.

하지만 곧 키제베터 부인과 마주쳐야 했다. 그럼에도 요한은 미풍처럼 가볍게 스치는 봄의 정취에 빠져, 더이상 키제베터 부인을 암담한 심정으로 바라보지 않을 자신이 있었다.

요한은 노란 앵초꽃 향기로 가득한 산비탈 목초지를 가로질러 가다가 꽃을 따기 시작했다. 텔이 짖어댔다. 작은 문 앞에 서 있던 노부인 키제베터가 요한에게 다가왔다.

"요한, 오토가 보낸 편지는 없나요?"

요한은 자비를 베풀기로 마음먹었다. 그는 키제베터 부인에게 앵초꽃을 건넸다. "오토가 안부 전해달라며 이 꽃을 보냈어요. 곧 집으로 돌아올 거라는 말도 전해달라고 했어요."

　요한이 집으로 돌아와보니, 레크펠트 부부가 정원의 벤치에 앉아 오후의 햇살을 받고 있었다. 요한은 지난 며칠 동안 그들 부부가 이곳 벤치에 앉아 있는 광경을 자주 보았다. 현재 브뤼넬에 살고 있는 사람들 중에서 레크펠트 부부는 기이하도록 튀어 보였다. 그들은 편안하고 차분하다는 인상을 주었다. 마치 그들에겐 그 어떤 일도 일어나지 않을 거라고 확신하는 듯했다.

　도대체 레크펠트 부부는 어떤 이유로 그런 확신을 품게 됐을까?

　요한이 의아하게 여기는 건 '이것'뿐만이 아니었다. 그들은 마치 젊은이들처럼 키스했다. 요한과 이르멜라처럼 말이다. 또는 한나와 안톤처럼. 그들은 요즘 묘지에 있는 벤치에 함께 앉아 있는 경우가 잦았다. 안톤은 한나를 얼싸안았고, 한나는 안톤의 어깨에 머리를 기대고 있었다.

　그런데 레크펠트 부부의 나이는 칠십대에 가깝지 않은가!

　"오늘은 정말 멋진 날이네요." 요한은 이렇게 말하고는 숨을 깊이 들이쉬었다.

　레크펠트 노인이 고개를 끄덕였다. "예전에 우리집이

있던 터에는 지금 잡초가 무성할 거야. 꽃도 피었겠지. 자연은 항상 마지막 순간까지 본래 모습을 유지하니까."

두 노인은 서로를 바라보며 미소 지었다. "자연은 마치 이렇게 말하는 것 같아요." 잠시 후 요한이 덧붙였다. "너희는 가던 길을 계속 가려느냐? 하지만 내가 얼마나 아름다운지 보려무나!"

18장
1945년 4월

여전히 4월이었다. 그리고 여전히 전쟁중이었다. 아이
들이 목초지에서 황새냉이를 캤다. 산림감시원 관사와
브뤼넬 거리 사이에 있는 너도밤나무 숲에는 봄꽃이 가
득했다. 마을 정원에선 올해 처음 핀 앵초꽃이 빛을 발
했다.

기쁜 소식이 널리 퍼졌다. 그동안 행방불명된 걸로 알
려졌던 페터스키르헨의 여관 겸 음식점 '황금 백조'의 소
유주 쿠르트 피들러가 아직 살아 있다는 소식이었다! 더
욱이 그는 이미 집으로 돌아와 있었다! 아내 크리스타가
얼마나 기뻐할까!

그런데 기이한 건, 쿠르트가 자신의 모습을 드러내지

않고 있다는 점이었다. 크리스타 또한 사람들 앞에 나타나지 않았다. 그가 휴가를 받았다는 것 또한 기묘했다. 지난가을부터 휴가 금지령이 계속되고 있었기 때문이다. 쿠르트는 휴가증 없이 귀향한 걸까? 혹시 그는 혼란한 전선 어디엔가에 있는 것보다는, 차라리 고향에서 전쟁이 끝날 때까지 견디기를 희망하는 걸까?

헌병대가 쿠르트를 붙잡는다면, 그는 목숨을 건질 가망이 없을 것이다. 탈영병은 잡히는 즉시 처형됐으니까.

상황은 점점 긴장 국면으로 접어들었다. 단치히와 쾨니히스베르크는 투항했다. 빈도 이미 함락됐고 만하임, 비스바덴, 프랑크푸르트도 점령됐다. 루르 지방의 고립지대는 봉쇄됐다. 그리고 미군은 이미 엘베강에 도달했다.

하지만 루스벨트 대통령이 세상을 떠났다. 그 덕분에 숨 돌릴 틈이 생기게 될까? 언제까지 숨을 돌릴 수 있을까?

요한은 그런 꿈은 더이상 꾸지 않았다. 그런 꿈은 샤트나이에 사는 마리엘라와 브뤼넬의 바네르트 농장에 사는 카를이란 녀석에게 넘겨버렸다. 그들은 미국 대통령이 죽기를 희망하거나, 기적의 무기 또는 '늑대인간'• 결성에 매달렸다. 그러나 요한에겐 평화가 빨리 와서 이르멜라를 다시 만나는 것만 중요했다.

요한은 우편배달 업무를 위해 마을 전체를 한 바퀴 돌았다. 우편가방은 더이상 지난 1월만큼 무겁지 않았다. 독일은 나날이 오그라들었다.

지난밤에 땀에 흠뻑 젖어 깨어난 이유는 무엇이었을까? 요한은 지금도 여전히 그 순간의 공포와 전율을 느낄 수 있었다! 하지만 꿈이 구체적으로 무슨 내용이었는지는 떠오르지 않았다.

제복을 입은 나치스 지구 지도자가 집무실 문을 열고 나왔다. 그는 다소 신경질적으로 보였다.

"그래, 지역 분위기는 어떤가?" 그가 물었다.

요한은 만골트의 사무실로 온 편지 두 통을 책상에 놓았다.

"짐작하시는 그대로입니다." 요한이 대답했다.

나치스 지구 지도자는 몸을 돌려 우편배달부를 꽉 잡더니, 집무실 안으로 데리고 들어갔다. 그러고는 문을 잠갔다.

"하네스, 우리끼리 이야기인데." 그가 목소리를 억눌

러가며 말했다. "마을에서 내 평판은 어떤가? 사람들이 나에 대해 뭐라고 말하던가?"

"아무 말도 없습니다." 요한이 대답했다. "적어도 제가 알기로는 그렇습니다."

만골트는 승마 바지 호주머니에서 꽃무늬가 찍힌 새 손수건을 꺼내 이마에 송골송골 맺힌 땀을 닦았다.

"며칠 내로 전쟁이 끝나게 될 거야." 만골트가 중얼거렸다. "그럼 우리 같은 사람들은 어떻게 되는 거지?"

그는 말을 중단하더니 다시 문을 활짝 열고 요한을 밖으로 밀어냈다.

"하네스, 어디 가서 내 이야기를 할 기회가 생기면 잘 좀 말해주게. 알아들었지?" 그는 요한에게 속삭였다.

요한은 아무 말도 하지 않고 황급히 그 자리를 빠져나왔다.

요한은 회향, 화주火酒, 볶은 맥아 커피, 거름 냄새를 두루 맡으며 돌아다녔다. 시장에서 그는 '황금 백조'의 여주인이 이층 열린 창문에서 깃털 이불을 터는 모습을 보았다. 지난가을부터 그녀는 아주 많이 변했다. 눈물주머니가 불룩해졌고, 뺨은 부어올랐고, 목은 축 늘어지고 주름이 많아졌으며, 귀 옆머리는 희끗희끗했다. 그녀는 이제 나이가 들어 보였다.

여주인은 요한에게 가까이 오라고 손짓했다.

요한은 그녀가 나올 때까지 출입문 앞에서 기다렸다.

"하네스, 넌 쿠르트 소식을 알고 있지? 그렇지?" 그녀가 속삭였다. "그 사람은 지금 숨어 있어. 헌병대가 찾아오면 당연히 나는 아무것도 모른다고 할 거야. 너도 모른다고 할 거지?"

요한은 그러겠다는 뜻으로 고개를 끄덕였다.

"꼭 그렇게 해줘." 여주인이 속삭였다. "넌 정말 훌륭한 청년이구나……"

요한은 항상 검문에 대비해 제대증명서를 휴대하고 다녔다.

여관 '산의 정령'의 바에는 펠라가 사복을 입은 젊은 남자와 함께 앉아 있었다. 요한은 그 남자가 누군지 알아보지 못했다. 요한은 낯선 남자에게 고개를 끄덕여 인사했지만 아무 반응이 없었다.

펠라가 일어서더니 요한과 함께 주방으로 갔다. 그녀는 편지를 흘낏 본 뒤 소리쳤다. "이제 머지않아 아빠가 집으로 돌아오실 게 틀림없어. 곧 때가 오겠지. 자두 잼 바른 빵 먹을래?"

요한은 빙긋이 웃었다. 그는 펠라가 빵에 잼을 바르면서 아주 즐겁게 자두 향을 맡는 모습을 지켜보다가 물었다. "밖에 있는 남자는 누군가요?"

"그렇지 않아도 말하려고 했어." 펠라가 속삭였다. "대신 비밀로 해줘. 저 남자는 러시아 사람인데, 포로로 잡혀 있다가 도망쳤지 뭐야. 저 사람은 오로지 집에 돌아가려는 생각밖에 없어. 아마도 집에 여자친구가 있나봐. 정말 그런지 물어봤는데, 저 사람은 독일어를 거의 할 줄 몰라서……"

그래서 아까 인사를 해도 아무 반응을 보이지 않았군. 비밀이 드러날지도 모른다는 불안 때문에.

그 러시아인은 위험한 상황에 놓여 있었다.

펠라는 요한에게 자두 잼 바른 빵을 내민 뒤, 바를 지나 대기실로 요한을 데려갔다.

"펠라." 요한이 그녀에게 속삭였다. "저 사람이 헌병대에 체포되면 누나도 험한 일을 당하게 돼요. 저 사람에게 먹을 걸 챙겨주고 쫓아내세요. 오늘밤에 내보내는 게 좋겠어요."

"하지만 저 사람도 너나 나와 똑같은 사람이잖니." 펠라가 낮은 목소리로 대답했다.

그 순간 바의 문이 열렸다. 러시아인이 몸을 앞으로 내

밀고는 펠라에게 불안한 시선을 던졌다.

"그럼, 다음 편지가 오면 또 보자." 펠라는 이렇게 소리치고는 요한을 위해 출입문을 직접 열어주었다. 요한은 아무 말 없이 샤트나이로 향하는 길을 걷기 시작했다.

햇살이 스며든 봄의 정취 한가운데에 어둠이 나부끼는 듯한 느낌이 들었다. 불안과 희망이, 압박과 모험이 서로 뒤섞였다. 거짓말이 싹텄고, 복수하겠다는 욕망이 혀를 날름거렸으며, 은밀하게 숨겨졌던 것이 환한 곳으로 기어나왔다.

지난밤에 꾸었던 그 역겨운 악몽이다! 요한은 자기가 숨어 있던 곳이 파헤쳐져 바깥으로 끌려나오도록 내버려둘 수 없었다.

숲 가장자리에는 벽돌로 지은 화주 양조장이 있었다. 프랑스인들이 철수한 뒤, 지방 행정 당국은 그곳에 부랴부랴 피난민용 비상 숙소를 설치했다. 동프로이센, 포메른, 슐레지엔에서 온 아이들이 그 오래된 건물 주변을 떠들썩하게 뛰어다니며 공을 차고 놀았다. 아이들을 나무라는 여성의 목소리가 들렸다. 요한은 열려 있는 창문 안으로 편지 세 통을 전달했다. "하네스 안녕!"이라는 목소리는 들을 수 없었다.

숲 앞쪽 저편에서는 퀴트너라는 할머니 농부가 우크라이나 출신 하인, 폴란드 출신 하녀와 함께 일을 하고 있었다. 우크라이나 남자는 밭을 갈고 있었고, 여자들은 목초지에서 돌을 골라내고 있었다. 요한은 할머니가 소리지르는 걸 들었다. 단호한 목소리였다. 할머니는 절대 병든 적이 없었고, 항상 일을 하고 있었다. 이 할머니 농부는 아들 둘을 두었는데, 한 명은 현재 실종 상태였다.

우크라이나 출신 남자는 우편물을 받는 경우가 좀처럼 드물었다. 하지만 폴란드에서 온 금발의 마르타는 경우가 달랐다. 요한은 매주 우편가방에 그녀의 부모가 보낸 한 통의 편지를 챙겼다.

마르타는 열여섯 살 때 이곳에 왔다. 당시 그녀는 거의 어린아이나 다름없었다. 마르타는 무척 사랑받는 딸로, 그녀의 부모는 항상 마르타를 걱정하고 그리워했다. 마르타가 자발적으로 이곳에 있는 것은 아니었다. 농부 할머니는 마르타와 함께 일을 상당히 잘 해냈다. 두 사람의 모습을 보면, 그들이 서로 강하게 결속되어 있다는 인상을 받았다.

하지만 농부 할머니는 이고르라는 이름의 우크라이나 남자가 탐탁지 않았고, 그 이유를 요한에게 설명했다.

"쟤는 대학에서 공부한 애야! 나한테 괴테 작품 중에 어떤 걸 읽어봤냐고 묻더라고. 마치 우리가 여기 산 위에서 문학 수업을 받기라도 하는 것처럼 말이야. 그런데 대학까지 나온 저 녀석은 소를 전혀 이해 못해. 그래서 내가 설명하려고 애썼지. 우리는 괴테 없이도 살 수 있다, 하지만 소가 없으면 어떻게 되겠느냐. 내 말에 저 녀석은 어떤 대답도 못하더군."

몇 주 전부터 요한은 마르타와 이고르에게 온 편지를 더이상 우편가방에 챙기지 못했다. 폴란드와 우크라이나는 이제 전선 저 너머에 위치해 있었으니까.

으스스한 시기였다. 포로들은 직접적으로 맞이할 석방을 기대하며 즐거워했다. 반면 아직 자유로운 상태인 또다른 사람들은 보복, 구류, 처벌을 당할까봐 두려움에 빠졌다.

요한은 자신이 처한 상황을 곰곰이 생각했다. 잃어버린 손을 근거로 그에게 전쟁에 대한 책임을 지울 수 있을까?

볼펜탄의 산파가 낳은 사생아인 요한 포르트너는 도대체 누구인가? 그저 커다란 기계 장치 속의 작은 부품일 뿐이다!

이제 요한은 샤트나이로 향했다. 이 마을에 배달할 편지는 단 한 통뿐이었다. 히플리시하크에서 보낸 편지였다. 편지에는 마리엘라의 집 주소가 적혀 있었다. 언제나 그랬듯 그녀는 요한을 향해 달려왔다. 얼굴에 주근깨가 난 젊고 예쁜 마리엘라의 표정이 얼마나 환하던지!

하지만 편지를 받자 그녀의 얼굴에서 환한 기색이 사라졌다. 군사우편물이 아니었기 때문이다.

"남자친구 부모님이 보낸 편지네요." 당황한 마리엘라가 말했다. "그분들이 제게 편지를 썼다면……" 그녀는 요한에게 편지를 건넸다. "편지 좀 읽어주세요. 저는 도저히 못 읽겠어요. 너무 두려워요."

요한은 편지를 펼치고 재빨리 내용을 훑어보았다. 마리엘라의 시선이 그의 입술에 고정되어 있다는 느낌이 들었다. 그는 천천히 머리를 들었다. 그녀는 눈을 크게 뜨고 요한을 바라보았다.

그는 고개를 끄덕였다. "네 짐작이 맞구나."

"아니에요!" 마리엘라가 절규했다. "그게 아니죠? 하네스! 그럴 리가 없어요. '그이'가 죽었을 리 없다고요!" 마리엘라는 요한이 쥐고 있던 편지를 낚아채 찢어버리고는 허공에 던져버렸다. 종잇조각이 마구 소용돌이쳤다. 마리엘라는 울부짖으며 학교로 뛰어내려갔다.

요한은 머리를 흔들었다. 마리엘라는 그 젊은이를 끝까지 열렬히 사랑했구나! 요한은 마리엘라의 남자친구가 마지막으로 휴가를 받아 고향에 왔을 때 두어 번 본 적이 있었다. 상당히 멋진 젊은이로, 나이가 요한보다 더 많지는 않았을 것이다. 광신에 가까울 정도로 히틀러에 대한 믿음이 깊고, 제복에 강한 애착을 보이던 친구였다. 그리고 두 사람 모두 서로에 대한 사랑에 흠뻑 빠져 있었다.

요한은 외트를 향해 산길을 올라갔다. 그는 생각에 골똘히 잠겨 있었다.

그가 사는 마을에는 죽은 사람이 너무 많았다. 요한은 사망자 수를 합산해 비교하기 시작했다. 머릿속으로 상당히 정확하게 헤아릴 수 있었다. 9월까지만 해도 전쟁으로 인한 총 사망자 수가 마흔한 명, 실종자 수는 열 명이었다. 그후로 사망자 수는 일흔아홉 명, 실종자 수는 스물한 명으로 늘어났다.

그러니까 최근 아홉 달 동안 죽은 사람의 수가 전쟁이 터진 뒤 처음 오 년 동안의 사망자 수와 거의 같다는 뜻이었다.

갑자기 지난밤 꾸었던 악몽이 떠올랐다. 요한은 그 꿈

속 장면들을 다시 한번 선명하고 명료하게 보았다. 보다 정확히 말하면, 꿈속의 모든 장면은 남보라색을 띠고 있었다. 요한은 모렌을 떠나 산비탈을 거쳐 숲속으로 올라가고 있었다. 그러다가 산림감시원 관사 앞에서 익숙한 외침을 들었다. "요한, 요한!"

나이든 키제베터 부인이 문에서 나와 정원 입구를 향해 종종걸음으로 다가오는 모습이 보였다. 저 검고 큰 것은 무엇인가? 키제베터 부인은 무엇을 흔들고 있나? 요한의 우편가방은 비록 절반만 채워져 있기는 했지만, 그럼에도 노부인이 들고 흔들기에는 너무 무거웠다.

"요한, 요한, 우편가방을 가져가야지요!"

요한은 의아했다. 지금 자기가 가방을 들고 있지 않다는 생각이 전혀 들지 않았다. 키제베터 부인이 정원 입구 너머로 요한에게 가방을 건넸고, 항상 그랬듯 인정 많은 미소를 지어 보였다. 감동한 요한은 고맙다는 인사를 했다. 그런데 가방을 열어보니 안에는 편지가 한 통도 없었다. 카드도 없었다. 오로지 푸른색과 붉은색이 뒤섞인, 피가 다 빠져버린 살덩어리만 들어 있었다. 바로 요한의 왼손이었다.

19장
1945년 5월

5월 1일. 히틀러가 죽었다[*].

힐데의 얼굴은 근심으로 가득했다. "오늘 당장 러시아군이 올 거 같진 않아. 나는 독일군 소위에게 소식을 듣고 알았지. 히믈리시하크 우체국 사람들이 그 소위에게 우리에게 줄 우편행낭을 들고 가게 했거든. 빨라도 내일은 되어야 러시아군이 이곳에 오게 될 거고, 내 짐작엔 모레나 되어야 올 것 같아." 그리고 우체국 사람들은 새로운 소식을 알려줬다. "알베르트 만골트가 줄행랑쳤어! 사복으로 갈아입고 말이야. 오티와 함께 내뺐지. 공무

---

[*] 정확한 사망 날짜는 1945년 4월 30일이다.

용 자동차를 타고 달아났지 뭐야! 서쪽 방향으로 갔다는
군."

"저는 며칠 전부터 그렇게 되리라고 예상했어요." 요
한이 말했다. "이제 그는 보잘것없어지고 상황이 완전히
꼬였네요. 그는 승마바지를 입었을 때만 당당하게 설 수
있어요. 그 바지를 입으면 권력자로서의 기운을 강하게
받았죠." 요한은 벽에 걸린 히틀러 사진을 향해 신중하
게 시선을 던지고는 이렇게 덧붙였다. "그래도 기본적으
로는 마음씨가 좋은 사람이었어요. 만골트 말이에요. 물
론 이 상황에서 그게 중요한 건 아니지만요."

요한은 벽에 걸려 있던 히틀러 사진을 들어올렸다.

"그걸 가져다 뭘 하려는 거니, 하네스?" 힐데가 의심
스럽다는 듯 물었다.

힐데는 요한이 들고 있던 사진을 단호하게 함께 붙잡
았다. "원한다면 히틀러 사진을 찢어버리렴. 하지만 사
진틀은 그럴 수 없잖아. 틀에서 히틀러 냄새가 나는 건
아니니까. 후임자가 취임하자마자 그 사람 사진을 틀 안
에 넣어야 한다고."

힐데는 사진틀 뒷면을 이리저리 만지작거리더니, 사
진을 빼내어 요한에게 건넸다. 요한은 손이 잘린 부위를
들어올리다가 다시 내렸다. 치아를 이용하고서야 사진

을 어느 정도 찢어버리는 데 성공했다. 찢어진 부분이 둥글게 말렸다. 히틀러의 이마와 코가 찢겨져 나갔고, 찢긴 부분은 히틀러의 귀에서 끝났다.

"세상만사가 얼마나 빨리 변하는지." 힐데가 말했다. "이삼일 전만 해도 히틀러 사진을 찢으면 교수형을 당했을 텐데 말이야."

편지 일곱 통, 상품 견본 하나, 카드 두 통. 그것 말고는 더이상 없었다. 우편물 열 개를 배달하려고 20킬로미터 이상 되는 거리를 돌아야 할까? 이건 완전히 미친 짓이 아닐까?

하지만 요한은 우편배달부로서 해야 할 책무라고 여겼다. 그는 페터스키르헨 거리를 두루두루 걸었고, 폐쇄된 나치스 지구 지도자 사무실 문틈으로 편지 한 통을 밀어 넣었다.

공장에 들어선 요한은 새로 짠 관이 무더기로 쌓여 있는 곳 사이를 누비며 공장 주인인 가구공을 찾았다. 하지만 폴란드 출신의 조수 카렐만 만날 수 있었다. 카렐은 대패질을 하고 있었고, 그 바람에 대팻밥이 사방으로 날렸다. 땀에 흠뻑 젖은 그의 금발 고수머리에는 톱밥이 뒤덮여 있었다.

"페스트로 죽은 사람들 관을 짜는 건가요?" 요한이 물었다.

"원래 인간은 항상 관이 필요하지." 폴란드인은 이렇게 대답하더니 대패질을 멈췄다. "사람은 어떤 여권을 가졌든 상관없이 일단 죽으면 절대 이 바깥으로 못 나간다고."

요한은 공장 주인이 어디 있는지 물었다.

이때 문에서 삐걱거리는 소리가 나더니 나이든 가구 장인이 모습을 드러냈다. 자신에게 온 상품 견본 상자를 열더니 노인은 머리를 흔들었다. "니스 색 견본을 또 새로 보냈구먼! 요즘은 니스 색 견본 말고는 아무것도 중요하지 않은 것 같아!"

독일군 차량이 차례차례 열을 지어 페터스키르헨을 지나 시장을 천천히 가로지르다가, 방향을 틀어 베른스탈로 향하는 거리로 접어들었다. 마을 전체가 흔들렸다. 차량 행렬의 굉음은 마을에서 나는 다른 모든 소음을 압도했다. 거리에서는 더이상 사람의 모습을 볼 수 없었다.

요한은 여느 아침과 마찬가지로 샤트나이로 향하는 거리를 걷고 있었다.

가건물 앞에는 하켄크로이츠 기가 여전히 가벼운 미풍에 나부끼고 있었다. 이 하켄크로이츠 기는 매주 월요일 아침마다 사람들이 노래를 부르는 가운데 게양됐다.

오늘 요한은 아이들에게 줄 편지가 한 통도 없었다. 여교사 두 명에게 전할 우편물도 없었다. 루르 지방은 이미 전선 너머에 있어서 우편물을 주고받을 수 없었다. 우편물이 왜 안 오냐고 재촉하는 것은 의미가 없었다. 오로지 평화가 오기를 기다릴 뿐이었다.

우테 폰 콘라디가 공동 침실에 놓인 옷장 앞에 서서 아이들의 배낭을 꾸리고 있었다. 어두운 색깔의 옷을 입은 그녀는 평소보다 창백해 보였고, 코는 전보다 훨씬 뾰족한 듯한 인상을 주었다. 우테는 이틀 전부터 혼자 아이들을 돌보고 있었다. 다른 여교사는 자취를 감춰버렸다.

폰 콘라디 양은 요한의 뒤를 따라 달려온 아이 두어 명을 바깥으로 내보냈다.

"뭐하고 계세요?" 요한이 물었다. "앞으로 어떻게 하실 건가요? 모든 일을 혼자서 할 순 없잖아요."

"아이들과 함께 고향 도르트문트로 도보 여행을 떠날 거예요." 여교사가 말했다. "내일 출발할 생각이에요."

"하지만 이렇게나 많은 아이들과 오륙백 킬로미터나 되는 거리를 걸어가는 건 불가능해요! 게다가 애들도 어리잖아요." 요한은 소리쳤다. "여행중에 아이들에게 뭘 먹일 건가요?"

"여기 비축해놓은 게 몇 가지 있어요. 밀가루, 설탕, 귀리 낟알, 식용유, 거칠게 간 곡물이요. 이것들을 배낭에 나눠서 넣을 거예요. 그렇게 하면 아이들도 모두 메고 갈 수 있어요. 비축한 게 다 떨어지면 먹을 걸 구걸해야 겠죠."

"중간에 아이들이 아프거나 하면 어떻게 할 건가요?"

여교사는 창문을 가리켰다. 가건물 뒤편에 커다란 바퀴가 달린 손수레가 놓여 있는 게 눈에 들어왔다. 요한은 머리를 흔들었다.

요한은 서둘러 작별 인사를 했다. 우편배달 일을 마치자마자 힐데 베란과 상의하기로 마음먹었다. 힐데라면 누군가가 가건물로 가서 아이들에게 음식을 만들어줄 수 있도록 관심을 기울일 것이다. 그렇다. 힐데라면 아이들을 위해 감자와 우유를 마련해줄 수도 있으리라. 그렇게 되면 분명 나이 어린 여교사가 마음을 바꿀 것이고, 당분간 이곳에 머물겠다는 생각을 하게 될 것이다. 그런 다음 아이들과 함께 히플리시하크까지만 걸어 내려와 그곳에서 기차를 타고 고향으로 돌아갈 수 있을 것이다. 볼펜탄에서 루르 지방까지 걸어가는 건 완전히 미친 짓이니까.

요한은 외트에 사는 주민에게 전달할 편지 한 통만 가

지고 마을을 돌기는 했지만, 작은 보답도 없이 업무를 마친 것은 아니었다. 마을 끝에서 두번째 집에 사는 노부인이 요한에게 야생 딸기가 담긴 조그마한 병조림을 건넸다.

"러시아군에게 빼앗기느니 너에게 주는 게 훨씬 낫지." 노부인은 이렇게 덧붙였다.

노부인은 집 뒤에 여송연 상자를 파묻으려고 했다. 요한이 나타났을 때, 노부인은 다시 한번 상자를 열어보던 참이었다. 요한은 상자 안에 든 내용물을 향해 눈길을 던졌다. 결혼반지, 남성용 손목시계, 십자가 장신구가 달린 금목걸이, 은 티스푼, 석류석으로 장식된 브로치, 지폐 두어 장이었다.

"아들 녀석이 돌아올 때까지 숨겨둘 거야." 노부인이 말했다. "묻은 자리에 도마를 올려줘야지."

노부인은 요한이 비밀을 굳게 지킬 수 있으리라고 믿는 것 같았다.

베른그라벤으로 내려가는 산비탈에 있는 자작나무에는 이미 푸른 싹이 텄다. 그리고 사방에서 바스락거리는 소리가 들렸다. 돌 사이에서 햇볕을 쬐고 있던 뱀 여러 마리가 요한이 가까이 오자 몸을 숨겼다.

헬무트가 요한을 향해 다가왔다.

"또 내기 제안을 하고 싶어요." 헬무트가 속삭였다.

"무슨 내기인지 말해봐." 요한은 탐탁지 않다는 듯 말했다.

"우리는 여기서 떠나야 할 수밖에 없을 거예요." 헬무트가 소곤거렸다. "우리가 살던 집과 들판만 여기 남겨지게 될 거예요."

"여기가 고향이 아닌 사람들이 떠난다는 뜻이구나." 요한이 말했다. "전쟁이 끝나면 그 사람들은 당연히 고향으로 '가려고' 하겠지."

"우리도 여기를 떠난다는 뜻이에요!"

"허튼소리." 요한이 투덜거렸다.

"그렇게 되는지 아닌지 내기하실래요?" 헬무트가 음흉한 눈빛으로 물었다.

"그러니까 마을 전체가 텅 비게 된다는 말이지." 요한이 언짢은 기색으로 말했다.

헬무트는 고개를 끄덕였다. "그런 다음 텅 빈 마을에는 숲이 자라서 뻗어나가게 돼요."

"우리 일곱 마을이 모조리 텅 비게 된다고 생각하는 거니?"

"반드시 그렇게 된다고 생각하지는 않아요." 헬무트는 신중하게 대답했다. "하지만 감히 생각하지 못하던 일이 일어날 수도 있는 법이죠."

요한은 가던 길을 재촉했다. 두어 걸음을 뗀 뒤 그는 뒤를 돌아보았다. 두꺼운 안경을 쓴 채 요한의 등을 응시하던 헬무트가 목소리를 낮춰 말했다. "그리고 아저씨도 오래 살지는 못할 거예요."

그러나 요한은 헬무트가 한 말을 듣지 못했다.

모렌으로 들어가는 길목 바로 앞에서 요한은 로테 크레스와 마주쳤다. 그녀의 턱이 전보다 더 뾰족해졌다. 로테는 디키히트로 가려던 중이었다. 하니슈라는 여자 농부가 그녀에게 머리카락을 잘라달라는 전갈을 보냈기 때문이다. 하니슈는 디키히트에 사는 주민 중 성이 슈모크가 아닌 유일한 가족의 일원이었다. 로테의 곁에는 두 아이가 있었다. 아이들을 집에 놔두고 디키히트로 갈 수는 없다고 로테는 말했다.

"전쟁이 끝나면 뭘 할 거야?" 요한이 그녀에게 물었다. 요한은 여태껏 자신이 로테에게 말을 높였다는 사실을 까맣게 잊고 있었다.

"모르겠어." 그녀는 피곤하다는 듯한 어투로 말했다. "일단은 여기를 떠나야지."

모렌에 이르자 알트호퍼가 자신이 운영하는 여관 입구

앞에 서 있다가 요한에게 인사했다.

"요즘은 일이 많지는 않지?" 알트호퍼가 물었다. "들어오게. 같이 한 잔 마시자고. 아마도 당분간은 자네와 이렇게 마주치기 힘들 것 같아서 말이지. 계산은 당연히 내가 하겠네."

"마침 잘됐네요." 요한이 말했다. "여쭤볼 게 있던 참이었어요."

술집 안은 텅 비어 있었다. 오로지 올가만 바 뒤편에서 유리잔을 닦고 있었다.

"이리 와서 같이 앉자고, 올가." 여관 주인이 말했다. "설거지는 나중에 해도 되잖아."

그들은 서로 마주보고 앉아 유리잔을 들어올렸다.

"평화를 위하여."

건배사는 언제나 '평화를 위하여'로군. 요한은 건배를 하고 단숨에 술을 들이마셨다.

"이제 물어보게." 여관 주인이 말했다. "올가가 여기 있어도 성가시게 여기지 말게. 내가 들어도 괜찮은 이야기는 올가가 들어도 돼. 아내는 바깥으로 말을 옮기는 사람이 아니니까."

"정의라는 게 과연 존재합니까?" 요한이 물었다.

알트호퍼는 곰곰이 생각하다가 이렇게 말했다. "아직

정의란 것과 제대로 마주친 적이 없는데."

잠시 후 알트호퍼가 덧붙였다. "정의는 인간을 원하지. 하지만 정의는 인간이라는 존재 안에서는 형성되지 못해. 너무나 많은 것이 정의에 영향을 미치기 때문이지. 의도, 주위 환경, 기질, 상황…… 그 밖에도 무수한 요인이 영향을 주지."

"그 말씀은," 깜짝 놀란 요한이 이렇게 말했다. "신이 정의에 깃들어 있는 건 절대 아니라는 뜻인가요?"

"그건 또 의미가 다를 수 있지." 알트호퍼가 대꾸했다.

"신은 정의로운 일을 행할 '능력'이 없다는 건가요?" 요한이 단호하게 머리를 흔들었다. "그렇다면 신은 신이 아니죠. 왜냐하면 신은 '모든 것'을 행할 수 있으니까요!"

여관 주인 알트호퍼는 의자에 등을 기댔다. "이렇게 정의가 결핍된 상황으로부터 완전히 다른 결론을 끌어낼 수 있지."

요한은 곰곰이 생각했다. 그러다 갑자기 자리에서 벌떡 일어났다. "예를 들면 신은 존재하지 않는다는 결론인가요?"

알트호퍼는 오랫동안 침묵했다. 그리고 입을 열었다. "나는 우리가 무언가를 '믿어야' 한다고 확신하네. 우리를 사랑하는 무언가를 말이야. 그렇지 않으면 우리 인간은, 이 광활한 우주에서 티끌처럼 고독한 존재인 우리는 불안 때문에 미쳐버릴 수도 있으니까!"

"나는 믿어요." 올가가 미소를 지으며 말했다.

"정의는요?" 흥분한 요한이 물었다. "그럼 '정의'는 과연 어디에 있는 건가요?"

"정의는 존재하지 않아." 알트호퍼가 말했다. "다만 정의를 동경하고 갈망할 수 있을 뿐이지……"

요한은 알트호퍼를 응시했다. 생각을 하느라 뇌가 부지런히 활동하는 것이 느껴졌다.

"올가, 당신은 어떻게 생각해?" 여관 주인이 식탁 건너편에서 물었다.

"인간은 우연이 가지고 노는 노리갯감일 뿐이에요." 올가가 대답했다.

요한은 일어서서 작별 인사를 했다.

"전쟁이 끝나고 평화가 오면 의수를 달아야 하지 않겠니." 올가가 요한의 등에 대고 외쳤다. "매주 일요일에 하얀 장갑을 낄 수 있는 의수를 말이야!"

노부인 키제베터는 항상 그랬던 것처럼 요한을 기다리고 있었다.

"내일이면 그들이 브뤼넬로 들어올 거예요." 요한이 그녀에게 말했다. "러시아군이 올 거라고요. 그들이 어떤지는 모르지만……"

"하지만 요한," 노부인은 미소를 지었다. "내 나이가 되면 더이상 아무것도 두려울 게 없어요. 아니, 난 도망가겠다는 생각을 해본 적이 전혀 없어요. 이곳에 감시하는 사람이 한 명도 없다면, 그놈들은 지금 하고 있는 짓 그대로, 아주 오만방자하게 온갖 피해를 끼치겠지요. 나는 여기 머무를 거예요. 내 손자 오토가 귀향하면, 산림감시원 관사가 아주 좋은 상태로 유지된 걸 틀림없이 알아차릴 거예요."

요한이 집에 거의 다 도착했을 즈음, 갑자기 에르나 가블러가 요한의 귀갓길을 막았다.

"하네스." 에르나는 이렇게 말하며 요한의 어깨에 손을 얹었다. "나쁜 일이 일어났어. 레크펠크 부부가 돌아가셨어."

요한은 엄청나게 놀랐다. "레크펠트 부부가요?"

"레크펠트 부부는 오늘 정오에도 여느 때처럼 벤치에서 식사를 하셨어. 그러고선 총소리가 들렸어. 처음에는 레크펠트 씨가 아내를 쐈고, 그런 다음 자신에게 총을 쐈지. 우리가 부부의 시신을 거실에 나란히 안치시켰어."

요한은 할말을 잃고 말았다.

"바네르트 부인이 네가 먹을 저녁식사를 마련했어."
에르나가 말했다. "집에 가서 시신을 직접 보면 분명 속
이 메스꺼워질 테니까."

요한은 식사하고 싶은 마음이 생기지 않았다. 그리고
힐데 베란을 만나러 내려가봐야 한다는 게 생각났다.

"내일 만나면 안 돼?" 어리둥절해진 에르나가 물었다.

"루르 지방에서 온, 가건물에서 지내는 아이들 때문에
요." 요한이 지친 기색으로 말했다. "그 아이들에게 음식
을 만들어줄 사람이 더이상 없어요. 선생님 한 명은 달아
나버렸고요. 남아 있는 젊은 선생님은 아이들과 함께 고
립돼 있는 상황이에요."

"지금 가봤자 헛걸음칠 수 있어." 에르나가 말했다.
"방금 전에 그 선생님이 아이들과 함께 떠났거든. 그들
이 이곳 거리를 지나는 광경을 봤어. 그들에게 마실 우유
를 줬고. 하지만 모두 마실 수 있을 만큼 충분한 양은 아
니었지. 아이들이 아주 목말라하더라고. 그래서 물을 많
이 가져다줬어. 물을 가득 채운 양동이를 두 개나 줬다
고……"

집에는 시체 두 구가 안치되어 있었다. 요한에게 친절

을 베풀었던 사람들이었다. 요한은 이를 악물었다. 이제 레크펠트 부부의 침착했던 모습이 비로소 이해됐다. 그들은 오래전부터 신중하게 죽음을 계획했다. 그들 부부는 이러한 죽음의 계획에 익숙해져 있었고, 오늘 실행에 옮겼을 뿐이었다.

요한은 완전히 멍한 상태로 집안에 들어가서는, 메고 있던 우편가방을 바닥에 내려놓았다. 바로 그때 브뤼넬에 사는 바네르트 부인에게 전달할 편지 한 통이 가방 속에 남았다는 생각이 퍼뜩 떠올랐다.

편지 배달을 잊어버리다니! 우편배달부가 된 뒤 이런 일은 한 번도 없었다. 그냥 편지 배달을 잊은 것이다. 도저히 용서할 수 없는 행동이었다!

요한은 가방에서 편지를 꺼내 봉투에 시선을 던졌다. 신도시 시청에서 보낸 편지였다. 기묘했다. 바네르트 농장의 여자 농부가 신도시 시청에서 보낸 편지를 받다니. 어떤 신도시에서 보낸 건가? 독일에는 신도시가 열두 곳, 아니 그 이상 있을 것이다. 하지만 이날은 기묘한 일이 너무나 많이 일어난 날이었다. 이제 요한은 크든 작든 더이상 사건이 일어나지 않았으면 좋겠다는 심정이었다.

농장으로 건너간 요한은 외양간에서 바네르트 부인을 발견했다.

"카를에게서 온 편지니?" 그녀는 이렇게 물으며 자리에서 벌떡 일어났다.

"아니에요." 요한이 말했다. "신도시에서 온 편지예요." 그는 편지를 전달하고 농장을 떠났다. 사소한 잡담을 했는데도 머리가 뒤죽박죽이 됐다.

요한이 농장 입구에 달린 손잡이를 잡으려던 순간, 외양간에서 울부짖는 소리가 들렸다. "카를! 내 아들 카를!"

20장
1945년 5월

1945년 5월. 요한은 현재 상황에 대한 정보를 얻으려고 아침 일찍 국민수신기* 단추를 돌렸다. 하지만 외국어로 된 방송만 들렸다.

언제나 그랬던 것처럼 요한은 우편배달부 제복을 입고 우편가방을 멘 채 페터스키르헨을 향해 내려갔다. 제복은 잘 솔질했고, 모자에 붙은 먼지도 세심하게 털었다. 이때 모자 안쪽에 앉아 있던 잠자리 한 마리가 푸른빛이 희미하게 내비치는 날개를 부르르 떨며 날아갔다.

바네르트 농장 외양간을 지나가던 요한은, 외양간 안에서 카를의 어머니가 흐느껴 우는 소리를 들었다. 그는 외양간 안으로 들어갔다. 바네르트 부인은 착유용 의자에 앉아 젖소의 몸에 머리를 기대고 있었다.

"저 하네스예요." 요한은 바네르트 부인 곁에 쪼그려 앉으며 말했다. "무슨 일이 일어난 거죠."

바네르트 부인은 아무 말도 하지 못했다. 그녀는 앞치마 주머니에서 눈물에 젖은 구겨진 종이를 꺼냈다. 어떤 여성이 시장의 위임을 받아 쓴 편지였다. 편지에는 전선이 카를이 있던 지점까지 옮겨진 뒤, 거리에서 사망한 군인 열한 명이 발견됐다고 적혀 있었다. 사망자 대부분은 아직 어린아이 티를 벗지 못한 소년들이었다. 병사들의 시신은 시립 묘지에 매장했다고 한다. 사망자 중 한 명이 바로 카를 바네르트였다. 머리에 총상을 입었다고 했다. 의사의 소견에 의하면 이 소년은 틀림없이 즉사했다고 한다.

카를이 목숨을 잃은 지점은 그동안 미군의 통제 아래에 놓이게 됐고, 그래서 소년들의 부모에게 사망 사실을 통고할 주무 군 부서가 아예 존재하지 않았다고 편지에 쓰여 있었다. 그렇기 때문에 시의 임시 행정부가 부모에게 슬픈 소식을 전할 의무감을 느꼈다고 했다. 시 임시 행정부는 이 편지를 신뢰할 만한 남자에게 주어 보냈다고 했다. 자기 고향이 있는 곳으로 뚫고 들어갈 의지가 있는 남자였다. 신도시 시장은 전사자의 부모에게 조의를 표했다.

편지 서명란 아래에는 공지 사항이 적혀 있었다. 전사자 곁에서 발견된 유류품은 시청 내 시 행정실에 보관해두었으니, 가족이나 관계자가 수령해 갈 수 있다는 내용이었다.

"고통스럽게 죽지는 않은 것 같습니다." 요한은 어떻게든 무슨 말이라도 하지 않으면 안 됐다.

"그래도 카를은 이제 고향에 돌아오지 못해." 바네르트 부인이 흐느껴 울며 말했다.

요한이 우체국에 도착했을 때, 이미 예상했던 내용이 사실로 판명됐다. 즉, 오늘 아침에 히믈리시하크에서 운송된 우편물은 하나도 없었다.

"평화가 찾아왔군." 힐데가 말했다.

"어째서 그렇게 생각하시는 건가요?" 어리둥절해진 요한이 물었다.

"안톤 노이베르트에게 들었어. 그는 학교에서 영어를 배워 할 줄 아니까. 안톤은 눈이 먼 뒤부터 적군 방송을 몰래 들었다고 했어. 안톤이 아침에 오늘 자정부터 유럽의 모든 전선에 휴전 명령이 내려졌다는 방송을 들었대."

요한은 이르멜라 생각이 났다. 그들이 함께 평화를 축하했다면 얼마나 좋을까! 여전히 거실에는 레크펠트 부부의 시신이 안치되어 있음에도 불구하고 말이다. 게다가 바네르트 부부의 아들 카를이 목숨을 잃었음에도 불구하고 말이다! 그들이 함께 있었다면, 몸과 마음을 다하여 이 경이로운 봄날, 이보다 더 빛날 수 없는 봄날을 만끽했을 것이고, 평화를 한껏 누렸을 것이다! 이르멜라는 언제 돌아오게 될까?

우체국 직원 힐데와 우편배달부 요한은 사무실 내 모든 것을 질서정연하게 정리한 뒤 서로 얼싸안았다.

"조심해야 해, 하네스." 힐데가 떨리는 목소리로 말했다.

"머지않아 우린 이 사무실에서 다시 만나게 될 거라고 믿어요." 요한이 말했다. "이곳 페터스키르헨에 우리 둘만큼 우편 업무가 어떻게 돌아가는지 제대로 이해하는 사람은 없으니까요. 미래에도 우편 업무는 반드시 존재할 거니까요."

"네 말대로 됐으면 좋겠어."

그들은 우체국 창구 공간을 잠그지 않았다. 그래서 다음날 이러저러한 이유로 이 공간에 설치된 두 개의 문을 열려는 이들이 있다면, 문을 부수고 들어올 필요는 없었다.

힐데와 요한은 청명한 오전에 집으로 향했다. 힐데는 열쇠를 가지고 갔고, 요한은 우편가방을 메고 갔다. 그들은 가져가면 안 되는 것을 들고 나오지는 않았다.

요한은 집에 돌아오자마자 제복을 벗었다. 제복 소매와 모자챙에 하켄크로이츠와 어우러진 독일 독수리 휘장이 달려 있었다. 요한은 그것들을 조심스럽게 한데 모아 접은 뒤, 송진 얼룩으로부터 보호하기 위해 포장지에 쌌다. 그러고는 깨끗한 갈색 황마 자루에 넣고, 헛간에 높게 쌓인 장작더미 뒤편에 놓아둔 평평한 상자 속에 넣었다.

이제 그는 독수리 휘장으로부터 벗어났다.

우편가방도 종이에 싸서 침실 바닥의 느슨해진 널빤지 아래에 숨겼다.

이제 요한은 레크펠트 부부를 땅에 묻는 데 신경썼다. 그는 묘지에서 두 사람이 매장되기에 충분한 넓이의 구멍을 팔 의향이 있는 노인 두어 명을 찾아냈다. 그 대가로 적절한 수준의 품삯을 지급했다. 레크펠트 부부는 브뤼넬 주민이 아니라는 소리를 듣게 되어 돈을 지불해야 했다.

요한은 쇠벨 농장에서 빌린 손수레를 끌고 관 두 개를

가지러 페터스키르헨의 가구공을 방문했다. 나이든 가구 장인 한 명만 만날 수 있었다. 폴란드 출신 조수 카렐은 고향으로 돌아가버렸다. 요한은 레크펠트 부부가 사용하던 거실 탁자에 놓인 독일제국 마르크로 관값을 치렀다. 돈은 포장지에 싸여 있었고, 포장지에는 '관과 매장 비용에 쓰세요'라고 적혀 있었다.

페터스키르헨 주임 신부는 장례 미사 진행을 거절했다. 레크펠트 부부라고? 개신교 신자가 아닌가. 신부는 자신에게 부부의 장례를 주관할 권한이 없다고 생각했다.

요한이 관을 손수레에 싣고 브뤼넬을 향해 올라가기 시작하자 산에 석양이 내려앉았다. 석양은 산비탈을 가로질러 요한과 관이 실린 손수레에 긴 그림자를 드리웠고, 불그스름한 황색으로 물들였다.

갑자기 요한은 사방이 너무나 조용하다는 생각이 들었다. 요란한 엔진 소음, 도망가는 나치군이 내던 굉음은 이미 정오부터 들리지 않았다. 오로지 종달새 한 쌍만 떨리듯 지저귀고 있었다.

요한은 헛간에서 멈춰 섰다. 승리자에게 분노를 일으킬 수 있는 내용이 적힌 현수막 몇 개가 아직 거기 걸려 있었다. 요한은 현수막을 떼어내 구겨버린 뒤 도랑 안으로 차버렸다. 현수막이 도랑 속에서 썩어버리기를 바랐다.

관이 실린 손수레로 돌아온 요한은 샤트나이 방면에서 둔중한 진동 소리를 들었다. 진동 소리는 점점 커졌다.

러시아군이 오고 있었다.

불안이 심장을 마구 짓눌렀다. 요한은 두 다리가 풀려 주저앉았다. 결국 불안은 한기로 바뀌었고, 한기는 손과 손이 잘려나간 부위까지 퍼져나갔다. 왼손이 몹시 아파 오기 시작했다. 이젠 있지도 않은 왼손이.

러시아군이 처음 브뤼넬에 다다랐을 때는 이미 황혼이 사방을 지배하고 있었다. 이 작은 마을에서 하룻밤 묵을 곳을 찾는 러시아군은 그리 많지 않았다. 그들은 요한의 집에는 발을 들여놓지 않았다. 관이 실린 손수레가 아직 집 앞에 세워져 있었기 때문이다.

요한은 러시아군이 온 첫날밤까지는 제복을 간직했다. 제복을 침실 침대 안이 아니라 난로 곁 의자에 다시 놓아두었다. 어느 때든 난로 문을 열고 집어던질 준비가 되어 있었다. 방 창문은 활짝 열어두었다. 요한은 쇠벨 농장에서 나는 소음에 귀를 기울였다. 그곳에는 중장비 차량이 서 있었고, 승리를 축하하는 잔치가 벌어지고 있었다. 신께서 쇠벨 농장 사람들에게 자비를 베푸시기를. 그들은 이제 홀로 됐다. 우크라이나 출신 하인과 폴란드 출신 하녀는, 카렐은 물론 다른 강제노동자 대부분과 마찬가지로, 이미 아침에 떠나버렸기 때문이다.

거칠고 쉰 목소리로 노래 부르고 웃고 꽥꽥 고함치는 소리가 들렸다. 요한은 알고 있었다. 전쟁이 일어난 첫해에 독일 병사들도 그렇게 승리의 축제를 벌였다는 것을. 이제는 다른 나라 병사들이 축제를 즐기고 있었다.

가끔씩 쇠벨 농장에서의 떠들썩한 소음이 잦아들면, 브뤼넬 쪽에서 나는 나지막한 소음을 들을 수 있었다. 개가 낑낑거리는 소리, 젖먹이가 우는 소리. 한번은 어떤 여자가 필사적으로 울부짖는 소리를 듣기도 했다.

5월 10일 아침에 러시아군은 쇠벨 농장과 몇몇 다른 집에서 철수했다. 쇠벨 농장 여성들과 그들의 조카딸들은 러시아군 스물다섯 명에게 줄 음식을 끓이고 굽느라 완전히 지쳐버렸다. 달걀, 키우던 닭의 절반, 유지乳脂, 비축해놓았던 베이컨, 훈제 고기를 전부 빼앗겨버렸다. 그리고 다음날 아침이 되자 이 불청객들은 염소 한 마리를 산 채로 끌고 가버렸다. 이런 괘씸한!

레크펠트 부부는 오후에 매장됐다. 요한은 노인 두 명과 열네 살짜리 소년의 도움을 받아, 손수레에 관을 싣고 마을 위쪽에 있는 묘지까지 끌고 갔다. 그러고는 파놓은 구덩이에 관을 안치했다. 관 두 개를 나란히 안치하기에는 구덩이의 폭이 좁았다. 그래서 레크펠트 씨의 관을 먼저 안치하고 그 위에 부인의 관을 놓아야 했다.

묘지에서는 베른스탈 쪽 거리까지 잘 내다볼 수 있었다. 거리에는 러시아 군용차량이 둔중한 굉음을 내며 서쪽으로 이동하고 있었다. 요한을 도운 두 노인과 소년은 걱정스러운 기색으로 브뤼넬로 향하는 갈림길을 관찰했다. 그들의 머릿속에는 오직 한 가지 생각만 들어차 있었다. 가능한 한 빨리 마을로 되돌아가겠다는 생각이었다.

장례식에는 두 노인과 소년, 요한 외에도 한나와 안톤이 참석했다. 그리고 지난밤에 나쁜 일을 겪어야 했던 에르나 가블러도 장례식에 왔다. 그녀는 더이상 손목시계를 차고 있지 않았고 두 눈 아래는 멍이 들었고 아랫입술에는 딱지가 잔뜩 나 있었다.

요한은 아직 흙을 덮지 않은 무덤 앞에서 몇 마디 추도사를 했다. 뒤스부르크에서 온 레크펠트 부부는 친절하고 원만했으며 다른 사람을 돕기 좋아하고 사이좋게 지냈던 사람들이라고 말했다. 그리고 그들 부부가 택한 자살을 존중하고, 그들에 대해 좋은 기억을 간직하게 됐다고 말했다. 요한은 장례식에 참석한 사람들도 레크펠트 부부에 대해 좋은 기억을 간직해달라고 부탁했다.

이르멜라를 만나지 않았다면, 요한은 이 짧은 추도사를 할 엄두를 내지 못했을 것이다.

집으로 돌아온 요한은 그사이에 노처녀 세 명이 이제는 비게 된 공간을 정리하고 있다는 걸 알아차렸다. 그들은 레크펠트 부부가 뒤스부르크에서 가지고 온 트렁크 두 개에 고인들이 쓰던 물품을 꽉 채워서 현관에 놓았다. 그들은 요한에게 묻지도 않고 이런 일을 했고, 죽은 이를 존중하지도 않았으며, 레크펠트 부부가 살던 주거 공간을 차지할 탐욕에만 사로잡혀 있었다. 너무나 비열했다!

하지만 요한이 방으로 건너가 나이든 숙녀 세 사람을 여태까지 쓰던 공간으로 다시 쫓아버리려던 바로 그 순간, 러시아군이 왔다. 러시아군 무리가 갑자기 집으로 들이닥쳤다. 러시아 병사 하나가 요한을 향해 돌진하더니 그의 왼쪽 손목을 가리켰다. 요한은 손이 잘린 부위를 그 군인에게 내밀었고, 이윽고 손목시계를 찬 오른쪽 손목도 내밀었다. 손목시계를 원한다면 직접 가져가라는 뜻이었다!

그런데 기이한 일이 일어났다. 러시아 병사는 손목이 잘린 부위를 보더니 뒤돌아서서 다른 동료 병사들이 열중하고 있는 노처녀들이 있는 곳으로 서둘러 갔다.

러시아 녀석들이 철수한 뒤 레크펠트 부부가 쓰던 거실에서는 탄식과 비탄의 소리가 울려퍼졌다. 러시아군은 노처녀들에게서 시계를 모조리 강탈해 갔고, 부모로부터 물려받은 유품, 그중에서도 특히 부친이 남긴 금 회중시계를 빼앗아 갔다. 그들은 커다란 슬픔에 빠졌다.

요한은 아무 말 없이 숙녀들에게 레크펠트 부부가 살던 곳을 넘겨주었다. 이 까다롭고 나이만 든 소녀들은 무자비하고도 냉혹한 시기를 감당할 능력이 없었다. 그러니 눈감아줄 수밖에 없었다.

요한은 차고 있던 시계를 치아를 이용해 손목에서 끄른 다음 붙박이장 위에 놓아두었다. 그의 어머니는 요한이 어린 시절에는 못 보던 것을, 결코 닿을 수 없던 것을 전부 장 위에 숨겨놓곤 하셨다.

또다른 러시아군 무리가 요한의 집에 들이닥쳤다. 그들은 이제 더이상 빼앗아 갈 시계를 발견하지 못했고, 대신 레크펠트 부부가 남겨놓은 무거운 트렁크 두 개를 가져가버렸다. 그다음으로 들이닥친 키르기즈족 군인 하나가 노처녀 한 명의 목에 걸린 금목걸이를 낚아채어 갔다.

마을 사람들은 러시아 '지휘관'이 만골트의 사무실에서 숙영했다는 소식을, 나이든 페터스키르헨 시장이 파면되고, 여관 '산의 정령'의 주인이자 펠라의 아버지인 밀도살업자가 새로운 시장이 됐다는 소식을 알게 됐다.

그리고 낙농업 일은 중단됐다.

우편 업무도 마찬가지였다.

요한은 이미 알고 있던 사실이었다.

얼마 지나지 않아 러시아군은 더이상 마을로 들어오지 않았다. 마을 사람들은 안도의 숨을 내쉬었다. 브뤼넬에 사는 엄마들은 자식이 집밖으로 나가는 걸 다시 허락했다. 요한은 예전에 레크펠트 부부가 앉았던 벤치에 앉아 이르멜라를 생각했다.

이르멜라가 무슨 좋지 않은 일을 당한 건 아닐까? 그녀는 아직 살아 있을까?

21장
1945년 5월

　새로 취임한 시장의 지시로 페터스키르헨 주민과 브뤼넬 주민은 거리의 도랑에 즐비한 전쟁 폐기물을 청소해야 했다. 요한도 청소 작업에 참가했다. 오른팔과 오른손은 멀쩡했기 때문에 얼마든지 쓰레기를 잡아끌고 들어올리고 운반할 수 있었다. 게다가 요한은 청소 작업을 하며 원래부터 잘 알던 사람들과 대화를 나눌 기회를 얻었다. 그래서 마을을 돌며 우편배달 업무를 하던 시절과 거의 다를 게 없었다.

　다음으로 시장은 모든 소개자疏開者, 폭격 피해자, 피난민에게 사십팔 시간 내에 이곳을 떠나라고 명령했다. 그들은 짧은 시간 내에 가져갈 수 있는 최대한의 수하물을 짊어지고 떠나야 했다. 이곳에 머무는 사람들은 떠나야 하는 사람들을 위해 휴대할 식량을 꾸려주고 마지막 식사를 마련했다. 덕분에 그들은 귀향길에 오른 처음 몇 시간 동안은 굶주릴 염려를 하지 않아도 되었으며, 좋은 추억을 품고 떠날 수 있었다.

마을을 떠나야 하는 사람들은 페터스키르헨에 집합했다. 그들은 그곳에서 마차를 타고 히믈리시하크에 있는 기차 정거장까지 내려갔다.

요한의 집에 머물던 노처녀 세 명도 페터스키르헨으로 떠나야 했다. 그들은 몹시 당황했다. 요한은 되도록 선의를 발휘해 그들을 도왔고 페터스키르헨까지 동행해주었다.

힐데가 요한에게 손짓했다. 요한과 마찬가지로 그녀도 루르 지방 사람들을 집합 장소까지 데려다주었다.

예전에 나치스 지구 지도자의 집무실이었던 곳으로 들어가는 문 위에 망치와 낫이 그려진 붉은 기가 나부꼈다. 그 광경은 마을 사람들 모두에게 낯설게 다가왔다.

하지만 요한은 얼마 지나지 않아 이 새로운 상황에 익숙해졌다. 깃발이 올라가고, 깃발이 내려가는 상황 말이다. 요한은 지난 몇 달 동안 알고 지냈던 많은 이들과 작별 인사를 할 기회를 맞았다. 그랬다. 그들 모두 시장 광장에 서 있었다. 독어독문학 교수가 부인, 손녀와 함께 서 있었고, 겔젠키르헨에서 온 여성 공산당원은 물론 로테 크레스도 자녀들과 함께 있었다.

아이들은 요한에게 손을 흔들었다. "하네스, 하네스!"

요한은 여기저기 돌아다니며 악수했다.

"가는 중에 절대 포기하지 마라." 요한은 거듭 말했다. "너희들은 이미 이곳으로 오는 경험을 해봤잖니. 이제는 집으로 돌아가는 거야. 그리고 지금보다 나은 시절이 오면, 내게 꼭 편지를 보내다오."

또한 디키히트에서 온 자동차도 거기 있었다. 자동차에는 여관 '세 개의 샘으로'의 주인이 타고 있었다. 그녀가 누군지 알아본 요한은 인파를 헤치고 다가가 가족의 안부를 물었다. 그렇다. 쌍둥이는 잘 지냈고 딸도 마찬가지였다. 러시아군이 들어온 처음 며칠 동안 대체로 무사히 견뎌냈다고 했다. 하지만 콘라트의 어머니가 나흘 전에 돌아가셔서 그저께 장례를 치렀다고 했다. 콘라트의 어머니는 죽음을 맞이하기 직전까지도 줄곧 콘라트 이야기를 했다고 한다.

평화가 왔다. 패전을 당하고 나서 맞이한 평화였다. 하지만 언뜻 보기에는 상황이 그리 나빠지지 않았다. '황금 백조'를 운영하는 사람들은 여관을 다시 열었고, 여관 '산의 정령'은 공짜 맥주 축제를 개최했다. 페터스키르헨의 제빵업자는 다시 빵을 굽기 시작했다.

평화가 찾아온 뒤 폭풍우처럼 몰아쳤던 첫번째 주가 지나갔다. 이제 모든 것이 진정되고 정상 상태로 회복된 듯 보였다. 적어도 여기 일곱 마을에서는.

물론 공허감에 익숙해지기 위한 노력이 필요하기는 했지만 말이다.

요한은 레크펠트 부부가 목숨을 끊은 벤치에 묻은 핏자국을 박박 닦아 없애버렸다. 그럼에도 불구하고 아무도 그곳에 앉아 쉬려고 하지 않았다. 그래서 대개는 요한 혼자만 그 벤치에 앉았다. 벤치에 앉아 집 정원을 관찰하며, 그동안 레크펠트 부인이 정원을 얼마나 깨끗하게 잘 가꿨는지 감탄했다. 지금 정원에는 잡초가 무성했다. 잡초는 시간이 지날수록 마치 브뤼넬의 새끼 염소처럼 무게와 크기가 증가하고 있었다. 요한은 날마다 우편배달 여정을 생각하며 하루를 보냈다.

그랬다. 요한은 곰곰이 생각에 잠길 시간이 많았다. 한

나와 눈이 먼 안톤, 그들은 헤어지지 않고 잘 지낼 수 있을까? 귀족 출신 여교사는 두 학급 아이들을 데리고 루르 지방으로 긴 여정을 떠났다. 그들은 굶주림, 다 헤진 신발, 온갖 질병에도 불구하고 고향으로 돌아가는 데 성공할까? 지도는 가지고 갔을까? 물레방앗간을 운영하는 젊은 과부 마리안네는 머지않아 파리에서 온 편지를 다시 받게 될까? 외트 출신인 지기스문트 크뇔, 그는 이제 다하우 강제수용소에서 풀려나 고향으로 돌아왔을까? 그리고 키제베터 부인은 아직도 산림감시원 관사에 살고 계실까? 요한이 더이상 관사 앞을 지나가지 못하게 된 이후, 키제베터 부인은 여전히 나이든 개 텔이 짖을 때마다 요한을 만나 "요한, 요한!" 하고 외치리라 기대하며 정원으로 통하는 문 앞까지 종종걸음으로 가실까?

요한은 하늘을 날아다니는 잠자리를 볼 때마다 이르멜라가 떠올랐다. 바깥쪽으로 약간 휜 긴 다리, 검은 머리카락, 신뢰감을 불러일으키는 얼굴, 튼튼한 어깨와 두 손.

이르멜라는 약속을 지켜 이곳으로 돌아올까? 요한은 낡은 학생용 지도를 펼쳐 파펜부르크에서 브뤼넬로 가는 여정을 꼼꼼히 들여다보았다.

햇볕이 요한의 머리와 어깨에 강렬하게 내리쬐고 있었다. 5월 중순인데도 이렇게나 따뜻하다니! 요한은 일

어나 집으로 들어갔다. 이제 집은 예전보다 훨씬 커 보였
다. 너무나 텅 비어 보이기도 했다! 발걸음 소리가 집안
에 울려퍼졌다. 요한은 재빨리 다시 밖으로 나가 집 앞에
앉았다. 간절히 기다리는 마음으로.

성령강림 대축일 축제가 가까워졌다. 5월 18일, 요한
은 페터스키르헨 청과물 시장에서 은밀하게 힐데를 기다
렸다. 청과물 시장은 전쟁이 끝난 뒤 매주 금요일마다 다
시 서게 됐다. 힐데가 항상 이른 아침에 시장을 방문한
다는 걸 요한은 알고 있었다. 그는 힐데에게 우편 업무가
언제 다시 제대로 돌아갈지 아냐고 물었다.

지금까지 힐데는 새로 설립된 우편국으로부터 편지나
전화를 받지 못했다. 하지만 그녀는 느긋한 태도로 어깨
를 으쓱거리며 말했다. "너는 너무 조급한 것 같아. 전쟁
이 끝나고 열흘밖에 안 지났잖아. 우편국에서 더이상 우
리를 필요로 하지 않을지도 모르지만……"

그런데 요한은 자신이 필요 없는 처지가 되리라고는
상상조차 할 수 없었다. 그는 마을로 내려올 때보다 훨씬
조급해진 심정으로 집에 돌아갔다.

기다리자. 기다려야 한다.

요한은 다시 벤치에 앉아 마을을 돌아다니는 공상에 잠겼다. 오솔길 아래로 내려가 숲을 통과한 다음 우체국으로 돌아오는 공상이었다. 라일락 향기가 다른 모든 냄새를 덮어버린 페터스키르헨의 이곳저곳을 걷는다. 새로 조성해놓은 마가목 가로수길을 올라가 텅 빈 가건물을 지나고, 여관 '산의 정령'을 지나고, 벽돌로 지은 화주 양조장을 지난다. 양조장 앞에서는 아이들이 축구 놀이를 하고 있다.

그렇게 걷다보니 샤트나이 마을에 다다른다. 벚꽃이 바람에 흩날린다! 묘지 담장 너머를 향해 재빨리 손인사를 보낸다! 아만다 할머니가 몸을 똑바로 일으키며 인사에 응답한다.

그림자가 드리워진 물레방앗간으로 내려간다. 그런 다음 숲 가장자리로 되돌아간다. 이곳에서 걸음을 멈추고, 시야가 확 트이는 날에는 항상 그랬듯이, 낮은 지대까지 구불구불 펼쳐진 산맥을 감상한다.

계속해서 외트로 향한다. 그곳에는 아이들과 돼지가 함께 뒹굴며 놀고 있다. 그곳에서 급경사면을 타고 내려간다. 경사면 아래 돌더미에 숨어 있던 살무사가 쉬쉬 소리를 낸다.

좁고 우중충한 베른그라벤을 지나 뢰네 다리를 건너

정오를 알리는 종소리가 울릴 때 디키히트로 올라간다. 이곳은 아이들이 인사하며 내지르는 함성으로 가득하다. 팔을 허공에 휘두르는 빌리가, 안경을 쓴 채 멍하니 시선을 고정시키는 헬무트가 그를 맞이한다.

무럭무럭 자란 슈모크네 쌍둥이 중 한 아이는 벌써 웃을 줄 안다. 다른 쌍둥이는 일단은 얼굴을 찡그리기만 한다.

좁은 자갈길을 지나 모렌으로 향한다. '세 개의 샘으로' 여관에서 키우는 세인트버나드가 고기를 한 조각 문 채 달려나온다. 그다음에는 멀리 떨어져 있는, 습기로 가득한 분지로 간다. 개구리가 꽥꽥 울고, 골풀과 노란 꽃을 피우는 식물들이 가득하고, 잠자리떼가 여기저기 날아다니는 곳으로!

덩어리로 뭉쳐진 개구리알 속에는 이미 올챙이가 버둥거리고 있다. 그리고 라우리츠 시냇가에선 아이들이 무릎까지 담근 채 두 손으로 가재를 잡고 있다. 아이들의 폭발할 듯한 웃음소리, 흥분해서 지르는 고함소리가 골짜기를 가득 메운다.

산비탈을 올라가 폭포를 지난다. 계속 올라가 보호림, 나무딸기 덤불이 우거진 울타리, 노란색 민들레꽃이 여전히 빛을 발하는 목초지를 지난다. 이 목초지에서 요한은 이르멜라와 사랑을 나누었다.

텔이 짖어대며 이쪽으로 달려온다. 키제베터 부인의 목소리가 울려퍼진다. "요한, 요한! 오토가 보낸 편지가 왔나요?"

계속해서 눈부신 초록빛으로 가득한 활엽수림을 통과해 지방도로를 건너 브뤼넬 쪽으로 내려간다. 염소가 울어대는 곳으로, 집으로 향한다.

기다려보자.

성령강림 대축일 축제 전날 토요일, 브뤼넬 주민은 숲속으로 들어가 어린 자작나무를 베어와 마을 이곳저곳을 장식했다. 해마다 그랬던 것처럼. 어린 자작나무의 연녹색 잎은 봄의 정수를 머금고 있었다. 요한도 자작나무한 그루를 짊어지고 집으로 왔다. 그는 베른스탈에서 아래 방향으로 나 있는 거리를 샅샅이 훑어보았다. 이르멜라는 이곳으로 올 게 분명했다. '만약에' 그녀가 왔다면 말이다.

22장
1945년 5월

토요일에서 성령강림 대축일인 일요일로 넘어가는 밤
에 요한은 거의 잠을 이루지 못했다. 그는 걱정에 휩싸였
다. 이르멜라의 부모가 볼펜탄으로 돌아가지 말라고 간
곡하게 붙들면 어떻게 하지? 우편 업무가 중단된 탓에
이르멜라는 이곳으로 소식을 전하지도 못했다. 그러다
갑자기 요한은 또렷이 깨닫게 됐다. 우편 업무가 중단됐
으니 지금 자신은 자유롭다는 사실을. 직접 파펜부르크
로 달려가 이르멜라를 데려오면 된다. 바로 화요일에 출
발하면 된다!

이 대담한 생각에 고무된 요한은 아침이 되자 레크펠
트 부부가 쓰던 거실과 침실에 비치된 가구를 안마당으

로 옮겨놓은 뒤 빈 공간을 박박 문지르고, 천장 들보 사이에 있는 거미줄을 제거하고 창문을 닦기 시작했다.

"정신 나간 것처럼 보여, 하네스." 요한의 집을 지나던 에르나 가블러가 말했다. "하필이면 성령강림 대축일에 이런 짓을 저지를 생각을 하다니! 다음주부터 하면 시간이 빠듯하기라도 하니?"

"네, 그럴 여유가 없어요." 요한이 대답했다. 하지만 무슨 의도로 이런 짓을 하는지는 밝히지 않았다.

성령강림 대축일에 요한은 자기가 쓰는 거실과 침실을 말끔히 청소했다. 마룻바닥을 문지르기 전에 바닥 밑에 넣어두었던 우편가방을 꺼냈고, 마루의 수분이 마른 뒤에 가방을 다시 바닥 밑으로 밀어넣었다.

늦은 오후가 되어서야 청소를 마쳤다. 내친김에 커튼도 빨았다. 커튼은 아주 빨리 말라서, 이날 저녁에 다림질을 해 다시 달 수 있었다.

요한은 피곤하지만 만족스러운 심정으로—해가 지기 직전에—벤치에 앉아 있었다. 그는 성령강림 대축일 당일 밤과 다음날인 월요일 밤에 숙면했고 악몽에 시달리지 않았다. 그래서 무척 힘들게 일했음에도 불구하고 눈이 저절로 감기는 일은 일어나지 않았다. 오히려 정반대

였다. 정신이 또렷했고 다음날 이르멜라를 찾아 길을 떠
날 생각을 하니 기뻤다. 운이 좋으면 어느 정도 떨어진
곳까지 데려다줄 자동차도 얻어 탈 수 있으리라. 이런 상
황까지 셈에 넣으면 가는 데 열흘, 돌아오는 데 열흘이
걸릴 것이고, 파펜부르크에서 이틀쯤 머무르리라. 그 정
도 일정이면 충분했다. 요한은 다리가 튼튼한데다 젊고
체력도 좋았다. 하루에 25킬로미터는 충분히 걸어갈 수
있다고 확신했다.

온화한 저녁이었다. 해가 산간 지역을 황금빛으로 드
넓게 물들였다. 모기가 즐겁다는 듯 여기저기 날아다녔
다. 요한은 해가 질 때까지 벤치에 그대로 앉아 있었다.
페터스키르헨이 황혼 속으로 사라져가는 동안, 이 지역
에서 가장 높은 원추 모양 산꼭대기에는 여전히 저녁놀
이 드리워져 빨갛게 빛났다.

화요일이 왔다. 요한은 아주 이른 시각에 집을 떠났다.
우편배달부 제복 대신 낡은 재킷과 작업복 바지를 입었
다. 재킷과 바지는 워낙 오래되어 원래 색깔을 거의 알아
볼 수 없었다. 더욱이 입은 셔츠도 무척 볼품없었다.

요한은 떠나기 전날 밤에 배낭을 꾸렸다. 갈아입을 속
옷과 바꿔 신을 구두 한 켤레, 세면도구와 면도도구, 손

수건 몇 개를 배낭에 넣었다. 그는 근무중이 아닐 때는 모자를 쓰지 않는 걸 더 좋아했다. 바람이 머리카락을 관통하는 느낌을 아주 좋아했다. 오로지 격식을 차려야 할 일이 있을 때, 또는 축축하거나 아주 추운 날씨일 경우에만 모자를 썼다.

요한은 셔츠와 재킷의 왼쪽 소매를 위로 바짝 접어 올려서, 손이 잘린 부위가 분명하게 드러나도록 했다. 그렇게 하면 여행중에 겪을 수도 있는 수많은 봉변을 모면할 수 있을 것이다.

지갑에 약간의 돈, 커다란 지도, 손전등을 집어넣었다. 이르멜라를 찾아가는 대장정에는 대체로 이 세 가지면 충분했다. 다름 아닌 이르멜라가 알려준 것들이었다. 요한은 제대증명서를 계속 휴대해야 할지 깊은 고민에 빠졌다. 하지만 여행중에 어떤 이유로 증명서를 빼앗기는 일이라도 당한다면, 더이상 신분을 증명할 서류를 소유할 수 없게 된다.

집 문을 단단히 잠근 요한은 문 위에 걸어놓은 편자를 올려다보았다. 오늘은 물론 앞으로 며칠 동안 행운이 절실했다. 문턱 아래에 난 틈에 열쇠 꾸러미를 밀어넣었다. 이렇게 열쇠를 숨겨놓자니 우편배달부로 일하던 익숙한 시절로 돌아가는 듯했지만, 허리 부위에 우편가방의 감촉을 느낄 수 없어 묘한 기분이 들었다. 더욱이 이번에는 자갈길 아래 방향으로 발걸음을 옮겨 페터스키르헨으로 향하지 않고, 자갈길을 올라가 마을 위쪽에 있는 지방 도로로 건너갔다.

맑지만 바람이 부는 아침이었다. 여기저기 흩어진 구름 조각이 해를 감춰버렸다. 요한은 도로를 따라 발걸음을 옮기다가, 왼편으로 방향을 틀어 산림감시원 관사로 향하는 길로 접어들었다. 빠른 속도로 성큼성큼 걸었다. 숲속으로 들어서자 어린 나뭇잎 향기와 여러 마리의 새가 동시에 지저귀는 소리가 그를 휘감았다. 위를 쳐다보니 나무 꼭대기 너머로 푸른 하늘이 빛나고 있었다.

지금 걷는 길은 요한이 우편배달을 하던 시절 일반적으로 가던 경로였다. 하지만 이제는 예전과는 반대 방향으로 가고 있었다. 지금은 산림감시원 관사를 지나 모렌으로 내려간 다음, 디키히트로 가 마지막 의무를 다해야 했다. 요한은 기젤라 슈모크에게 줘야 할 검은색 편지를 오랫동안 숨겨놓았지만, 이제는 더이상 미룰 수 없었다. 콘라트의 어머니가 세상을 떠났고 쌍둥이는 무럭무럭 자라고 있었다. 이렇게 오랫동안 슬픈 진실을 알려주지 않을 이유가 더이상 없었다. 그런 다음 여기로 다시 돌아와, 베른스탈을 지나 서쪽으로 향하는 도로를 계속 걸을 것이다. 그러다보면 자동차나 버스가 도로를 지날지도 모른다. 운이 좋아 화물차를 만나 탑승하면 꽤 먼 거리를 갈 수도 있지 않을까?

텔은 열심히 짖었지만 이쪽으로 부랴부랴 달려오지는 않았다. 자주 그랬던 것처럼 쇠사슬에 묶여 있었기 때문이다. 요한이 집으로 다가가자 문이 열렸다. 키제베터 부인이 나타났다. 요한을 알아본 키제베터 부인의 얼굴 표정이 환해지기 시작했다. 그러고는 즐거운 기색으로 정원 입구를 향해 종종걸음 쳤다.

"아, 요한, 왔어요? 이 시간에 온 건 처음인 것 같은데…… 제 손자가 보낸 편지는 갖고 왔지요?"

"제가 당분간 우편물을 배달하지 않게 됐어요, 키제베터 부인."

노부인은 어리벙벙해져서 요한을 응시했다. "하지만 다른 우편배달부가 올 게 아니잖아요!"

"요즘은 우편물 자체가 없어요."

그녀는 킬킬거리며 웃기 시작했다. "또 실없는 농담을 하는군요, 그렇죠?"

"아니에요, 키제베터 부인. 서글프지만 사실입니다."

"우편물이 없다니요." 당황한 노부인이 말했다. "그런 일은 절대로 있을 수 없어요!"

"요즘에는 불가능하다고 여기던 일이 엄청 많이 일어나고 있잖아요."

"그렇다면 선생님 말씀이 맞아요." 노부인은 활기찬 몸짓을 취하며 말했다. "제가 어떤 사람들을 맞이했는데, 그때 아주 기이한 일이 있었어요. 물론 선생님은 절대 믿지 않으시겠지만요! 바로 러시아 군인들이었어요! 그놈들은 처음엔 막돼먹은 놈처럼 행동했어요. 술에 잔뜩 취했고, 심지어 널마루에 토하지 않았겠어요! 한번 상상해보라고요! 그런데 러시아 병사 하나가 피아노에 앉더니 훌륭하게 연주를 하더군요. 쇼팽의 미누에트 왈츠를요! 브람스의 헝가리 무곡을요! 연주를 감상한 사람이 나 말고 아무도 없다는 게 참으로 유감이에요! 그래도 그 러시아 병사는 청중을 한 명이라도 얻기는 했지만 말이에요! 그 사람의 피아노 연주 덕분에 러시아 동무들이 저지른 불쾌한 짓이 몽땅 만회됐어요! 집에 들어와서 커피 한 잔 들래요?"

"오늘은 안 됩니다, 키제베터 부인. 서둘러 갈 곳이 있거든요. 그런데 앞으로 며칠 동안 여기서 혼자 지내시면 안 돼요. 룩스 부인과 함께 브뤼넬로 가셔서 몇 주 계시면 안 될까요?"

"브뤼넬로 가라고?" 깜짝 놀란 노부인이 소리쳤다. 그
러고는 몹시 화를 냈다. "절대 안 돼, 오토, 절대 안 된다
니까! 난 여기 그냥 있을 거야!"

요한은 한숨을 쉬었다. 지금 키제베터 부인은 또다시
상태가 나빠지고 있었다.

바로 그 순간 엔진 소음이 들렸다. 도로에서 나던 소리
가 점점 이곳으로 가까워지고 있었다. 자동차 타이어에
서 날카로운 소리가 길게 나더니 멈췄다. 요한이 있는 곳
에서 2미터도 채 떨어지지 않은 지점이었다. 사복 차림
의 남자 두 명이 차에서 내렸다.

텔이 미친듯이 짖어댔다.

"조용히 해, 텔!" 키제베터 부인이 소리쳤다.

텔은 즉시 짖기를 멈췄다. 하지만 계속 낑낑댔다.

"안녕하세요, 상쾌한 아침입니다!" 노부인은 상냥한
태도로 두 남자에게 인사했다. "뭘 도와드릴까요?"

나이가 이삼십 대쯤 되어 보이는 두 남자는 인사에 대
꾸도 하지 않았고 자기가 누구라고 소개하지도 않았다.
한 남자는 사흘 이상 면도를 하지 않은 듯했고, 다른 남
자는 얼굴에 흉터가 있었다. 수염 난 남자가 무뚝뚝한 말

투로 물었다. "여기가 산림감시원 관사인가요?"

노부인은 고개를 끄덕였다. "맞아요. 커피 한 잔 드실 래요?"

"저희는 오토 키제베터를 찾고 있습니다." 얼굴에 흉터가 있는 남자가 말했다. "그 친구 집주소가 여기인데요. 그 녀석이 구린 짓을 워낙 많이 했습니다."

"제 손자가요?" 키제베터 부인이 부르짖었다. "잘못 알고 계신 거예요. 오토는 아주 훌륭한 아이예요!"

두 남자는 웃음을 터뜨렸다. 얼굴에 흉터가 있는 남자가 소리쳤다. "훌륭한 아이라고요? 그 녀석은 수많은 사람을 고발했고 감옥과 인민재판정으로 보냈어요! 우리 둘도 그런 일을 당했고요."

얼굴에 흉터가 있는 남자가 숨을 헐떡이며 말했다. "우린 그 녀석 얼굴을 한 번도 본 적이 없어요. 함께 감방에 갇힌 친구 한 명만 오토가 어떻게 생겼는지 알았지만 그 친구는 스스로 목숨을 끊었습니다."

수염 난 남자가 말했다. "우리는 오토에게 복수를 하기로 맹세했습니다."

"그 녀석은 지금 어디 있습니까?" 얼굴에 흉터가 있는 남자가 소리쳤다.

"죽었습니다." 요한이 말했다. "1944년 5월 대공습 때

죽었어요."

"그렇게 믿고 싶은 사람은 믿을 수도 있겠지." 수염 난 남자가 투덜거렸다. "우리는 오토가 죽었다고 믿지 않습니다."

"내 손자 오토가 죽었다고?" 키제베터 부인은 흐느껴 울며 요한을 향해 몸을 돌렸다. "어떻게 그런 말도 안 되는 주장을 할 수 있니?"

"저는 페터스키르헨 소속 우편배달부입니다." 요한은 이렇게 설명하고는, 목소리를 가능한 한 침착하게 유지하며 말을 이어나갔다. "제가 직접 오토의 할머니를 찾아가서―요한은 노부인을 가리켰다―전사통지서를 전해드렸습니다."

"그건 사실이 아니야!" 키제베터 부인이 절규했다. "오토는 살아 있어! 살아 있다고!" 노부인의 날카로운 목소리가 울려퍼졌다. "내 손자가 살아 있다는 걸 누구보다도 잘 알고 있다고!"

"그럼 오토는 어디 있는데요?" 얼굴에 흉터가 있는 남자가 키제베터 부인에게 호통을 쳤다.

노부인은 팔을 쭉 뻗어 요한을 가리켰다. "저기요!" 그녀는 종종걸음으로 요한에게 다가가 부둥켜안았다.

"역시 그럴 줄 알았어." 수염 난 남자는 이렇게 소리치고는 요한의 멱살을 잡았다.

그 순간 요한은 자신이 아주 절망적인 상황에 빠졌다
는 것을 깨달았지만, 아직 완전히 포기하지는 않았다.

"저분은 치매에 걸렸어요!" 요한은 필사적으로 부르
짖었다. "일 년 전부터 이곳을 지나면 항상 저분을 뵙고
손자가 죽었다는 소식을 전했습니다. 저분은 다음 날이
되면 제가 한 얘기를 전부 잊어버렸어요. 키제베터 부인
은 손자의 사망 소식을 수백 번 들었습니다. 아니, 수천
번은 될 거예요. 그러는 동안 키제베터 부인은 제가 당신
손자라고 착각하는 경우가 많았어요. 그럴 때는 저를 끌
어안고 오토라고 부르고, 손자가 고향에 돌아왔다며 기
뻐하셨습니다. 하지만 저는 오토 키제베터가 아닙니다!
저는 우편배달부 요한 포르트너예요! 주변에 사는 사람
모두에게 물어보시면 됩니다. 이곳에 사는 사람 누구나
저를 잘 알고 있어요!"

"거짓말하지 마라, 오토." 노부인은 이렇게 말하고는
요한의 손을 토닥였다. "그럴 필요 없어. 넌 누구를 밀고
한 적이 없으니까. 넌 저분들이 주장하는 것 같은 그런
끔찍한 짓을 절대 하지 않았어."

"신분증명서를 꺼내봐!" 수염 난 남자가 윽박질렀다.

요한은 머리를 흔들고 어깨를 으쓱거렸다.

두 남자는 요한의 양팔을 억지로 들어올리게 했다. 그 와중에 그들은 요한의 손이 잘린 부위를 발견했다.

"풀어줄 이유가 전혀 없군." 수염 난 남자가 말했다.

두 남자는 요한의 배낭을 샅샅이 뒤졌다.

"그러니까 여기서 달아나려고 했단 말이지!" 수염 난 남자가 웃으며 소리질렀다. "우리가 아주 제때 와서 널 붙잡은 거고!"

"전 도망칠 이유가 없습니다."

요한은 어떤 근거를 대며 설명해야 할지 필사적으로 머리를 굴렸다. 하지만 아무 묘책도 떠오르지 않았다.

두 남자는 요한의 양팔을 팔꿈치 높이까지 들어올리게 한 다음 배낭과 한데 묶었다. 얼굴에 흉터가 있는 남자가 자동차에서 밧줄을 꺼냈고, 수염이 난 남자는 집에서 의자를 가지고 왔다. 키제베터 부인은 "도대체 무슨 짓을 하려는 건가요?"라고 날카롭게 소리지르며 의자를 빼앗으려 했지만 실패했다. 수염이 난 남자가 노부인을 거칠게 밀쳐냈다.

"내 손자를 해치려는 건 아니지요!" 요한의 등뒤에서 키제베터 부인이 외치는 소리가 들렸다.

두 남자는 울타리 앞에 서 있는 세 그루의 커다란 밤나무 중 하나 아래로 요한을 끌고 갔다.

"내 손자에게 무슨 짓을 하려는 건가요?" 요한은 뒤편에서 키제베터 부인이 슬피 울며 말하는 소리를 들었다. "그 아이는 누구에게도 나쁜 짓을 한 적이 없단 말이에요!"

두 남자가 밧줄을 나뭇가지 위로 당겨서 다른 나뭇가지에 붙잡아 매느라 잠깐의 시간이 흘렀다. 그 이삼 분 동안 요한은 다시 한번 무자비하고도 경이로운 세상이 풍기는 냄새를 맡았다. 그리고 땀에 젖은 이마에 스치는 미풍을 느꼈다. 벌이 윙윙거리는 소리를 들었고, 우연히 찾아온 치명적 불운이 자아내는 쓰라림을 맛보았다. 미끄러지듯 곁을 지나가는 커다란 푸른색 잠자리를 다시 한번 바라보았다. 그리고 이르멜라를 생각했다.

두 남자는 요한을 의자 위에 올라가도록 한 다음, 목에 올가미를 씌웠다. 황록색 밤나무 잎이 아주 가까이에서 보였다. 누군가가 의자를 발로 차내는 바람에, 요한은 마지막까지 발을 의지하던 단단한 발판이 사라져버린 것을 느꼈다. 밧줄이 팽팽해졌다.

용어 설명

국민돌격대 1944년 9월, 히틀러는 최후의 군사 공격을 감행하기 위해, 열여섯 살부터 예순 살까지의 병역을 이행할 수 있는 모든 남성에게 전투에 나가 싸울 의무를 부여했다. 국민돌격대가 시행되면서 그전까지는 징집되지 않았던 연령대까지 징집 대상이 확대됐다.

국민수신기 라디오 수신기.

군사우편물 군대가 보낸 우편물.

군의관 군에서 활동하는 의사.

권양기 말이나 사람의 힘을 이용해 움직이는 기계 추진 장치.

기적의 무기 프로파간다를 위해 의도적으로 유포된 소문. 국민의 사기를 북돋우려는 목적으로 퍼뜨렸다.

나치 군대 최고지휘관 히틀러 수하의 독일 병력을 통칭하는 용어.

나치스 지구 지도자 각 지역이나 마을에서 국가사회주의독일노동자당(NSDAP) 간부 직위를 차지한 남성. 당 사무를 지도·관리하도록 위임받았고, 지역·마을 주민을 대리해 국가사회주의독일노동자당 다음으로 높은 주무 기관과 의사소통을 했다.

나치친위대 국가사회주의 체제에서 가장 막강했던 조직. 경찰과 첩보기관조차 나치친위대의 관할 아래에 있었다. 무장친위대는 주저 없이 무자비하고 잔인한 행동을 일삼았고, 강제수용소에서 자행된 잔학한 행위에도 책임이 있었다.

노동봉사단 국가사회주의 체제 아래에서 열여덟 살부터 스물다섯 살까지의 젊은이들이 육 개월 동안 해야 하는 노동 의무.

늑대인간 1944년에 결성된 국가사회주의의 비밀 태업 조직. 연합국 병사의 작전 수행을 저지하는 것이 이 조직의 활동 목적이었다. 늑대인간 조직은 별로 확대되지 못했고 효과도 거의 거두지 못했다.

다하우 최초로 세워진 나치스 강제수용소가 있던 곳.

레닌그라드 러시아에서 1991년까지 통용되던 지명으로, 현재는 상트페테르부르크로 바뀌었다.

망치와 낫 공산주의의 상징으로, 소련 국기에 그려졌다.

밀도살 당국의 허가를 받지 않고 몰래 도축하는 행위.

빌헬름 구스틀로프호 원래는 유람선으로, 피난민의 소개를 위해 투입되었다가 1945년 1월 30일에 어뢰 공격을 받아 침몰했다. 이 사건으로 구천 명 이상이 목숨을 잃었다.

빨치산 적군이 점령한 배후 지역에서 활동하는 무장 저항 운동가.

석탄 도둑 전쟁 당시 프로파간다 목적의 현수막에는 석탄을

훔치는 도둑의 캐리커처가 주로 그려져 있었다. 전시에 연료를 절약하자는 취지로 제작됐다.

소개 특정 지역의 주민들이 임박한 위험을 피하기 위해 일시적으로 이주하는 것.

식민지 상점 아프리카와 남미 식민지 지역에서 공수한 식료품을 파는 상점.

연합국 제2차세계대전 때 독일에 맞서 동맹한 국가. 소련, 프랑스, 영국, 미국이다.

옷 배급표 제2차세계대전 당시 이 표를 내면 옷을 배급받을 수 있었다.

적십자 독일 적십자로, 응급 구호와 관련된 의료 조직이다.

처칠, 루스벨트, 스탈린 히틀러에 대항해 연합 동맹을 맺은 '위대한 3인'. 영국 총리 윈스턴 처칠, 미국 대통령 프랭클린 D. 루스벨트, 소련 독재자 이오시프 스탈린.

탈영 허가를 받지 않고 소속 부대를 이탈하는 것.

히틀러 유겐트 국가사회주의 청소년 조직.

7월 20일 암살 시도 클라우스 솅크 그라프 폰 슈타우펜베르크가 계획한 히틀러 암살 음모. 실패로 끝났다.

작가의 말

친애하는 독자 여러분!

오늘을 사는 여러분은 얼마나 운이 좋은가! 전쟁을 겪어야 했던 적이, 그러니까 폐허에서 근근이 살아가고 굶주리고 추위에 떨며 자신의 삶은 물론 부모와 형제자매를 걱정하며 살아야 했던 적이 없었으니 말이다.

1945년, 독일의 마지막 전쟁이 끝났다. 지금 우리는 2015년을 살고 있다. 지난 칠십 년 동안 독일은 전쟁을 일으키지 않았고, 이곳에 전쟁은 더이상 없다.

제2차세계대전을 증언할 사람은 머지않아 한 명도 남

지 않게 될 것이다. 1928년생인 나는 전쟁을 체험했다. 여성이라 전선에 나가지는 않았다. 전쟁이 시작됐을 때 나는 열한 살이었고 전쟁이 끝났을 때는 열일곱 살이었다. 이 책을 통해 내가 고향에서 전쟁을 얼마나 쓰라리게 겪고 느꼈는지 여러분에게 보여주고 싶다. 그때는 먹을 것이 점차 적어졌다. 옷도 점점 부족해졌다. 버스와 기차 운행도 줄어들었다. 날이 갈수록 전쟁터에 끌려가는 남성의 연령이 높아졌고 여성, 청소년 또는 강제노동자가 끌려간 남자들의 일을 대신해야 했다. 갈수록 더 어린 사람들이 책임 있는 직책을 짊어지게 됐다.

폭탄은 점점 더 많이 떨어졌고 도시 전체를 파괴했다. 아직 남아 있는 집에는 점점 더 많은 폭격 부상자와 피난민이 수용됐다. 전선은 고향과 갈수록 가까워졌다. 그리고 우편배달부는 전사통지서를 점점 더 자주 배달해야 했다.

전쟁이 끝날 무렵이 가장 고통스러웠다. 불안이 삶을 지배했다. 우편배달부가 편지를 직접 건네주거나 집안에 던져넣지 않고 그냥 지나가면 사람들은 안도의 숨을 내쉬었다.

전쟁을 겪으며 수백만 명의 어머니가 아들을 잃었고,

수백만 명의 아내가 남편을, 무수한 아이들이 아버지를 잃었다. '내' 아버지도 러시아에서 다시는 돌아오지 못했다. 얼마나 많은 사랑이 죽음으로 갈기갈기 찢어졌는가!

다시는 전쟁이 없어야 한다. 전쟁은 인간의 위엄을 손상시킨다. 우리 인간은 폭력을 막고 평화적인 방법으로 갈등과 충돌을 해결할 수 있다.

구드룬 파우제방

옮긴이의 말

　　『보헤미아의 우편배달부』는 독일의 저명한 원로 작가 구드룬 파우제방이 2015년에 발표한 소설이다. 이 작품의 시간적·공간적 배경은 1944년 8월부터 1945년 5월까지의, 독일에 병합되어 지배를 받던 동보헤미아 지방이다. 배경에서 알 수 있듯 이 소설은 패전의 기운으로 가득한 독일의 일상을 세밀하게 다루고 있다.

　　『보헤미아의 우편배달부』는 독특한 소설이다. 제2차 세계대전을 다룬 전쟁 소설임에도 직접적인 전투 상황이 거의 등장하지 않기 때문이다. 굳이 찾자면 이 소설의 주인공인 요한이 징집되어 전선에 투입되었다가 왼손을 잃는 상황이 아주 간략하게 묘사될 뿐이다.

이 소설에 전투가 등장하지 않는 이유는, 주된 배경이 독일 내륙 산간 지역이기 때문이다. 요한은 참전하기 전에는 물론 상이군인으로 귀향한 뒤에도 이곳 산간 지역의 일곱 마을을 순회하며 우편물을 배달한다. 이 일곱 마을은 거의 오지에 가까울 정도로 내륙 깊숙한 곳에 위치해 있다. 그래서 폭격과 같은 직접적인 전쟁의 참화가 이곳까지는 침투하지 못한다.

이러한 지리적 이점 때문에 이곳 일곱 마을은 피난처 역할을 톡톡히 한다. 폭격 피해를 입은 타 지역 독일인들은 물론, 프랑스 등 적국 포로들이 이곳으로 와 목숨을 부지한다.

이렇게 『보헤미아의 우편배달부』는 이른바 '후방'에서 일어나는 이야기를 다루면서, 동시에 제2차세계대전의 전범국 국민인 시선으로 간결하면서도 섬세하게 전쟁의 참상을 그린다.

작가 구드룬 파우제방은 어린 시절에 제2차세계대전을 처절하게 겪었다. 그녀가 몸서리치게 겪은 전쟁 체험은 이 작품에 고스란히 녹아 있다. 이 소설에서 전투 장면이 등장하지 않는데도 전쟁의 비참함이 생생하게 느껴지는 이유는 상당 부분 작가의 체험 때문이리라.

구드룬 파우제방은 환경이나 핵 문제를 다룬 소설로

명성을 얻었고 사회적·정치적 의식이 탁월한 작가로 널리 알려져 있다. 『보헤미아의 우편배달부』 또한 평화를 갈망하는 작가의 염원이 훌륭하게 형상화된 작품으로 꼽힌다.

이 소설의 주인공 요한은 비록 전쟁에 참전하기는 했지만 누구보다도 평화를 갈망하고 정의를 굳게 믿는 인물이다. 그러나 요한의 천성적인 선량함은 전쟁이라는 특수한 상황으로 인해 중대한 시련에 직면한다.

특히 요한이 천직으로 여기는 우편배달 업무는, 역설적이게도 그가 날마다 내적 갈등을 겪고 신념이 흔들리는 계기를 제공한다. 산간 마을 주민 중 거의 모든 남성이 징집되어 전장으로 나갔고, 이 때문에 하루가 멀다 하고 전사통지서가 마을에 도착하기 때문이다.

요한은 부득이하게 전사통지서를 유가족에게 직접 전달해야 한다. 사랑하는 아들·남편·아버지를 잃은 가족의 비통함은 이 소설의 핵심이자 압권을 이룬다. 이로 인해 『보헤미아의 우편배달부』는 끔찍한 전투 장면 없이 전쟁의 폐해를 설득력 있게 형상화한다.

독일은 전 세계를 전쟁의 구렁텅이로 몰아넣은 전범국이지만, 이 소설의 배경인 산간 마을 주민들은 여느 나라 국민들과 다를 바 없이 순박하고 정 깊은 모습을 아낌없이 드러낸다.

하지만 독일인이 보이는 선한 면모가 '전쟁을 일으킨 국가의 국민'이라는 원죄를 희석시키지는 못한다. 그래서 그들 대다수는 전범국가의 국민이라는 대가를 치르며 파국의 나락에 빠진다. 참전했다가 목숨을 잃거나, 살아남더라도 평생 안고 가야 할 심각한 장애를 입는다. 또는 전쟁터에 나가지 않았더라도, 사랑하는 가족이나 연인을 잃는 치유되기 힘든 아픔을 겪는다.

그중에서도 가장 끔찍한 상황을 겪는 이는 다름 아닌 요한이다. 전쟁의 참화를 몸소 겪는 것은 물론, 종전 뒤에도 참으로 안타까운 상황에 빠진다. "누구에게도 나쁜 짓을 한 적이 없"는 요한은 전쟁이 남긴 상흔과 앙금 때문에 가슴 아픈 처지로 몰린다.

『보헤미아의 우편배달부』를 읽다보면 이른바 '악의 평범성'을 색다른 각도에서 실감나게 목격할 수 있다. 끔찍한 전쟁의 한가운데에서도, 자연은 계절의 순리에 따라 다채로운 모습을 보인다. 사람들은 전쟁 전과 다름없이 일상의 삶을 누리고 때로는 열렬한 사랑에 빠진다. 또한 '무고한' 전쟁 피해자의 모습이 강하게 부각된다. 이렇게 악의라고는 찾기 힘든 평범하고 소박한 사람들이, 사실은 아돌프 히틀러 총통을 열렬하게 지지했고 제2차세계대전이 독일 전체에 새로운 희망을 안겨줄 거라 굳게 믿었다.

물론 이 소설에서는 악의 평범성에서 벗어나려는 시도도 다양하게 등장한다. 이 작품에 등장하는 몇몇 인물들은 히틀러를 증오하고 그가 당연히 비참한 최후를 맞이할 거라고 여긴다. 누가 듣든 말든 전쟁은 바보들이나 하는 짓이라고 노골적으로 개탄하는 인물도 있다. 또한 이 세상에 정의란 존재하지 않으며 그 첫번째 증거가 바로 전쟁이라 말하는 허무주의자도 등장한다.

이렇게 나치 국가사회주의에 불신을 품은 사람들과, 전쟁이 끝나기 직전까지도 히틀러에 대한 믿음을 거두지 않는 맹신자들 사이에서 일어나는 갈등 또한 『보헤미아의 우편배달부』의 주요 모티브 중 하나다.

아울러 이 소설에서 두드러진 특징 중 하나는, 강인한 여성들과 무기력한 남성들이 선명한 대조를 이룬다는 점이다. 이 소설에 등장하는 여성 인물 대부분은 모든 것을 파괴하는 전쟁 한복판에서도 결코 절망하지 않고 꿋꿋하게 삶을 꾸려나간다.

여성은 남성이 전쟁터에 끌려가면서 생긴 공백을 빼어나게 메운다. 여성들이 주도적으로 일상을 영위하면서 마을은 오히려 활기차게 돌아가고, 심지어 전쟁 전과 크게 다르지 않은 평온한 분위기마저 감돈다. 반면 마을에 남은 남성들은 거의 모두 나약하거나 비관에서 헤어나지 못하는 모습을 보인다. 그들은 나이가 너무 많아 활력을 잃었거나, 젊더라도 전쟁터에서 치명상을 입어 실의에 빠져 있다.

남성 중 거의 유일하게 삶에 대한 긍정적인 태도를 보이는 요한은, 사실 강인한 여성들로부터 깊은 영향을 받았다고 볼 수 있다. 그에게 절대적인 영향을 끼친 여성은 두 명인데, 바로 어머니 요제파와 연인 이르멜라다. 이 두 사람의 중대한 공통점은 모두 적극적이고 독립적인 성격이면서 직업이 산파라는 점이다.

두 사람이 출산이 순조롭게 돕는 산파라는 점은 이 작품에서 아주 중요한 상징으로 작용한다. '구세대'인 요제파의 손길로 세상에 빛을 본 아이들은 성장하자마자 대부분 전쟁터에 끌려가 아까운 목숨을 잃는다. 반면 '신세대' 이르멜라에 의해 태어난 아이들은 평화가 도래한 새로운 세상을 일구어나갈 주역이 될 것이다.

그런데 『보헤미아의 우편배달부』에서 여성 인물이 모두 긍정적이기만 한 것은 아니다. 대표적인 인물이 키제베터 부인이다. 그녀는 내내 요한에게 적지 않은 부담을 주다가 결국 그를 치명적인 상황으로 이끈다. 키제베터 부인은 치매를 앓고 있기 때문에 자신의 손자이자 열혈 나치 추종자인 오토가 오래전에 세상을 떠났다는 사실을 인지하지 못한다. 그녀는 사랑하는 손자의 죽음을 치매 때문에 망각했다기보다는, 다분히 의식적으로 받아들이지 않으려는 것처럼 보인다.

이를 다른 시각에서 보면 패망으로 향하는 현실을 애써 부정하고 좋았던 옛 시절만 되뇌려는 일부 독일인의 심리를 형상화한 것으로도 보인다. 결국 이런 '수구'적인 태도 때문에 선량한 이웃은 돌이키기 힘든 피해를 겪는다.

『보헤미아의 우편배달부』는 독일 산간 지역의 아름다운 풍광을 배경으로 잔잔하게 전개되면서도, 때로는 섬뜩하고 처절한 장면들이 등장한다. 그로 인해 독자는 작가가 공들여 묘사한 자연의 향취를 만끽하다가도 미처 예상하지 못한 순간 전쟁의 끔찍함을 실감하게 된다. 이렇게 작가 구드룬 파우제방은 유려한 필치로 '어떠한 경우에도 전쟁은 일어나지 말아야 한다'는 경각심을 성공적으로 이끌어낸다.

2018년 2월
오공훈

보헤미아의 우편배달부

초판 1쇄 인쇄 2018년 2월 26일   **초판 1쇄 발행** 2018년 3월 6일

지은이 구드룬 파우제방   **제작** 강신은 김동욱 임현식
옮긴이 오공훈   **제작처** 한영문화사
펴낸이 염현숙   **펴낸곳** (주)문학동네
편집인 신정민   **출판등록** 1993년 10월 22일
     제406-2003-000045호
편집 신정민 황현주   **임프린트** 교유서가
디자인 강혜림   **주소** 10881 경기도 파주시 회동길 210
마케팅 정민호 이숙재 정현민 김도윤   **문의전화** 031)955-3578(마케팅)
     오혜림 안남영   031)955-3583(편집)
저작권 한문숙 김지영   **팩스** 031)955-8855
모니터링 이희연   **전자우편** paper@munhak.com
홍보 김희숙 김상만 이천희   **ISBN** 978-89-546-5036-6 03850

- 이 도서의 국립중앙도서관 출판예정도서목록(CIP)은
  서지정보유통지원시스템 홈페이지(http://seoji.nl.go.kr)와
  국가자료공동목록시스템(http://www.nl.go.kr/kolisnet)에서 이용하실 수 있습니다.
  (CIP제어번호: CIP2018004968)

www.munhak.com